Nordhofen

Die Mädchen, der Lehrer und der liebe Gott

Eckhard Nordhofen

Die Mädchen, der Lehrer und der liebe Gott

Roman

Philipp Reclam jun. Stuttgart

Die Deutsche Bibliothek – CIP-Einheitsaufnahme

Nordhofen, Eckhard:
Die Mädchen, der Lehrer und der liebe Gott :
Roman / Eckhard Nordhofen. – Stuttgart : Reclam, 1998
ISBN 3-15-010440-8

Umschlaggestaltung: Stefan Schmid, Stuttgart
Satz: Wilhelm Röck, Weinsberg
Druck und buchbinderische Verarbeitung:
Druckhaus Beltz, Hemsbach. Printed in Germany 1998
RECLAM ist eine eingetragene Marke
der Philipp Reclam jun. GmbH & Co., Stuttgart
ISBN 3-15-010440-8

1

Tempo machen, schneller, komm gleich, Ja, Ja, Ja! Ja, so ist es gut, ja so lassen. Bleib so, jaah – genau diese Stelle!

»Du Huhn, warum bleibst du nicht da?«

Thea warf sich auf den Rücken. Niemand kannte ihren Rücken so gut wie Silke. Und wenn Silke ihr den Rücken kratzte, kannte niemand die Stelle, auf die es ankam, so gut. Sie kicherte, kratzte erst absichtlich daneben, darüber, darunter, ließ sich aber dann doch dirigieren, bis schließlich der Punkt berührt war, der vor Erwartung fast schon weh tat.

»Ahhh.«

»Da platzt mir der Kopf!«

Aber es ging nur um diesen Augenblick.

»Das ist nicht zu sagen!«

»Was?«

»Das Gefühl; erst kannst du es nicht erwarten, und wenn du dann auf den Punkt gekommen bist, dann ist es gleich wieder weg.«

»Was?«

»Das Gefühl.«

Die beiden Mädchen lagen auf dem Rücken und dachten an gar nichts.

»Was denkst du?«

»Nichts.«

»Ehrlich?«

»Ja« –

»Was heißt nichts?«

»Nichts heißt nichts! Nichts, nichts, nichts!«

»Ist ja gut. So viel Nichts auf einmal, das gibt's ja gar nicht.«

Wenn Thea an nichts dachte, kamen ihr die besten Gedanken.

Warme Luft strich mit einem Aroma von Würzkräutern über den Hügel, die Hitze ließ langsam nach. Es war schon vier Stunden dunkel. Alle waren aufgekratzt. So müde und vollgewirbelt von Bildern und Bildfetzen, daß an Schlaf nicht zu denken war.

Es mußte schon nach Mitternacht sein. Sie waren früh aufgestanden, alle achtzehn mit den Fahrrädern 35 Kilometer bis Saint-Rémy gefahren, bei Les Antiques hatten sie die Fahrräder zu einem sicheren Gesamtkunstwerk zusammengeschlossen und dann nochmal zu Fuß 15 km, in Worten fünfzehn Kilometer, zu Fuß hin und fünfzehn Kilometer zurück, zu Fuß nach Les Baux über die Kalkberge, durch das Maquis nach Les Baux und zurück.

»Ich bin noch nie im Leben so viel gelaufen.«

»Aber ich könnte jetzt nicht schlafen.«

Die Erschöpfung reizte das Ohr wie im Fieber zu so hoher Empfindlichkeit, daß sich die Geräusche aus der Nachtstille überlaut verstärkten. »Warum schlafe ich nicht«, dachte Thea. »Ich werde vielleicht nie mehr schlafen...«

Der Rhythmus der lautesten Zikade, dreimal so langsam wie der eigene Herzschlag, zog die Zeit auseinander. Die anderen nah, darunter auch Grillen, weiter entfernt, manche noch hörbar im Takt, manche verschliffen im allgemeinen Flirren des Nachtgeräuschs, verdichteten sie wieder. Alles Puls, Wispern und webendes Hin und Her. Dazwischen, wie ein Trillern, fast über der Hörgrenze, ein scharfes Vibrieren. Alles zusammen eine totale Musik.

»Kann man eigentlich das eigene Blut rauschen hören?«

Der ruhige Ton der Frage verlangte keine Antwort. Überall webte und raschelte etwas.

Thea, bei Tag bekannt für ihre Schlangenfurcht, nahm über ihren Rücken Verbindung mit dem Grasboden auf. Er juckte nicht mehr. Sie wollte mit ihrem Körper den Boden berühren, möglichst fest. Komisch, daß man in Gedanken die einzelnen Körperteile abfahren konnte wie mit dem Strahl einer Lampe, das eine Schulterblatt, das andere, dann den Raum dazwischen, die Wirbelsäule runter, die Pobakken, die ganze Fläche, bis die Gänsehaut im Nacken angekommen war. Über die Rückennerven schloß sie Kontakt mit einzelnen Grasbüscheln. Nun war die Verbindung fest und die Aufmerksamkeit konnte sich verspielen, Gedanken sind lenkbar, Gedanken sind frei ...

Sie atmete tief. Mit dem Atem stand sie in Verbindung mit allem. Die Luft, erst war sie in ihr drin, dann war sie draußen und verteilte sich überallhin. Drinnen und draußen, ein ständiges Hin und Her. Atmen, atmen, drinnen und draußen zugleich sein, das konnte nur die Luft – ein feiner Stoff. Sie hatte keine Angst, im Gegenteil! Dieses Gefühl war neu. Frei und überwach gespannt. Alle Poren offen. Sehr angenehm!

Ihr war, als spürte sie zum ersten Mal die Anziehungskraft der Erde, und hatte Lust, diesem Magnetismus eine Antwort zu geben. Sie stellte sich vor, schon so lange und fest an diesem Platz zu liegen, wie immer schon, so daß Wurzeln aus ihr heraus in den Grund gewachsen wären. Sie lag auf dem höchsten Punkt der Kugel und war das Gesicht der Erde. »Ich bin das Gesicht der Erde. Ich leihe der Erde mein Gesicht.« Mit allem war sie verbunden – einverstanden.

Noch nie hatte sie auf dem Rücken liegend in die Sterne gesehen.

Den ganzen Tag über war ein scharfer Wind gegangen. Den leichten Sonnenbrand im Gesicht merkte sie daher erst jetzt: Der Mistral. Er hatte die Haare gezerrt und die Ohren mit Sturmkrach versorgt. Jetzt aber stand der Äther frei, leer und klar über ihr.

Kein Mond, nur Sterne. »Das ist die Milchstraße.«

Auch Silke schwieg und hatte Theas Hand längst losgelassen. Der Himmel war leuchtend und schwarz zugleich. Vor allem war er tief, ohne Ende und tief.

»Versuch mal einen wirklich dunklen Fleck zu entdecken. Wenn du ganz lang hineinguckst, entdeckst du garantiert noch einen Stern.«

Da manche Sterne flimmerten und blinkten, als wüßten sie nicht recht, ob sie noch existieren sollten, legte Thea Kraft in die Augen und holte Stern für Stern aus dem Dunkel. Dann kam es ihr vor, als könnten diese Lichter am Rand der Existenz froh sein, froh über Thea, dankbar dafür, daß jemand sie wahrgenommen hatte. Thea kam sich bedeutend vor. Sie war die Freundin vieler Sonnen, Lichtjahre entfernt.

Der Hügel mit der Ruine lag oberhalb der Baracke, die der Kurs als Standquartier für die Provence-Tour gemietet hatte. Sonst war das Land flach, von der Sorgue bewässert, eine Ebene voller Obstplantagen. Am Horizont konnte man die Berge der Vaucluse ahnen. Die Baracke war eigentlich für Saisonarbeiter gebaut. Der neue Referendar, der die Abschlußfahrt des Französisch-Leistungskurses organisiert hatte, war irgendwie an das Quartier herangekommen. Es lag weitab von jedem Ort.

Der Hügel mit der Ruine, halb Kloster, halb Festung, hatte schon bei Tag merkwürdig und interessant ausgesehen. Sieben von ihnen hatten spät noch mal Lust bekommen, auf den Berg zu steigen. Birgit und Thomas, der zufällig immer da war, wo Birgit sich aufhielt, und Klaus, der aus alter Gewohnheit immer hinter Thomas herlief. Friedrich, der immer mitging, wenn jemand wohin ging, Thea und Silke und noch jemand...

Das Sternenlicht, so schwach es war, wurde von den

Quadern aus Kalkstein in einem eigenartigen Reflex zurückgegeben, ein fahles Leuchten. Der Hügel war sonst mit niedrigen Stachelbüschen bewachsen, von denen manche blühten. Nachts duftete alles stärker. Um die Ruine herum stand Ginster und eine Art Wacholder, dazwischen war der Fels nackt, Geröll, freie Grasplätze, überall wuchs Thymian, von dem es hier tausend Sorten zu geben schien. Es roch gut. Sehr würzig, irgendwie nach Maggi und Blüten. Friedrich, der für seine Freundin Kräuter für ein Duftkissen sammelte, verrieb ständig etwas zwischen den Fingern. »Riech mal, Rosmarin!«

Dann waren sie in das leere Kirchengewölbe geklettert, zu siebt über den Steinhaufen einer eingestürzten Mauer. Hier sah man die Hand nicht vor den Augen – nichts. Alle tasteten mit den Fingerspitzen. »Fummel nicht!« Birgit gab sich wieder mal ganz cool. Die Jungs brummten mit ihren ungeheuer männlichen Bässen die Tonleiter rauf und runter, so lange, bis sie die Eigenschwingung des Raumes ermittelt hatten. Das ganze Kirchenschiff war ein Klangkörper, und es war nicht mehr festzustellen, woher der Ton dröhnte: tibetanische Mönchsgesänge. »Ommmm. Ommmm.«

Dann hatte Thomas, der sich immer produzieren mußte, plötzlich auf der letzten Stufe einer Treppe gestanden, die ins Nichts führte. Er wußte, daß sich seine Silhouette sehr vorteilhaft vom Himmel abhob:

»Sein oder nicht Sein, das ist hier die Frage.«

»Und weiter?« rief Birgit.

»Nichts weiter. Hier geht's nicht weiter. Hier ist Schluß.«

»Nichts weiter, nichts weiter – gib's zu, du hast deine Rolle nicht gelernt! Außerdem, wo ist dein Totenschädel? Hamlet muß einen Totenschädel haben.«

»Sei still, sonst stürzt er wirklich noch ab.«

Thea und Silke waren dann abseits gegangen. Eine Zeitlang waren noch Albern und Gekicher zu hören, dann wurde das Geräusch weggenommen, es wurde leiser, immer leiser, und dann war es endlich still geworden.

Ganz still.

Dann war auch Silke nicht mehr da.

Thea war allein.

Die Stille war in sie eingedrungen in einem sanften, aber starken Übergang. Alles Geräusch war wie ungültig.

Verlassen war sie nicht. Im Gegenteil. Sie war ganz gegenwärtig. In fester Fühlung mit dem Boden. Weit weg bei den Sternen. Wandelsterne und Fixsterne. Denn sie lag ja auf einem Stern, ganz nah, ihrem Stern unter Millionen, mitten in der Milchstraße.

»Ich will ein Fixstern sein.«

Ein Käfer krabbelte ungestört über ihre Hand. Das Gesicht war heiß. Sie schloß die Augen.

Und dann ...

Und dann drehte sich alles im rasenden Rundkino und riß sie mit. Erst wie Übelkeit, dann wie Seligkeit. Einen Schrecken lang dachte sie: »Du hängst nach unten. Jetzt fällst du in die Sterne.« Aber dann fiel ihr ein, sie war ja verwurzelt mit der Erde, ihrem Stern im Rücken. Wie gut!

Dann plötzlich absolute Ruhe.

Die Zeit ist weg. Nichts geschieht. Sie ist warm eingehüllt, im freundlichen Einklang mit der musikalischen Stille der Sterne. Zugleich ist sie eingetaucht in eine seltsame schattenlose Helle. Alle Spannung ist gelöst. Die Zeit ist wieder da, aber sie hat aufgehört zu rasen, steht still, ihr ruhiger Reichtum liegt vor ihr ausgebreitet: die große Gegenwart, das offene Land. Sie atmet ein, sie atmet aus. Ausatmen wie einatmen. Von draußen nach drinnen, von drinnen nach draußen. Atmen, atmen. Sie hatte es immer geahnt: Drinnen war draußen. Oben war unten. Unten war oben. Jetzt ist immer. Alles ist da.

»Ich bin da«, sagte Thea. »Ich komme auf den Punkt.«

Sie hörte, wie eine Stimme etwas sagte. Jetzt wußte Thea, jetzt bin ich verstanden.

»Ich will auf den Punkt kommen. Gib mir den Ring!«

Sie öffnete ihre Hand. Sie schloß die Hand. Was die Stimme sagte, war genau das, was sie schon immer hatte wissen wollen, wofür sie die Frage aber nie gekannt hatte. Nun hatte sie den Punkt getroffen. Ja, das war es! Jetzt würde sie nie mehr Angst haben. Auch nicht vor dem Tod. Sie hatte ja den Ring.

2

»Wann kommt Thea zurück?«

»Der Ringler kann sie morgen abholen. Sie ist wieder okay, aber sie soll noch einen Tag zur Beobachtung dableiben.«

Ringler, das war der Name des Referendars, einer von denen, die so dazwischen hängen, selber mehr Schüler als Lehrer, ließ sich duzen. Er war übrigens auch mit auf dem Berg gewesen. Der siebte Mann.

Die eigentliche Kursleiterin war Frau Schreibweis. Das war allerdings eine richtige Lehrerin:

»War wohl doch ein bißchen viel gestern. Wieso mußtet ihr denn unbedingt noch nachts auf diesen Berg? Ihr könnt einfach den Hals nicht vollkriegen. Die Tour nach Les Baux war wohl nicht weit genug für euch?«

Frau Schreibweis machte sich Sorgen. »Ich bin bloß froh, daß ihr volljährig seid. Für euch kann ja kein Mensch die Verantwortung übernehmen.«

»Das sehen wir auch so«, meinte Sebastian und blickte die Studienrätin fröhlich an. »Ist ja nichts passiert.«

»Bloß ein kleiner Kreislaufkollaps. Ich bin mal gespannt, was Theas Eltern dazu sagen.«

Daß der Referendar auch mitgegangen war, verriet keiner.

Am nächsten Tag war Thea wieder da. »Alles okay«, sagte sie zu allen, die fragten, wie es ihr gehe. Sonst sprach sie nicht viel.

»Was denkst du?« fragte Silke, denn Thea war ungewöhnlich still. Sie schaute merkwürdig versonnen vor sich hin. »Nichts.«

»Ach so, du denkst wohl immer dasselbe. Ich weiß schon: ›Nichts, nichts, nichts‹.« Silke äffte Thea nach.

»Sag mal«, Thea war auf einmal ganz ernsthaft, »wie bin ich eigentlich ins Krankenhaus gekommen?«

»Na erst dachten wir, du seist eingeschlafen, und wollten dich wach machen, weil wir keine Lust hatten, dich den ganzen Weg nach Hause zu tragen. Birgit wollte dich sogar dort liegen und ausschlafen lassen, aber als du dann nicht wach geworden bist, haben wir dich abwechselnd bis unten hin getragen, wo der kleine Bewässerungskanal ist, und dann haben wir dir kaltes Wasser übergegossen und dich wach gekriegt, das heißt, nicht richtig, du warst immer noch irgendwie daneben. Wenigstens bist du mitgegangen, fast wie eine Schlafwandlerin. Dann hat die Schreibweis den Tanz gemacht: ›Sofort ins Krankenhaus.‹« Silke ahmte den schrillen Ton der Tutorin übertrieben nach:

»›Mit Ohnmachten ist nicht zu spaßen. Das ist ein Kreislaufkollaps!‹ na ja, du kennst sie ja. Waren im Krankenhaus wenigstens nette Ärzte?«

Thea ging gar nicht auf die letzte Frage ein.

»Sag mal, hatte ich eigentlich was in der Hand?«

Silke schaute Thea verblüfft an:

»Du hast sie ja gar nicht aufgemacht. Das ist uns auch aufgefallen. Thomas hat sogar versucht, dir die Finger mit Gewalt aufzubiegen. Hattest du denn was in der Hand?«

»Der Ring«, sagte Thea mit halber Stimme wie für sich.

»Was für ein Ring?«

»Ach nichts.«

»Nichts, nichts, nichts.«

Wieder machte Silke den Papagei . . .

»Alles!« schrie Thea plötzlich: »Alles, Alles, Alles!«

Alles drehte sich erschrocken nach Thea um, so laut hatte sie geschrieen. Silke schüttelte den Kopf, schlug sich mit der Handfläche vor die Stirn: »Total übergeschnappt.«

Thomas, der gerne den großen Logiker mimte, dozierte: »Alles und Nichts sind logisch äquivalent.« Keiner lachte.

3

Nichts war wie vorher. Dorothea machte mit wie immer. Die Radtour zur Fontaine de Vaucluse. Ein ganzer Fluß erscheint in voller Strömung auf der Erdoberfläche, kommt einfach aus einem Loch. Naturschauspiel mit Vortrag von Frau Schreibweis. Der Dichter Petrarca war hier, Petrarca und seine Geliebte Laura. Frau Schreibweis wurde bei Liebesgeschichten immer neckisch. Jetzt waren viele Touristen hier.

Am nächsten Tag eine Wanderung durch eine Schlucht im Luberon-Gebirge mit steilen Felsen und mit Höhlen, die in irgendeinem Jura-Zeitalter von Wasser ausgewaschen waren.

Der Kurs zerfiel in zwei Hälften. Sebastian, der später einmal Geologie studieren wollte, geriet über die großen Kavernen in Verzückung: »Hammerhaft, guckt euch das an! Hier ist mal ein Wahnsinnsfluß durchgezischt!« Einige steckte er mit seiner Begeisterung für die Eiszeit an. Es war über dreißig Grad heiß.

Die andere Fraktion schaute betont gelangweilt. Im stummen Blick die Dauerfrage: »Wo ist hier die nächste Kneipe.« Coole Typen waren für Landschaft nicht zu haben. Christiane bildete eine eigene Fraktion für sich. Sie konzentrierte sich auf ihren Körper, der solche Anstrengungen nicht kannte. »Ich komm' mir vor wie auf einer Strafexpedition. Wenn ich in die Stadt komme, muß ich mir gleich was Nettes kaufen, das hab' ich mir heute verdient.«

Dorothea trabte kommentarlos mit. Sie sprach so gut wie nichts, gehörte nicht dazu, lief mit und war doch nicht dabei. Die Nacht in den Sternen, die andere Welt, war so weit weg und hatte sie doch gepackt.

Diese stinknormalen Typen aus ihrem Kurs, was waren das für Wesen? Was war sie selbst für ein Wesen? War das noch dieselbe Welt? Seit der Sache auf dem Berg war nichts wie vorher. Dabei war alles wie immer. Und doch war alles anders.

Wohin gehörte Dorothea? Sie schaute auf Silke wie auf ein Studienobjekt.

»Ist was?« –

»Mit dir ist doch was!« Silke war über den Zustand ihrer Freundin beunruhigt.

»Nichts.«

»Natürlich nichts«, Silke seufzte resigniert. »Da kann man nichts machen! Nichts«, sagte sie betont, lachte kurz und ging wieder zu den anderen.

Auch Herr Ringler, der Referendar, beobachtete Dorothea, ohne daß sie es merkte.

Wo war der Ring? Gab es überhaupt einen Ring? Dorothea war unsicher. Was war überhaupt Sicherheit, wenn so ein starkes Gefühl wie das in dieser Nacht falsch war? Es mußte diesen Ring geben!

Sie dachte an Ringler und lächelte. Der hieß zwar »Ringler«, aber dieser Typ gehörte wirklich in eine andere Schublade. Obwohl – so richtig schlau wurde man nicht aus ihm. »Ring, Ringler, am Ringelsten«, eigentlich war ihr nach Blödeln nicht zumute.

Sie stiegen langsam in dem trockenen Bachbett die Schlucht hoch. Manchmal ging es nicht ohne Klettern. In bestimmten Abständen, immer, wenn das Tal seine Felsen bis auf einen engen Spalt zusammenschob, waren die Reste eines Mühlensystems zu erkennen. Gar nicht schlecht konstruiert. Das Wasser hatte man durch ein hohes Wehr in einem Bassin angestaut und dann in einem Zug abgelassen, so daß es eine Zeitlang die Mühle treiben konnte. Alles schon alt, überwachsen, verfallen, aber schön.

Wieso findet man alles, was kaputt ist, schön, wenn es nur alt ist? fragte sich Dorothea. Man sah die Taten der Zeit.

Sebastian war schon wieder begeistert: »Schaut euch das an, Leute! Wie ausgefuchst die Mauer hier konstruiert ist. Das ist genau berechnet. Und hier – die Zuleitung aus dem Felsen gehauen. Was für eine Arbeit!«

Er stellte sich auf den Rest einer Mauerkrone und rekonstruierte für sein Publikum die Technik der alten Mühle. »Hier lief der Schieber, wo das Wasser aus dem Bassin in den Schacht zum Mühlrad – das muß rechts gewesen sein . . .«

»Na Dorothea« – das war die Stimme von Ringler, der plötzlich hinter ihr stehengeblieben war. »Wieder fit?«

»Es geht schon«, meinte Thea.

Nach einer kurzen Pause drehte sie den Kopf, sah ihn direkt an und sagte: »Sie waren doch auch dabei.« Ringler wußte sofort, worum es ging. »Du kannst ruhig Wolfgang zu mir sagen.«

»Und?«

Ringler gab Dorotheas Blick voll zurück.

Eine Stimme von hinten: »Geht ihr weiter oder laßt ihr uns vorbei?«

An dieser engen Passage ging es nur auf allen vieren voran. Aber nach gut hundert Metern war der Pfad wieder weit genug, so daß zwei Personen nebeneinander gehen konnten.

Dorothea ging neben Herrn Ringler, dem »Wolfgang«.

»Was haben Sie – was hast du gesehen?«

»Du – ich habe eigentlich nichts gesehen. Dann habe ich natürlich mitgekriegt, daß mit dir etwas nicht in Ordnung war. Du warst weggetreten und hattest eine Art Krampf in der rechten Hand, so als wolltest du was nicht hergeben.«

»Und habt ihr die Hand aufgemacht?«

Dorothea gab sich Mühe, möglichst beiläufig zu fragen.

»Ich glaube, einer hat es umsonst versucht. Ist was mit der Hand? Zeig mal.« Ringler blieb kurz stehen, nahm Theas Hand, bog das Gelenk, prüfte Knöchel und Finger, schüttelte ein wenig, ließ sie fallen, schaute ihr freundlich ins Gesicht, lächelte und sagte: »Alles OK.«

Dorothea versuchte, unauffällig seine Miene zu studieren. Wußte er etwas? Warum tat er so normal?

Friedrich, der wieder Beute für sein Duftkissen gemacht hatte und stehengeblieben war, rieb ein Kraut zwischen den Fingern: »Riech mal, fast wie Lavendel.« »Ist Lavendel!« sagte Wolfgang Ringler, und langsam stiegen alle weiter.

4

Am nächsten Tag war frei, das heißt, es gab kein Programm. Christiane suchte Gesellschaft für einen Ausflug nach Orange. »Ich muß mal wieder eine Stadt sehen. Hier krieg' ich noch einen Koller.«

»Vielleicht findest du ja auch was Nettes in der Stadt, paar Pumps oder ein kleines Kostüm.« Friedrich hatte wie immer keinerlei Verständnis für das, was Frauen wünschen.

»Arsch«, sagte Christiane.

Zufällig waren es dieselben sieben, die sich für die siebzehn Radkilometer nach Isle-sur-la-Sorgue zusammenfanden. Das war die nächste kleine Stadt. Auf dem Weg zur Vaucluse waren sie schon einmal durchgekommen und hatten ein Café entdeckt, »Maurice«, direkt neben der Kirche. Ein Etablissement, in dem Maurice seit hundert Jahren nichts tat, als Pastis auszuschenken. Das große Glasschild, das über die ganze Breite der Fassade ging, hatte mehrere Sprünge. In halb abgeblätterten goldenen Jugendstillettern las man den Namen »Café du Progrès«. Das Beste war aber Maurice, so redeten alle Pastistrinker den Patron an. Maurice war der Typ, der ab siebzig nicht mehr altert. In einer Sekunde sah man ihm den Menschenliebhaber an. Maurice konnte sogar Deutsch aus seiner Zeit als Kriegsgefangener. Jedenfalls einen Satz: »Frankfurt am Main – schöne Mädche dicke Bein.« Er schaute außerordentlich professionell, stellte jedem unaufgefordert einen Ricard hin und Wasserkrüge mit Eisbrocken. Da sie ja nun schon zum zweiten Mal kamen, waren sie Stammgäste und wurden mit Handschlag begrüßt. Es gab nur Pastis. Birgit fand das süße Aniszeug eklig, Thomas gut, weil es französisch war. In dem Lokal, das den Schülern als der Inbegriff alles Französischen vorkam, verkehrten außer ein paar Rentnern nur Marokkaner, Arbeiter aus den Obstplantagen. Birgit hatte sofort bei ihnen Erfolg. Gleich drei, einer mit wunderschönen Goldzähnen, bemühten sich um sie, wollten Pastis ausgeben, und Thomas wußte nicht, was er für ein Gesicht schneiden sollte.

Dann waren sie über den Markt gegangen, »Foire de Brocante«, die Plakate hatten sie schon in Le Thor und überall in der Gegend gesehen. Ein Riesenflohmarkt.

Geld müßte man haben und einen Lastwagen statt der Fahrräder. Es gab schon einiges, was in Deutschland viel teurer war, alte Möbel zum Beispiel. Birgit probierte Damenhüte aus, winzige Dinger aus den zwanziger Jahren. Der Händler amüsierte sich mit, obwohl er ziemlich sicher war, daß er es nicht mit echter Kundschaft zu tun hatte.

Dorothea lief hinter den anderen her, ohne sich wirklich für etwas zu interessieren. Ringler unterhielt sich mit Silke, die ernsthaft auf ihn einsprach. Als Thea dazukam, wechselte Silke offensichtlich das Thema:

»Schau mal, was für hübsche Filethandschuhe. Wolfgang, die wären bestimmt was für deine Freundin.«

»Tjaja vielleicht, vielleicht auch nicht ...«

Ringler setzte ein Gesicht auf, das zeigen sollte, wie sehr er seine Rätselhaftigkeit genoß. Natürlich wußte er, daß alle gerne gewußt hätten, ob er eine Freundin hatte. Mit einer betont lässigen Bewegung griff er nach den Handschuhen und legte sie demonstrativ langsam an ihren Platz zurück. Dann studierte er ein Regal mit alten Büchern. »Geht schon mal vor«, rief er. »Wir treffen uns nachher bei Maurice.« Thea und Silke gingen schon mal vor.

Schließlich ergab es sich, daß Ringler bei einem Antiquitätenhändler stehenblieb, der in einem flachen Glaskasten alten Schmuck ausliegen hatte. Der Händler öffnete den

Deckel, als er das Interesse bemerkte. »C'est joli, c'est vieux.« Ringler nahm spielerisch eine Brosche in die Hand, dann einen ziemlich präsentablen Ring mit einem Opal: »Ça fait combien?«

Auf der Rückfahrt fuhr Wolfgang Ringler an der Spitze, die anderen Räder schön der Reihe nach eins hinter dem anderen, wie es sich gehörte. Dorothea war die erste hinter ihm.

»Wolfgang –«

»Ja –«

Man mußte schon laut rufen, wenn man sich mit dem Vordermann unterhalten wollte.

»Glaubst du an Gott?«

Wolfgangs Fahrrad machte einen Schlenker.

Nach einer kurzen Pause in den Wind gerufen:

»Ja.«

Dabei drehte er den Kopf nicht um.

Am Abend hatten die Jungs aus alten Obstkisten ein Feuer gemacht. Es gab insgesamt fünf oder sechs Flaschen Wein. Ein Fahrrad ist kein Lastauto. Sämtliche Nudeln und sämtliches Gemüse, alles mußte mit dem Fahrrad hergefahren werden. So gab es genug Wein für jeden, aber nicht genug, um sich vollaufen zu lassen.

Trotzdem waren alle müde. Einer nach dem anderen verschwand in der Baracke. Auch Ringler stand auf.

»Ich werd' heut auch nicht mehr alt«, ging noch ein paar Schritte und zündete sich eine Zigarette an.

Er war eigentlich nicht sehr überrascht, als er Dorotheas Stimme aus dem Dunklen hörte. Wahrscheinlich hatte er sogar damit gerechnet, vielleicht sogar die Gelegenheit hergestellt? Er fand Dorothea interessant, schon bevor sie ihm diese unmögliche Frage gestellt hatte.

Andererseits – dachte er, als Philosophie- und Religionslehrer mußt du immer damit rechnen, daß dir solche Fragen gestellt werden. Aber auf dem Fahrrad, mitten in der Provence ...

»Na –«

»Na?«

Jetzt waren beide etwas verlegen.

»Wie hast du das heute mittag gemeint?«

Diesmal war es Dorothea, die sofort Bescheid wußte.

»Ich wollte nur wissen, ob du es auch weißt.«

»Was?«

»Daß es Gott gibt.«

»Moment mal. Erstens war das ein ziemlicher Überfall, fast schon unfair. Schließlich kann man sich auf dem Fahrrad nicht besonders gut unterhalten – über Gott und die Welt. Und dann habe ich nicht gesagt, daß ich weiß, daß es Gott gibt.«

»Doch!«

»Nein, ich habe auf deine Frage mit ›Ja‹ geantwortet.«

»Also!«

»Und du hattest mich gefragt, ob ich an Gott glaube. Das ist etwas ganz anderes, als wenn ich sage: ›Ich weiß, daß es Gott gibt‹.«

»Aber ich weiß es!«

»Quatsch. Du kannst das gar nicht wissen. Paß auf: Kant ...«

Der Wind wehte aus Dorotheas Richtung und Wolfgang Ringler bekam diesen berühmten Open-air-Geruch von Frauenhaut in die Nase, mit dem es die bekannten Schwierigkeiten geben würde. Die dunklen halblangen Haare kamen erschwerend hinzu. Und er hatte sich doch vorgenommen: Mit Schülerinnen nicht – jedenfalls nicht vor dem Abitur. Um sich abzulenken, dozierte er ziemlich unsentimental:

»Kant unterscheidet zwischen Glauben und Wissen. Was kann ich wissen? Wissen kann ich nur, wovon ich eine Anschauung habe oder allgemein eine sinnliche Erfahrung.«

Thea unterbrach:

»Daß ein Kreis rund ist, weiß ich auch mit geschlossenen Augen, davon muß ich keine ›sinnliche Erfahrung‹ haben.«

Wolfgang Ringler war erstaunt. Es war das erste Mal, daß sich eine Schülerin privat für Philosophie interessierte.

Er war etwas verwirrt, fand aber schnell seinen Dozententon wieder.

»Ja, das ist ein analytischer Satz.«

Thea kniff die Augen halb zusammen und schaute fragend. Sie brauchte offensichtlich eine Erläuterung.

»Ein analytischer Satz, ein analytischer Satz, ein analytischer Satz ist ein Satz, der nichts aussagt. Ich meine, es kommt nichts hinzu, verstehst du? ›Ein Schimmel ist weiß‹, ›Ein Rappe ist schwarz‹, ›Ein Kreis ist rund‹. Du hast das Subjekt, also ›Schimmel‹, und das Verb, ›ist weiß‹.

Im Wort ›Schimmel‹ ist schon enthalten, daß er weiß ist. Jeder Kreis ist rund, das muß nicht mehr dazugesagt werden. Wenn das Ding nicht rund ist, ist es kein Kreis mehr.«

Nach einer kleinen Pause sagte Dorothea fast wie zu sich selbst und sehr konzentriert:

»Dann ist der Satz ›Es gibt Gott‹ ein analytischer Satz.«

»Canterbury!«

Ringler rief das, als hätte Thea eine Entdeckung gemacht, und wollte gleich weiterdozieren, aber Dorothea war noch nicht fertig:

»Wenn ich sage ›Gott‹, dann ist in dem Wort enthalten, daß es ihn gibt, so wie im ›Schimmel‹, daß er weiß ist. Was soll ›Gott‹ sonst für eine Bedeutung haben? Jedes Wort hat doch eine Bedeutung. Oder? Wenn ich sage ›Wasser‹, dann meine ich Wasser. Wenn ich sage ›Luft‹, dann meine ich das da.«

Sie ruderte mit den Armen und machte überflüssigerweise Wind, denn der ging sowieso. Die Spitzen der hohen Zypressenhecken, die zwischen den Apfelfeldern zum Schutz gegen den Mistral gepflanzt waren, wiegten sich hin und her in der warmen Luft.

»Und wenn ich sage ›Gott‹, dann muß es ihn geben, denn sonst wäre Gott das einzige Wort, dem nichts entspricht.«

»Dem Wort ›nichts‹ entspricht auch nichts!«

Pause.

Dorothea schaute verblüfft, Wolfgang Ringler schaute wie ein Sieger. Er fühlte sich wie ein Tennisspieler, der den entscheidenden Breakpunkt plaziert hat.

»Stimmt«, sagte Thea. Und dann leise vor sich hin: »›Gott‹ und ›Nichts‹, nichts, nichts, nichts.«

»Aber du bist schon ziemlich genial.«

Das sprach die Stimme des Siegers gönnerhaft und leicht gelangweilt.

»Wieso?«

»Erklär' ich dir morgen.«

»Gemein!« sagte Thea, aber es klang nicht sehr ernst. Dann wieder ein bißchen verlegen: »Gute Nacht!«

»Gute Nacht!«

Ringler ärgerte sich selber, daß er das Gespräch unterbrochen hatte. Das hätte noch heiß werden können, dachte er. Er hatte die Notbremse gezogen.

Aber das Spiel war noch nicht zu Ende. Es hatte gerade erst angefangen.

Wolfgang Ringler konnte lange nicht einschlafen. Das war keine der üblichen Seminardiskussionen gewesen. Erst der Hammer auf dem Fahrrad: »Glaubst du an Gott?« Und dann das, was ihm Silke von dem Ring erzählt hatte.

Und dann dieser Geruch, den Frauen nur im Freien ausströmen.

Aber er hatte ja nun einen Ring. Beim Einschlafen stellte er sich vor, wie er an Theas Finger aussähe.

5

Die Kursfahrt in die Provence ging ohne weitere Zwischenfälle zu Ende. Frau Schreibweis war eigentlich sehr zufrieden. Sie lobte Ringler für das Quartier, das er aufgetan hatte. Sehr gut, daß man hatte selber kochen müssen, das war zwar manchmal eine ziemliche Sauerei gewesen, war aber gut für das Sozialverhalten. Der nächste Ort sieben Kilometer entfernt, so daß das Essen und die Getränke auf dem Fahrrad herangeschafft werden mußten, das war auch gut. Es hatte keinerlei Alkoholexzesse gegeben. Die ganze Fahrt war gruppendynamisch ein voller Erfolg. Nur über Dorothea machte sie sich Sorgen. Sie machte sich gern Sorgen, und sonst gab es weiter nichts Besorgniserregendes.

In Avignon waren die Räder verladen worden und nun saßen alle im Zug nach Hause. Der Zug fuhr spät abends ab. Es würde eine lange Fahrt durch die Nacht werden. In den Abteilen des D-Zugs wurden die Sitze zu einer fast durchgehenden Liegefläche flachgezogen und jeder suchte sich eine bequeme Position zum Schlafen. Ringler stand im Gang und rauchte eine Zigarette.

»Du schuldest mir noch eine Erklärung.«

Na also, da war endlich die Stimme Dorotheas. Er hatte nicht gemerkt, daß die Schülerin plötzlich hinter ihm stand. Obwohl er ihr die ganze Zeit aus dem Weg gegangen war, fühlte er sich jetzt fast erleichtert. Es hatte ihn schon gereizt, die philosophische Diskussion fortzusetzen. Aber wie er sich kannte, war es sauschwer, es bei der philosophischen Diskussion zu belassen.

»Was ist mit Canterbury?«

Er drehte sich langsam weg vom Fenster und tat zerstreut, geschäftsmäßig, so, als müßte er sich mühsam besinnen.

»Ja, Ja, wir wollten da noch was klären. Canterbury, Canterbury, was war da nochmal?«

Ringler schaute Dorothea kurz an. Das Mädchen wirkte gespannt. »Ach ja –«

Jetzt erinnerte sich der Wolfgang wieder:

»Also du hast da einen Gedanken gehabt, der stammt von Anselm von Canterbury, elftes Jahrhundert.«

Thea hörte interessiert zu.

Interessiert sie sich für mich oder für Gott? dachte der Referendar und schwebte eine Sekunde lang halbgöttlich über sich selbst.

»Also ich erklär's dir: Anselm war wie du der Meinung, man könnte wissen, also beweisen, daß es Gott gibt. Das geht ungefähr so: Gott, sagt er, ist ›das, worüber hinaus etwas Größeres nicht gedacht werden kann‹. Gott ist also das vollkommenste Wesen. Nichts fehlt ihm. Klar?«

»Klar.«

»Jetzt kommt der Atheist und sagt: ›Gibt's nicht‹ oder ›Ich glaube nicht, daß es sowas gibt‹. Sagt der Anselm: ›Moment mal. Wir waren uns doch einig, daß wir unter Gott das vollkommenste Wesen verstehen, das heißt, es fehlt ihm nichts.‹ Der Atheist stimmt zu. Anselm: ›Wenn ihm nichts fehlt, dann darf ihm auch die Existenz nicht fehlen. Er muß einfach existieren, denn wenn er kein Sein hätte, dann wäre er nicht das vollkommenste Wesen. Da er aber das vollkommenste Wesen sein sollte, muß er auch existieren, denn ohne seine Existenz ...‹«

»Ja, Ja, kapiert.«

Ringler war aber in Fahrt: »Und du hast genau dasselbe gesagt – so ziemlich – als du gesagt hast, es muß Gott geben, denn sonst bedeutet das Wort nichts.«

»Nichts, genau ›Nichts‹. Das war es. Du hattest gesagt...«

Lärm schnitt Dorothea das Wort ab. Ein Gegenzug knallte mit seiner Druckwelle und dem bretternden Krach auf die Ohren, bei dem man die Sekunden zählt, bis er schlagartig vorbei ist.

Danach entstand eine Pause. Draußen zogen Lichter vorbei. Wenn man die Augen zukniff, konnte man sie zu Streifen und hellen Strichen verwischen – vielleicht eines dieser Atomkraftwerke an der Rhône.

»Also ich bin genial und Gott existiert.« Dorothea wußte, daß der Referendar Wolfgang Ringler noch Munition im Köcher hatte. Die Sache mit dem »Nichts« hatte sie inzwischen hin und her begrübelt. Und jetzt wollte sie Ringler ein Stichwort geben.

»Natürlich bist du genial. Mindestens so genial wie Anselm von Canterbury, elftes Jahrhundert. Oder...«

Wolfgang Ringler, Gedankenspieler, teilte Komplimente aus und kassierte sie wieder auf die Väterliche:

»Vielleicht doch nicht ganz so genial. Denn der Gedanke, daß es eine Sache nur deshalb geben muß, weil es ein Wort dafür gibt, ist eigentlich nicht sehr genial. Gibt es etwa Zentauren, vorne Mensch, hinten Pferd? Gibt es die Sphinx oder Nixen? Da ist Anselm mit seinem Gottesbeweis schon etwas pfiffiger. Wenn es Gott geben soll, muß er vollkommen sein. Wenn er vollkommen ist, muß es ihn geben. Der Atheist hat schon verloren, wenn er sich auf die Definition eingelassen hat.«

»Woher willst du wissen, daß es keine Zentauren gibt?« Dorothea wollte nun das Match gewinnen und ging in die Verteidigung.

»Nein, nein, so geht das nicht.« Ringler war leicht unkonzentriert. Eine philosophische Diskussion ist kein Flirt, dachte er, obwohl ihn wieder dieser Duft gestreift hatte. Vielleicht hatte er sich das aber auch nur eingebildet.

»So geht das nicht. Wenn es Zentauren gibt, dann kannst du von Yeti, dem Schneemenschen, behaupten, daß es ihn gibt, von Nessie im Loch Ness, du kannst alles behaupten. Aber ...«

Ringler legte eine effektvolle Pause ein und schaute Thea an. Nein! Bitte nicht diesen Blick, dachte er.

»Aber beweisen kannst du es nicht, du mußt es glauben.«

Wolfgang Ringler war gut seine zwanzig Zentimeter größer als das Mädchen. Sie schaute wie eine Barockheilige in den Himmel nach oben, voll in seine Augen.

Ringler holte Luft.

»Also sagt man ›Ich glaube es‹, wenn man es nicht beweisen kann.«

»Genau. Wenn du etwas beweisen willst, mußt du es mir vorzeigen. Wie gesagt: sinnliche Erfahrung ...«

»Sinnliche Erfahrung ...«

Ringler stockte »Bei mir läuft's über die Nase«, dachte er und wollte eigentlich grinsen, aber Thea blieb vollkommen bei der Sache. Sie hatte jetzt keinen Sinn für Doppelsinn.

»Also wie ich neulich schon sagte«, fuhr Ringler fort, »Kant hat nichts gegen Gott, aber er hat gezeigt, daß man von Gott kein Wissen haben kann. Man kann ihn nicht beweisen.«

»Aber Anselm von Canterbury hat ihn doch bewiesen.«

»Nein.« Wieder legte Ringler einen gönnerhaften Ton in seine Stimme.

»Hat er eben nicht. Paß auf, nochmal langsam:

›Ein Schimmel ist weiß‹ ist ein analytischer Satz. Okay?«

»Okay.«

»›Ist weiß‹ bringt für den Schimmel keine neue Information. Gut. ›Ein Dreieck hat drei Winkel‹.«

»Ein analytischer Satz.«

»Jetzt könnte einer kommen und sagen: ›Im Begriff des Dreiecks ist enthalten, daß es drei Winkel gibt‹, womit er sicher recht hat. Hat er aber damit die Existenz des Dreiecks bewiesen?«

»Das ist eine andere Frage.«

»Genau! Wenn du jetzt sagst ›Gott ist das vollkommenste Wesen‹, ist das der weiße Schimmel, ein analytischer Satz, das hast du auch neulich selbst gesagt. Du hast nur etwas, das im Begriff Gott immer schon drin war, herausgeholt. Ein analytischer Satz aber verschafft dir kein Wissen. Du wolltest aber mehr wissen, als was der Begriff ›Gott‹ enthält, du wolltest wissen, ob es Gott überhaupt gibt.«

»Aber ich weiß es!«

»Neiijin!«

Ringler machte eine Bewegung, als hätte ihm einer auf den Fuß getreten.

»Du kannst es nicht wissen!«

»Das ist doch der Witz ...«

Thea wollte parieren: »Wenn ich sage ›... ist vollkommen‹, ist das doch etwas anderes als ›... hat drei Winkel‹, denn in ›vollkommen‹ ist die Existenz drin und in ›hat drei Winkel‹ nicht.«

»Also nochmal schön langsam ...« Ringler benutzte den Ton der übertriebenen Geduld, die aufzubringen ist, wenn einem Blöden etwas zum hundertsten Mal erklärt werden muß.

Er brauchte aber eigentlich die Zeit, um sich zusammenzunehmen. Oh Gott! dachte er. Schon wieder dieser Duft! Kombiniert mit dem Blick halte ich das nicht lange aus. Er holte tief Luft:

»Die Frage ist: ›Existiert Gott?‹ Wenn du oder der Anselm oder Descartes – der hat das genauso gemacht – oder der Leibniz« – Ringler wollte offenbar die dumme Thea in gute Gesellschaft bringen – »oder irgendein anderer von denen, die glauben, Gott beweisen zu können, seine Existenz aus seinem Begriff hervorzaubern wollen, dann sage ich als Atheist: ›Gut, dann verzichte ich darauf, einen so unsinnigen Begriff zu bilden.‹«

»Es langt ja, wenn ich ihn bilde.«

»Aber nur für dich! Ich sage dir jedesmal, wenn du ›Gott‹ sagst: ›Ich verstehe das Wort nicht‹. Du könntest genausogut ›meff‹ sagen.

Ich frage: ›Was bedeutet meff?‹, du sagst: ›Das vollkommenste Wesen‹. Ich sage: ›Warum bildest du einen so unsinnigen Begriff? Gibt's doch gar nicht!‹«

»Warum bilden ihn denn so viele Leute?«

»Das ist eine andere Frage!«

»Du hast den Ring!« Dorotheas Stimme hatte die Tonart gewechselt, war leiser, aber intensiver geworden, und sie schaute Wolfgang Ringler fest ins Gesicht, als wollte sie ihn hypnotisieren. Wieder ein Überfall.

Kalt hatte sie ihn vom Katheder gekippt. Er atmete tief durch »Was, was für einen Ring? Du meinst, du meinst, weil ich Ringler heiße ...« Er grinste etwas künstlich über seinen bemühten Scherz.

»Gib ihn her!«

Das war ein Befehl. Und Ringler war nicht der Typ, solchen Blicken zu widerstehen, wie Thea jetzt einen abschoß.

Er hielt kurz inne, so, als ob ihm etwas einfiele, sah plötzlich um die Augen herum geradezu listig aus, lächelte und sagte:

»Warte«, wühlte in seinen Taschen, wühlte und fand, zog die Hand hervor, machte sie flach, hob sie hoch. Auf der Hand lag ein Ring. Der Stein war ein Opal, der die schwachen Blitze der vorbeifahrenden Lichter in allen Farben zurückspielte.

»Meinst du den?«

Dorothea sperrte den Mund auf, die Knie wurden ihr weich.

Das obertonreiche, stählerne Fahrtgeräusch aus Eisen und Wind schwoll an in ihrem Ohr, ein Rad hatte eine Unwucht und schlug einen ratternden Takt. Im Rhônetal schaffte der TGV fast 200 km/h. Ihr wurde schwindlig. Als sie nach dem Ring greifen wollte, sackte sie zusammen. Ringler konnte sie gerade noch auffangen.

»Schau mal, der Ringler ringelt sich um Thea«, meinte Birgit, die im nächsten Abteil lag, zu ihrem Nachbarn.

Thomas setzte sich halb auf: »Nix, das ist Ernst!«

6

Dorothea hielt sich in einer idealen Höhe auf, ungefähr zwischen 150 und 200 Metern, so daß das weite Land in ihrem Blick lag, aber die Gesichter unten noch zu erkennen waren. Leicht flog sie über die abendliche Provence, die Provence, ein Land wie ein langer Abend. Was für ein Zustand! – Man mußte sich nur erheben, der Körper folgt dem Geist... Nichts mehr zieht dich nieder. Alles Schwere ist weg – du bist dein einziger, dein eigener Magnet... Warum hatte sie das nicht schon immer gewußt?

Silke, Thomas und die anderen. »Warum kommt ihr nicht mit?« rief sie hinunter. »Es geht ganz leicht!« Die da unten schienen sie nicht zu hören, sie waren schon zu weit weg.

»Dann flieg' ich halt alleine. Seht...«, sagte sie schon mehr zu sich selbst, »es geht ganz wie von selbst, wenn ich nur will. Ich will!« Man mußte nur die Beine mit einem Schnick nach hinten werfen, den Rest besorgte der Mistral. Herrlich! Der große flache Obstgarten lag unter ihr, die Felder schön abgeteilt durch hohe Hecken, dazwischen das klare Wasser der Sorgue. Einzelne Häuser aus Rot und Ocker lagen im späten Licht, ein bewachsener Berg, mit einer weißen Ruine bekrönt, erhob sich aus dem weiten Garten. Sie flog und flog weiter ohne Anstrengung. Der warme Sturm machte Fahrt über die Kalkberge und Thea spürte die Anziehung des großen Ventoux. Schon schwebte sie über seinen bewaldeten Flanken. Sie genoß das Gefühl. Kiefern und Zedern, herrliche Bäume, grüßten ihre Freundin herauf. Der schönste Berg der Provence lag wie ein Fujiama mit seiner weißen Kuppe unter ihr. Er lud sie ein: »Laß dich nieder auf meinem Kalkstein, er ist noch warm vom Tag, und von hier oben zeig' ich dir alles.«

Auch der warme Sturm war ihr Freund, ihr Diener, er gehorchte ihr und ließ sie sanft auf die kahle Kuppe sinken. Hier war ihr Platz. Sie schaute nach oben: »Da seid ihr ja!« Ihre Sterne blinkten wie alte Bekannte. Ihr war, als sei sie schon oft hier gewesen. So freudig blickt man nur beim Wiedersehen.

Auch Ringler saß schon da und erklärte ihr das Nichts. Er hielt den Ring in der Hand und erklärte mit seiner Disputationsstimme: »Dieser Ring ist das Nichts, also gibt es ihn nicht, sieh ihn dir genau an. Ich werde es dir beweisen.«

»Quatsch, gib her!« Sie griff nach dem Ring.

7

Wolfgang Ringler hatte sich vertan. Schon zum zweiten Mal vertan. Lehrer werden, das war nicht seins, das wurde ihm langsam klar. Er hatte ja auch nie wirklich Lehrer werden wollen, das hatte sich bloß so ergeben. Beamter auf Lebenszeit, das wäre ja noch gegangen, das hieß immerhin: Geld auf Lebenszeit. Die Firma war solide, krisenfest, aber der Staat verdarb den Charakter. Du mußt ihm deine Seele verkaufen, und zunächst sieht alles nach einem günstigen Handel aus. Das Gefährliche war, daß du sie, sofort, nachdem du lebenslänglich bekommen hast, wiederbekommst. Sie verlangen nichts von dir, jedenfalls nicht die Seele. Das ist das Tückische. Du mußt bloß pünktlich um acht erscheinen, pünktlich Noten eintragen, das Klassenbuch ordentlich führen, und dann sollst du ein guter Lehrer sein, einfach so. Sie verlangen im Grunde nichts von dir. Aber wenn du ein guter Lehrer sein willst, mußt du alles geben.

Schau sie dir an, diese kaputten Typen, die das Lehrerzimmer bevölkern und ihre Haßsprüche auf die Schüler austauschen. Wenn du keine silbernen Löffel klaust oder den Mädchen an die Wäsche gehst, entlassen sie dich nie, höchstens in den Ruhestand. Neulich hatte eine Referendarskollegin im Seminar ihren Traum erzählt. Sie war zum Schulleiter bestellt worden, und der hatte ihr die Pensionierungsurkunde ausgehändigt. Alle waren höchst amüsiert, weil im wahren Leben natürlich alles danach geierte, eine der seltenen Beamtenstellen erst einmal zu ergattern. Ringler fand die Geschichte aber nicht so lustig. Er war sogar ein bißchen erschrocken. C'est la vie – das sollte das Leben sein? Er hatte nur ein einziges.

Ringler war ein Spieler. Alles auf eine Karte setzen, das wäre es gewesen. Aber du darfst dich nicht vertun! Er war ein Spieler, aber nicht besonders kühn.

Und er hatte sich vertan. Zum zweiten Mal. Er lächelte in Gedanken. Zuerst hatte er Priester werden wollen, katholischer Priester. Dong! Er machte bei dieser Erinnerung noch einmal die bekannte Bewegung, bei der die linke Hand, in die Ellenbeuge des rechten Arms geschlagen, die geballte Faust nach oben schnellen ließ. Ohne bestellt zu sein, meldete sich bei ihm immer noch in regelmäßigen Abständen der Gedanke: das wär's gewesen, eigentlich wär's das gewesen.

Aber er hatte sich vertan. Nun schon zum zweiten Mal.

Ihn hatte die Sache gereizt. Alles, was selten ist, ist kostbar. Katholische Priester waren selten, ein knappes Gut. Nach dem kleinen Einmaleins der Volkswirtschaft waren knappe Güter kostbar. Katholischer Priester zu werden, das war der totale Gegenakt, nichts war weniger normal, nichts sonst stand mehr gegen den Trend.

Ringler haßte den Kanal. Der Kanal, das war das, was alle dachten, der fließende Fortschritt zwischen Beton. Make love not war, Friede, Freude, Eierkuchen. Alles nicht falsch, aber gesteuert vom Gesetz der Herden und Schwärme. Der Kanal hatte eine hohe Fließgeschwindigkeit. Ringler brauchte alle Kraft, um die Strömung zu überwinden. Nicht mitschwimmen? Nein, das ging nicht! – Schneller schwimmen, das war die einzige Rettung! Daher war gerade der Zölibat für ihn die große Attraktion. Der Hechtsprung aus der Strömung, das Mittel der Wahl für die Schnellsten. Da wurde ihm was weggenommen, das betraf das Fleisch und deswegen ging es auch ins Fleisch. Der Geist lenkt den Trieb, das war Freiheit vom Kommando der Hormone, für ihn ein Anzeichen, daß etwas dran war an der Sache. Wenn du die Wahrheit willst, wird dir was weggenommen, wirst du beraubt. Der Zölibat hätte ihn aus dem Kanal geholt. Ich und die Wahrheit – das lief darauf hinaus: ich *oder* die Wahrheit!

Ich bin zu schnell, dachte Ringler, noch schneller als der Kanal. Ich eigne mich für keine Bewegung. – Klingt paradox wie die meisten Wahrheiten. Keine Studentenbewegung, keine Ökobewegung, Frauenbewegung höchstens. Ringler war gerne ironisch mit sich selbst. Bewegen und bewegen lassen. Ringler mußte an Thea denken. Noch nie hatte er kunstvoller etwas in Bewegung gesetzt, doch war ihm nicht ganz wohl bei der Sache...

Sicher hatte es seinen Reiz, sich von Düften und Blicken bewegen zu lassen, solange *er* es blieb, der die Fäden in der Hand hielt. Würde am Ende wieder die Absetzbewegung stehen?

Schon als Schüler, als er ganze Nachmittage draußen war, und immer die schnellsten Fluchtwege aus der Stadt ermittelte, hatte er das Gefühl, nicht dazuzugehören, und wenn er durch die Gegend fuhr, sanierte er immer in Gedanken die Landschaft. Die Schaumstoffabrik mitten im Rheingau wischte er weg, stellte das Mainzer Becken wieder her, legte Parks an, wo die Industriegebiete mit ihrem Architekturersatz sich breit gemacht hatten. Schnickte die Baracken aus dem Feld, die von der Landwirtschaftsindustrie über Nacht dahingehunzt worden waren. Gegen alles, vor allem gegen alles, was alle dachten, entwickelte er einen Vorbehalt. Er war zu schnell, schneller jedenfalls als der Fortschritt. Weil er nicht bei den fortschrittlichen Massen mitlief, hielten ihn viele für konservativ.

»Du tust gerade so, als wärst du der liebe Gott, weißt alles besser!« Sein Vater war Jurist gewesen und hätte natürlich gerne gesehen, daß auch er Jurist geworden wäre. Mit den Sprüchen seines Sohnes und Besserwissers konnte er nichts anfangen. Das war pubertär und verlor sich sicher mit der Zeit: »Der hat seine Paradiese im Kopf, das wächst sich aus.«

Der Vater hielt Religion für gefährlich. »Das hat man bei Hitler gesehen, Hitler, das war auch nichts als eine Religion!« Hitler hatte den Alten erst begeistert und ihm dann die Begeisterungsfähigkeit gestohlen. Skeptische Generation, einmal begeistert – nie mehr begeistert, jedenfalls für keinerlei Phantasien vom Paradies mehr zu begeistern.

Doch Wolfgang Ringler hatte es seinem Vater gezeigt. Für Ringler war es das reine Vergnügen, das Entsetzen und die Verstörung seiner Umgebung zu beobachten, als er sich im Priesterseminar anmeldete. Er wußte noch genau, wann er den Entschluß dazu gefaßt hatte. Den letzten Kick brachte eine Geschichte. Eigentlich mehr wegen der Erotik hatte er angefangen, das »Decamerone« von Boccaccio zu lesen, und gleich die zweite Geschichte war die vom Juden Abraham und vom Kaufmann Jeannot von Sevigné.

Ringler griff in sein Bücherregal. Das »Decamerone« stand noch am selben Platz, wo er es damals hingestellt hatte.

»Vielleicht kann ich die Geschichte für den Unterricht brauchen.« Er murmelte mit sich selbst. Referendar Ringler las seine Lieblingsgeschichte noch einmal durch. »Oder für Thea ...«

Jeannot von Sevigné war von seinem Geschäftsfreund, dem Juden Abraham, so begeistert, daß er traurig darüber war, daß dieser gute Mensch nicht den wahren Glauben hatte – den seinen natürlich.

So versuchte er, ihn in langen und vielen Gesprächen zu bekehren. Abraham, der sich fest an sein jüdisches Gesetz hielt, war erst ungehalten, fand aber Vergnügen daran, mit seinem Freund Jeannot zu debattieren und disputieren. Außerdem erkannte er an, daß es reine Freundschaft war, die diesen bewog, ihn zu bekehren. Wenn sein Glaube wahr war, konnte er ihn nicht für sich behalten. Er wollte einfach seine Wahrheit mit ihm teilen. Schließlich war Abraham so weit, daß er zustimmte, Christ zu werden, stellte allerdings eine Bedingung, von der seine Entscheidung abhängig gemacht werden sollte. Er wollte nach Rom ziehen und sehen, ob der Lebenswandel des Stellvertreters Christi, des Papstes und seiner Kardinäle dem christlichen Glauben entspräche.

Jeannot wurde traurig, denn es war ja allgemein bekannt, wie es zuging am päpstlichen Hof in Rom. Trotzdem reiste Abraham nach Rom. Wie zu befürchten, erwiesen die Prälaten sich als Schwelger, Wollüstlinge und Trunkenbolde, dazu waren sie noch geizig und habgierig.

Als Abraham aus Rom zurückkehrte, begrüßte Jeannot ihn zwar mit herzlicher Freude, weil er glücklich zurückgekehrt war, aber er fragte erst gar nicht, wie die Probe ausgefallen war. Und was Abraham dann aber doch berichtete, war in der Tat so, wie es der brave Jeannot hatte kommen sehen: Wollust, Völlerei und jedes Laster dieser Welt herrschte in Rom, so, als wollten der oberste Hirte und seine Helfer alles daran setzen, um die christliche Religion Lügen zu strafen.

Wie erstaunt aber war Jeannot, als Abraham daraus gerade nicht den Schluß zog, den sein Freund nun befürchten mußte, sondern genau den gegenteiligen. Weil Abraham sah, daß der christliche Glaube trotz dieser Kirchenführer sich weiter ausbreitete, war er zutiefst überzeugt, daß es nur der göttliche Geist sein konnte, der ihn dennoch am Leben erhielt. Alle Argumente seines Freundes hatten ihn nicht restlos überzeugt, jetzt aber ließ er sich taufen.

Das »Decamerone« war eines von Ringlers Lieblingsbüchern. Und diese Geschichte hatte ihm damals das große Muster geliefert, für seine Drehung im Kopf. Es gab einfach keine Institution, keinen Verein, keine Ideologie, die so miserabel gemanagt war wie die katholische Kirche. Und eben das machte sie in seinen Augen attraktiv. Die philosophische Kritik hatte die Religion eigentlich schon im achtzehnten Jahrhundert, spätestens aber im neunzehnten erledigt: Feuerbach, Marx, Freud. Und wenn man sich diese Kleinbürger ansah, die zu Pfarrern und Bischöfen wurden – einfach die Nachhut der Entwicklung, dann war es schlechterdings unerklärlich, wieso es diese Institution überhaupt noch gab, wie sie es geschafft hatte, die Aufklärung zu überleben, die Nazis zu überleben, den Marxismus zu überleben. Abrahams Erkenntnis: Wenn es etwas gab, was es eigentlich nicht geben durfte, dann, ja dann ... Offenbar war diese älteste Institution auf Erden auf eine seltsame Weise viel klüger als alle ihre Repräsentanten. Ihre Klugheit bestand in ihrer Dummheit – aus der Sicht des Kanals. Ohne diese Position anzustreben, war diese Kirche ein Fels im Kanal.

Abrahams Geschichte war die »zweite Geschichte des ersten Tages«. Die dritte Geschichte war die von dem Ring.

8

Dorothea spielte Tennis. Sie mochte den Geruch, den der rote Sand des Platzes ausströmte, wenn er frisch gewässert war. Es war einer der herrlichen Spätsommertage mit kühlen Morgen, deren Dunst die Sonne schnell wegheizte. Die Sonne war noch stark, aber sie stand tiefer und warf tiefere Schatten. Die Dinge wirkten wirklicher als sonst in der klaren Luft.

Es war ein herrliches Gefühl, sich voll auszutoben und dann unter der Dusche zu stehen, zu merken, wie das warme Wasser die Muskeln entspannte, dann kalt, heiß, kalt, heiß, sich abzutrocknen, in die Kleider fahren, die kühle Baumwolle spüren, die Haare halbtrocken in die warme Sonne halten, nichts denken.

Nichts denken. »Nichts« denken. Geht's schon wieder los, dachte Dorothea. Man kann nicht »Nichts« denken. Wenn man »Nichts« dachte, war Nichts Etwas. Da wirst du verrückt!

Immer wenn Dorothea die Sache mit dem Nichts passierte, geriet sie in einen eigenartigen Abstand zu sich selbst.

Sie hatte mit Silke an einem Zen-Wochenende teilgenommen. Ein Workshop mit einem echten Zen-Meister, der jahrelang in einem echten Zen-Kloster in Japan gelebt hatte. Ein Wochenende ist im Grunde viel zu kurz. Das hatte sie gleich eingesehen. »Du kannst nicht in ein paar Stunden das lernen, wofür andere Jahre brauchen«, sagte Silke. Silke fuhr ab auf Asien. »Ich muß meine Yoga-Übungen machen, damit ich meine Mitte finde.« Erst Yoga und jetzt Zen.

Silke war rothaarig, ein schönes Tizianrot. Thea fand es

jedenfalls schön, wie alle Welt. Einmal hatte sie minutenlang die Lichtreflexe in Silkes Haar studiert, aber Silke litt unter den ständigen Komplimenten für ihre Haarfarbe. Erstens war es das einzige, wofür sie Komplimente bekam, und dann fühlte sie sich überhaupt am wohlsten, wenn sie nicht beachtet wurde. Sie hatte die Haare abschneiden lassen. Sie war deprimiert wegen ihrer Pickel. Am schlimmsten aber war für Silke die Magersucht. Seit sie Yoga machte, war es besser geworden.

Die Therapeutin ihrer Mutter hatte dann so von diesen Zen-Exerzitien geschwärmt: »Das ist was für dich, Silke. Da gibt's nur leichte vegetarische Kost, die behältst du bestimmt bei dir. Und wenn du deine Mitte wieder gefunden hast, sollst du mal sehen ...«

Thea ging schon mal gerne zum Chinesen, hatte aber weniger übrig für das asiatische Zeug. »Na, wenn's dich glücklich macht«, hatte sie zu Silke gesagt, war aber schlagartig neugierig geworden, als Silke erzählt hatte, worauf es bei der Zen-Meditation ankam: »Du mußt dein Bewußtsein völlig leer machen, nichts denken, das ist das Ideal.« Na, das wär's doch, dachte Thea und meldete sich an.

Bei der Einführung gab der Zen-Meister Anweisungen: Wenn die Gedanken kommen, darfst du sie nicht festhalten. Laß sie gehen, so, wie sie gekommen sind. Sich durchlässig machen! Nirgendwo anheften. Konzentriere dich auf deinen Atem. Stoßweise fünfmal ausatmen, fünfmal einatmen, vor der weißen Wand sitzen, nicht den Verputz studieren, die Augen loslassen, Bilder einlassen und wieder rauslassen, auf Durchlauf stellen, nicht auf Reize reagieren, keine Antwort geben, atmen. Wem der Lotussitz zu schmerzhaft ist, der soll sich hinknien. »Am Anfang sitzen wir nur zwanzig Minuten, dann gehen wir zwanzig Minuten.«

Der Zen-Meister zeigte, wie man geht, und führte vor, wie man atmet. Das richtige Atmen erforderte am Anfang noch zu viel Aufmerksamkeit. Es kam darauf an, das richtige Atmen, Gehen, Sitzen zu üben, bis alles von selbst vonstatten ginge.

Tatsächlich behielt Silke das ganze Wochenende ihr Essen bei sich. Thea hatte am besten gefallen, daß zwei Tage nicht geredet wurde. Das war nicht unangenehm.

Das Kreuz tat ihr zwar weh, aber wenn sie täglich zwanzig Minuten vor der Wand gesessen hätte, und richtig geatmet hätte, würde das ihr nichts mehr ausmachen.

Aber es war Dorothea nicht gelungen, nicht an den Ring und an die »Sache mit dem Nichts« zu denken. Mitten in der schönsten Entleerung des Bewußtseins war ihr, als sähe sie Sterne – ihre Sterne, ihren Stern, ihren Ring funkeln.

9

Je größer der Abstand wurde, desto besser hatte dem ganzen Kurs die Fahrt in die Provence gefallen. Selbst die coole Fraktion fand hinterher alles cool. Langsam verklärte die Erinnerung die anstrengenden Tage, und ein sagenhaftes Land blühte in den Köpfen auf, das Land der Ockersteinbrüche, der flammenden Zypressen, die im Mistral tanzten, ganz wie auf den Bildern von van Gogh, das Land der schweren Weine von Gigondas und des Lavendelhonigs, das Land, in dem Maurice noch in hundert Jahren Pastis ausschenken würde...

Thea war nicht auf den »Provence-Abend« gegangen. Es wurde natürlich provençalisch gekocht, oder doch so, wie man in der Provence gekocht hatte: Herbes de Provence, Sebastian sprach das immer deutsch aus: »Herpes de Prowangs«, das war so sein Humor. Dias wurden angeschaut, Ringler war ein ehrgeiziger Photograph gewesen, und jeder durfte noch mal an Friedrichs Duftkissen riechen. Die Freundin, der er es ursprünglich zugedacht hatte, war ihm inzwischen abhanden gekommen, so behielt er wenigstens das Kissen. Später meinte Thomas einmal: »Irgendwie komisch die Sache mit Thea.« Aber Thea war kein Thema. »Das knallt irgendwie raus.«

Wolfgang Ringler mußte sich zugeben, daß er enttäuscht war, als er merkte, daß sie nicht gekommen war. »Ist sicher besser so«, versuchte er sich zu überreden: »Nicht mit Schülerinnen, jedenfalls nicht vor dem Abitur!« Es war schon gut, wenn man Prinzipien hatte. Doch das dunkelhaarige Mädchen mit den philosophischen Interessen ließ sich nur schwer aus seinem Kopf verscheuchen.

Außerdem fühlte er sich schuldig. Ein bißchen. Er hatte niemand davon erzählt, was die Ohnmacht im Zug auf der Rückfahrt ausgelöst hatte. Das Spiel war noch lange nicht zu Ende.

Von hinten betrachtet, hatte die Szene etwas Opernhaftes. Im letzten Drittel des zwanzigsten Jahrhunderts waren Ohnmachten bei den Damen aus der Mode gekommen. Das aber hatte ihm gerade wieder gefallen. »Starke Szene«, dachte Ringler. »Der große Zauberer zaubert im großen Moment den Ring hervor, das Medium fällt in Ohnmacht, liegt hingegossen in seinen Armen, die Faust umschließt den Ring, der Ring wird weggezaubert, voilà!«

Ringler verpaßte sich das Selbstgefühl eines Schwerenöters, war sich am Ende aber doch nicht sehr sicher, die Fäden in der Hand zu halten.

Da war einmal das merkwürdig gelöste Lächeln auf Dorotheas Gesicht, nachdem sie in seine Arme gefallen war, dann hatte er, als er sie, ganz große Oper, auf seinen Armen in das nächste Abteil trug, eine Überdosis von diesem Duft abgekriegt. Der Duft einer ohnmächtigen Frau hatte zudem etwas Illegales. Die Wiederbelebung hatte er dann lieber den Mitschülerinnen überlassen. Er war wohl etwas zu weit gegangen. Ob Silke etwas ahnte?

Wolfgang Ringler hielt es für seine pädagogische Pflicht, das Spiel fair zu Ende zu bringen. Es gab ja schließlich auch einen pädagogischen Eros. Aber offensichtlich ging Dorothea ihm aus dem Weg. Sein letzter Unterrichtsversuch wäre beinahe gekippt, weil sie ihn immer nur aus großen Augen ansah, mit demselben Ausdruck als sie sagte: »Gib mir den Ring!«

Andererseits hatte er das deutliche Gefühl, aus der Entfernung von ihr beobachtet zu werden.

»Da muß jetzt was passieren«, sagte sich der Referendar Wolfgang Ringler. Er mußte sich etwas einfallen lassen. Übrigens stand Thea ja kurz vor dem Abitur ...

»Lehrer hätte ich nicht werden sollen«, murmelte er vor sich hin. »Vielleicht falle ich ja auch durchs Examen.«

10

Zu Hause war Dorothea gründlich untersucht worden. Der Kreislauf war etwas instabil, das würde man weiter beobachten müssen. Zur Besorgnis aber bestand kein Anlaß. »Das sind Wachstumsstörungen, das kommt vor, ist fast normal«, hatte der Internist gemeint.

Merkwürdig, warum im Kurs über Theas Ohnmachten nicht weiter geredet wurde. Das war irgendwie kein Thema.

Silke hatte einmal zu lästern versucht: »Du hättest mal den Ringler sehen sollen, wie er dich hingelegt hat, süß direkt, an deiner Stelle würde ich bei passender Gelegenheit wieder mal ohnmächtig werden.« Aber Thea hatte scharf zurückgezischt. »Du mit deiner Magersucht, hör erst mal auf zu kotzen, dann reden wir weiter.«

Silke war ein wenig traurig, früher hatte man mit Thea über alles reden können. So von Frau zu Frau. Aber seit dem Abend auf dem Berg war sie wie verwandelt. Schade. Vielleicht war sie in den Ringler verknallt.

Vielleicht hätte sie dem Typen die Sache mit dem Ring nicht stecken sollen... Sie würde die Sache im Auge behalten.

Dorothea erhielt einen anonymen Brief, das heißt, der Absender war ein gewisser Yehuda Halevi, wohnhaft Jerusalem, Morija-Str. 144. Er war aber in Offenbach abgestempelt, also stimmte etwas nicht mit dem Brief. Es war auch kein wirklicher Brief, sondern ein besonderer Text, eine Art Geschichte. Thea hatte sehr plötzlich ein flaues Gefühl am Sonnengeflecht, als sie die Überschrift las:

»Der wahre Ring.«

Sie setzte sich, fing an zu lesen:

»Es lebte in Córdoba vor tausend Jahren ein Jude. Er war ein Gelehrter, ein berühmter Arzt und Astronom, der sich auf die Weisheit Arabiens ebenso verstand, wie auf die Schriften des Aristoteles. Der König, dem die Heilkunst Yehudas einmal das Leben gerettet hatte, schätzte seinen Rat. Eines Tages ließ er ihn kommen und sprach: ›Yehuda, ich bin alt und lebenssatt. Macht und Reichtum bedeuten mir nichts, denn ich habe sie. Das Volk liebt mich, Allah hat mich gesegnet, und doch muß ich sterben. Von dir sagt man, du seiest der Weiseste meiner Untertanen. Sage mir, habe ich nicht große Schuld auf mich geladen, daß ich nicht alle meine Untertanen gezwungen habe, die wahre Religion anzunehmen?‹

›Sehr wahr‹, sprach Yehuda. ›Wenn es um die Wahrheit geht, kann von Zwang nicht die Rede sein. Daß zwei und zwei vier sind, daß ein Kreis rund und ein Schimmel weiß ist, darüber kann kein Zweifel erlaubt sein. Die Wahrheit ist einzig. Und wenn die Schulmeister die Knaben züchtigen, die sich sträuben, zu lernen, was die Wahrheit ist, so haben sie recht.‹

›Gut‹, sprach der König, ›so muß ich nur noch wissen, welche der drei Religionen in meinem Reich die wahre ist. Zwar weiß ich, daß Allah – sein Name sei gepriesen – der allgütige und allbarmherzige, sich Muhammad, seinem Propheten, geoffenbart hat, aber die Christen lehren etwas anderes und ihr Juden glaubt auch nicht an die Weisheit des Koran. Du giltst als der weiseste meiner Untertanen, deine Heilkunst hat mir das Leben gerettet und mich wurmt, daß der beste Kopf des Landes ein Ungläubiger sein soll. Auch dich selbst muß doch die Frage beschäftigen, welche Religion die wahre ist.

Laß uns die Wahrheit herausfinden bevor ich sterbe, daß ich sie allen meinen Untertanen zu ihrem Besten vorschreiben kann.‹

Da erzählte Yehuda dem König diese Geschichte: ›Es lebte einmal ein Kaufmann, der war reich und doch – was selten vorkommt – gottesfürchtig. Unter seinen Schätzen und Kleinodien war ein Ring von besonderem Wert und einmaliger Schönheit.‹«

Dorothea ließ das Papier sinken. Etwas sackte in ihren Magen. Sie hatte ein Gefühl wie: Jetzt kommt's, hielt den Atem an, atmete tief durch, machte sich gefaßt und las langsam weiter:

»›*Er wollte nun, daß dieser Ring immer bei seinen Nachkommen verbleibt, und ordnete daher an, daß derjenige seiner Söhne, dem er den Ring vererbte, als das Oberhaupt der anderen zu gelten habe. Der Erbe hielt es mit dem Ring und seinen Kindern genauso, und so ging es über viele Generationen, bis der Ring schließlich an einen Vater von drei Söhnen gelangte, die alle wohlgeraten waren und die der Vater alle liebte.*

Der Vater wurde alt, und er mußte an sein Ende denken und daran, wem er den Ring vererben sollte. Der jüngste Sohn traf ihn eines Tages allein. Der Vater blickte ihn mit Wohlgefallen an, und da die anderen beiden nicht dabei waren, versprach er ihm, schwach wie er war, den Ring. Auch der zweite Sohn rührte in einer vertrauten Stunde das Herz des Vaters und erlangte die Zusage, der auserwählte Erbe des Ringes zu sein. Zuletzt erschien der Erstgeborene, der Stolz seines Vaters. Ihm konnte das schwache Vaterherz am wenigsten widerstehen. Auch ihm versprach er den Ring.

Von da an quälte den Vater der Gedanke, zwei seiner Söhne zu kränken, jedem von ihnen hätte er gerne den Ring gegönnt, doch nur einem konnte er ihn geben.

Er verfiel nun auf die Idee, sich von einem geschickten Goldschmied zwei Ringe fertigen zu lassen, die dem ersten gleich wären, vollkommen gleich.

Der Künstler kommt, der Coup gelingt, und jeden seiner Söhne bestellt sich der Vater, der sein Ende nahen fühlt, einzeln, und jedem gibt er einen Ring. Den wahren aber, dessen geheime Kraft von außen nicht zu sehen ist, gibt er seinem Erstgeborenen, denn er sprach: ‚Der erste soll der letzte sein', damit meinte er, daß er mit seinem Erstgeborenen zuletzt gesprochen hatte, ‚und der letzte der erste', damit meinte er, daß dieser der Erste unter seinen gelieb-

ten Söhnen sein sollte, denn der Erstgeborene war es am Ende doch, den er von allen am meisten liebte.‹«

Hier brach der Text ab oder war zu Ende, keine Unterschrift, einfach Schluß. Dorothea schüttelte ungeduldig den Kopf. Dann las sie alles noch einmal langsam durch und dachte nach.

Was bedeutete die Geschichte für sie? Zuerst mußte sie herausbekommen, was die Geschichte für den alten König bedeutete. Was konnte der König aus dieser Geschichte entnehmen? Soviel war klar. Drei Ringe, drei Religionen, dreimal eine Wahrheit, die allein gelten sollte. Aber nur einer der Ringe war echt! Jeder der Besitzer eines Ringes mußte sich für den alleinigen Besitzer halten und die anderen Brüder für Betrüger. Jede Religion konnte, das sollte doch das Gleichnis sagen, sich als die einzig wahre verstehen. Nur der Vater kannte den echten Ring und der alte Yehuda, der Erfinder der Geschichte. Der wußte, daß es der Erstgeborene war, der das Original erhalten hatte.

Alle Geschichtenerzähler sind allwissend, ging es Thea durch den Kopf. Natürlich wissen sie nur alles, was in ihrer Geschichte gilt. Nur der Herr der Geschichte weiß, daß der Erstgeborene *zu Recht* weiß, daß er den echten Ring besitzt, und die anderen *zu Unrecht* wissen, daß sie den echten Ring besitzen. Innerhalb der Geschichte sagt jeder der drei Brüder dasselbe: Ich habe den echten Ring. Der Erstgeborene ist in der Geschichte nicht schlauer als seine Brüder. Er glaubt ja dasselbe wie sie, nämlich daß sein Ring echt ist. Eben genau das denken ja auch die anderen. Die Sache sähe anders aus, wenn der Vater seinem Erstgeborenen gestanden hätte, daß er aus Gutmütigkeit und Schwäche den anderen Kopien gegeben hatte. Dann wäre der Erstgeborene mit im Komplott. So aber...

Thea war ratlos.

Was wollte der alte Yehuda dem König sagen? Was wollte dieser merkwürdige Brief sagen?

Thea nahm einen dritten Anlauf. Also nochmal von vorne. Jeder glaubt, er hat den echten Ring. Jeder glaubt, er ist erwählt, denn sonst hätte ihn sein Vater belogen. Das kann keiner annehmen, das wäre pietätlos. Der gute alte Vater, ein Betrüger? Unmöglich! wird jeder Sohn denken. Der Vater aber, wenn er wirklich seine Kinder auch über den Tod hinaus liebte, mußte genau das gewollt haben. Jeder sollte glauben, daß der Ring echt ist. That's it! Der Glaube macht den Ring wahr.

»Der Glaube macht den Ring wahr!« Dorothea wurde heiß im Kopf. »Der Glaube macht den Ring wahr!« Das war die Botschaft!

Ihre Gedanken nahmen Fahrt auf. Zeitraffertempo bis zum Kurzschluß und Blitz: Sie hatte den Ring. Glaub an den Ring! Das war die Botschaft des Textes. Sie hatte das Glück! Sie war erwählt. Sie mußte es nur wollen, nur ja dazu sagen. So wie sie das Papier sinken ließ, stieg Wärme in ihr hoch. Sie ließ die Augenlider langsam herab, nahm sehr bewußt die Außenwelt weg, saß drei Minuten oder ewig mitten im Glück, erst ganz still, mußte dann aber aufspringen, aus dem Zimmer rennen, ihrer Mutter um den Hals fallen, die gerade aus der Stadt kam und dabei war, den Mantel aufzuhängen. »Thea, was ist los?«, mußte weiterrennen in den Garten, das scheußliche Wetter, ohne Jacke, wurde naß und merkte nicht, wie ihre Eltern, jetzt gleich alle beide vergeblich hinter ihr herriefen, dann gelaufen kamen, sie einholten, zuerst der Vater, dann die Mutter, sie zurückführten und unter die heiße Dusche stellten.

Thea ließ sich alles gefallen wie ein kleines Mädchen.

»Das kenn' ich«, sagte der Vater, »reg dich nicht auf. Sie ist verknallt.«

11

Der Referendar Wolfgang Ringler vertrat die Fächer Philosophie, Religion und Französisch. Das Fach Philosophie war eingerichtet worden für die Schüler, die aus dem Religionsunterricht ausgetreten waren.

»Ihr entkommt mir nicht!« hatte er mit Befriedigung zu sich selbst gesagt, als die meisten, die er aus der Provence gut kannte, Birgit, Sebastian, Christiane, Silke und die anderen, also auch Thea, in der ersten Stunde Philosophie vor sich sitzen hatte. Eigentlich hatte er gehofft, sie in Religion zu unterrichten, aber Theas Jahrgang war schon vor Jahren aus dem Religionsunterricht ausgetreten. Mit vierzehn war man »religionsmündig« und hatte das Recht auszutreten. Vierzehn Jahre – und schon im Kanal. Das Gewissen, auf das sie sich beriefen, war nichts als ein Strömungsfaktor des Kanals. Es verstand sich von selbst, daß alle von ihrem Recht auf religiöse Selbstbestimmung Gebrauch gemacht hatten. Es hatte sich von selbst verstanden. Statt Religion gab es eine Freistunde.

Nun hatte er sie in Philosophie und sie ihn. »Das ist die List der Vernunft«, dachte er, »oder die göttliche Vorsehung, was dasselbe ist.« »Warum lächeln Sie eigentlich immer?« fragte Thomas.

»Ach nichts«, sagte er, »nichts, nichts, nichts«, aber das sagte er nicht mehr laut, und er grinste noch mehr.

»Sagt mir lieber mal, was ihr früher in Religion so gemacht habt.«

»Liebe, Freundschaft, Ehe, Umweltverschmutzung«, rief es von allen Seiten durcheinander, »dritte Welt und Sekten,

Okkultismus und Astrologie. Was haben Sie eigentlich für ein Sternzeichen?«

»Habt ihr auch mal in der Bibel gelesen?«

»Uaach – das wäre ja noch langweiliger.«

Jetzt wußte Ringler, warum es damals Mode geworden war, aus dem Religionsunterricht auszutreten.

12

Post für Thea. Ihre Mutter drehte einen Brief vorsichtig vor ihrer Nase, als ob der Inhalt gefährlich sei. Er war ziemlich dick. Sie war ja nicht neugierig, aber sie hatte ja schließlich auch eine Verantwortung für ihre Tochter. Es war schon ein Kreuz mit dieser Tochter in letzter Zeit. Immer war sie so ein liebes stilles Kind gewesen, aber jetzt, so kurz vor dem Abitur, machte sie ihr Sorgen. Erst dieser labile Kreislauf und jetzt... Ob sie wirklich verliebt war? Sie war sich nicht ganz sicher. Thea erzählte ihr ja nichts, jedenfalls nicht das, was sie wissen wollte.

Yehuda Halevi, Jerusalem«,

den Absender kann ja jeder lesen. Offenbar ein Israeli, die Briefmarke aber war deutsch. In Offenbach abgestempelt, eigenartig. »Da stimmt was nicht«, murmelte Frau Heutiger für sich und stellte sich voll ihrer mütterlichen Verantwortung. Sie war moralisch geradezu verpflichtet, den Brief zu öffnen, Briefgeheimnis hin oder her, man hatte ja schließlich als Mutter auch eine Verantwortung, so kurz vor dem Abitur...

Vorsichtig öffnete sie den selbstklebenden Verschluß des Umschlags, holte den Brief heraus und schloß sich im Klo ein, vorsichtshalber, damit sie ihn ungestört lesen könnte.

Der Inhalt brachte mehr Fragen als Antworten. Soviel war gleich zu sehen, ein Brief war das nicht, jedenfalls kein gewöhnlicher, ein eigenartiger Text, auf dem Computer geschrieben:

»Die wahre Geschichte vom wahren Ring

Der König sprach zu Yehuda dem Weisen: ›Was willst du mit

dieser Geschichte sagen? Mit den Söhnen jenes Vaters meinst du ohne Zweifel die Religionen meines Reiches, drei an der Zahl.‹

›Deine Klugheit, o König, hat dich nicht verlassen.‹

›Wenn ich nun richtig deute, so wäre die Lehre Muhammads dem jüngsten Sohn vergleichbar, denn sie ist die späteste und jüngste und, wie ich glaube, der Gipfel der Offenbarung, nimmt sie doch die Lehren aller heiligen Bücher von Juden und Christen auf, um sie durch den Mund des Propheten zu veredeln. Doch – wenn ich es recht bedenke‹, der König unterbrach seine Rede, runzelte dann die Stirn und blickte Yehuda scharf an, ›wenn ich es genau nehme, könnte ich deine Geschichte für eine Gotteslästerung halten. Ich hätte nicht übel Lust, im Ernste dir zu zürnen. Wie kannst du es wagen, den Allmächtigen mit einem listigen Greis zu vergleichen, der schwachherzig ist und nicht imstande, sein Haus zu bestellen. Er mag zwar schlau sein, aber doch nicht klug. Muß er nicht gewärtigen, daß unter seinen Söhnen Zank und Streit die Folge seiner Ränke sind? Wenn jeder wähnt, er sei der Herr des wahren Ringes, wird jeder jenen Platz besetzen wollen, den einst er selbst und ohne Neider hatte. Zwietracht und Brudermord hat er gesät, ein schlimmes Erbe seinen Kindern hinterlassen.‹

Yehuda wurde bleich, besann sich aber dann und sprach: ›Nicht so, mein König, auf keine Weise war der Vater töricht. Doch zürne nicht, wenn ich gestehe, daß mich dein königlicher Scharfsinn zwingt, dir zu berichten, wie es in Wahrheit sich verhielt. Es war‹ – hier zögerte Yehuda – ›ein wenig anders, was der Vater dachte. Mit klugem Sinn sah er – wie du – voraus, daß, wenn sein Ältester, der, den er am meisten liebte, als einziger den Ring besäße, Zank, Streit und Krieg nicht würden zu vermeiden sein. Denn solzen Sinnes war ein jeder Sohn und hätt' um keinen Preis ein brüderliches Regiment erduldet. So mußte er den Ältesten und den Geliebtesten beschützen vor dem Neid der Brüder. Bedenke doch, mein König, die Finsternis im Herzen junger Männer, denk nur an Kain, den Sohn der ersten Menschen, der Abel, seinen Bruder, einst aus Neid erschlug.

So ließ er jeden kommen von den jüngeren, gab jedem seinen Ring, den falschen, wie es sich von selbst versteht, und gab noch jedem diese Lehre: Laß keinen von den Brüdern wissen, daß du der Auserwählte bist, dem ich den Ring gegeben. Er bringt dir Glück, doch nur, wenn niemand weiß, daß du ihn hast.

Dem Ältesten, dem, den er zuerst geliebt und daher auch zuletzt, ihm sagte er dasselbe wie den Brüdern, wie jene, so hieß er auch den Liebling schweigen und wies ihn an, zu hoffen auf die Kraft des Kleinods. Doch – gab er ihm den wahren Ring!

Sodann besann er sich und ließ ihn nochmals rufen. ›Mein lieber Sohn‹, sprach er, ›ich bin ein Vater von drei Söhnen, gehorsam seid ihr alle drei, solange ich lebe, und achtet wohl das Wort des alten Vaters. Doch wenn ich nicht mehr bin – ich fühle, daß mein Ende nicht mehr fern ist – was wird aus euch dann werden? Oft hat man schon gehört von Feindschaft unter Brüdern, von neidischen Gefühlen, Mord und Totschlag. Euch aber steht dies Schicksal, wenn mein Plan gelingt, mit Gottes Hilfe nicht bevor. Du bist mein Ältester, der liebste mir von allen meinen Söhnen. Du sollst bekommen, was kein anderer bekam, ein Wissen, das ich nur für dich bestimmt.‹

Nun ließ der Alte den Erwählten wissen, wie er mit gutem Grund zwei neue Ringe, je einen noch für jeden Bruder, den Goldschmied hatte machen lassen, wie jeder nun, im Glauben an sein Unterpfand, sein Glück vor Augen könnte funkeln sehn.

›Sei klug und lasse jedem diesen Glauben, dann werden Eintracht, Glück und Frieden für jeden deiner Brüder, und auch für dich vor allem, die Früchte meines Einfalls sein. Wenn einstmals aber du zu Jahren kommst und Söhne hast, wie ich nicht zweifle, so halte es genau wie ich, such einen Goldschmied und gib jedem seinen Ring, dem Ältesten den echten, weih ihn, mein Sohn, gerade so wie ich, in das Geheimnis ein, dann wird der Name unseres Hauses blühen und gedeihen, solange Weisheit dies Geschlecht regiert.‹«

Schluß, Abbruch, keine Unterschrift.

»Merkwürdiges Zeug«, dachte Frau Heutiger und hielt das Papier gegen das Licht, ob nicht etwa in Geheimtinte etwas zwischen den Zeilen geschrieben wäre. Ein saftiger Liebesbrief hätte sie weniger beunruhigt. Die Geschichte kam ihr irgendwie bekannt vor. Das war doch die Geschichte von den drei Ringen, wer hatte die noch gleich geschrieben? Goethe oder Schiller? Herder oder Lessing? Das Ärgerliche war, sie konnte jetzt nicht fragen, ohne sich verdächtig zu machen. Nun kam sie sich doch wie eine Schnüfflerin vor. Sorgfältig klebte sie den Falz wieder zu und betätigte die Spülung. Am liebsten hätte sie das Ding mit in den Kanal geschickt. Aber dann würde sie nie erfahren, was dahintersteckte.

Dorothea kam direkt vom Tennis zum Abendessen, schön müde, hungrig und sehr zufrieden. Ihr Gefühl, die Welt umarmen zu wollen, hatte sich sehr gut auf ihr Aufschlagspiel ausgewirkt.

Aufgeräumt fuhr sie ihrem Vater durch die spärlichen Haare. Das hatte sie lange nicht gemacht.

»Thea, du hast auch Post.«

Die Mutter kam mit dem Tablett aus der Küche. Mit einem eleganten Schwung schnappte Dorothea den Brief im Vorbeifedern und verschwand in ihrem Zimmer.

»Wieso kommt sie jetzt nicht zum Essen?« fragte Frau Heutiger ihren Gatten nach zehn Minuten.

13

Der Referendar Wolfgang Ringler erteilte Philosophie, Ersatzunterricht für die Schüler, die aus dem Religionsunterricht ausgetreten waren.

Er teilte Bibeln aus.

»Was? Wieso Bibeln? Das dürfen Sie nicht, Herr Ringler! Wir sind aus Religion ausgetreten. Sie dürfen hier keinen Religionsunterricht machen!«

Das war schon fast ein kleiner Tumult.

Ringler stellte sich dumm: »Wieso, ihr wollt doch einen anderen Unterricht als Religionsunterricht.«

»Genau!«

»Und jetzt biete ich euch das Kontrastprogramm. Ihr habt mir gesagt, daß ihr im Religionsunterricht die Bibel nicht gelesen habt.«

»Ja schon, aber ...«

»Und jetzt machen wir genau das Gegenteil. Also, was wollt ihr denn?«

Jetzt grinste Ringler.

»Das ist link!«

Die Dreizehner mochten Ringler, und im Grunde war es ihnen egal, was Ringler machte, interessant war es immer. Fast immer.

»Nein – keine Angst. Wir machen jetzt nicht Religion, sondern wir machen Religionskritik, und dazu brauchen wir die Bibel. Wir lesen da Stellen, die ihr garantiert nicht kennt.«

»Ja da gibt's tolle Sauereien!« Das war wieder typisch Sebastian. »Sodom und Camorra oder so.«

»So oder so ähnlich.«

14

Ringler hatte heute seine Abstandsübungen noch nicht gemacht. Zehn Minuten Konzentration jeden Tag hatte er sich vorgenommen. »Abstandsübung«, so hatte er eine besondere Art von Bewußtseinstraining genannt. Eine seiner verrückten Ideen. Er nannte sie selber verrückt, weil das Verrücken dabei die Hauptsache war. Es ging tatsächlich darum, den Blickpunkt zu verschieben, zur Seite, nach hinten, nach oben, nach unten zu verrücken, egal, Hauptsache man sah nicht in die Richtung, in die der Kanal floß. Manchmal konnte man dann sogar sich selber sehen.

Den Beschluß hatte er im letzten Sommer gefaßt, als er am Ufer eines klaren Gewässers im Gras lag, halb auf der Seite, und an gar nichts dachte. Er wußte sogar noch, wie das kleine Städtchen in Frankreich hieß, auf dem halben Weg zum Atlantik. Sein Name war Illiers.

Er mochte klare Gewässer sehr, sie mußten durchsichtig sein, bis auf den Grund. Und am Grund mußten sie grün bewachsen sein, Pflanzen, moosartige Kissen und langes Kraut, dessen Strähnen sich wie aufgelöstes Frauenhaar in der gleichmäßig ziehenden Strömung schwingend hin und her bewegten, ohne fortzukommen. Das könnte immer so bleiben. Hin und her, her und hin, scheinbar sinnlos. Als er dort halb auf der Seite lag, am Ufer des Loir und an gar nichts dachte, sah er die Bewegung im Stillstand. Das Zeug bewegt sich und kommt doch nicht fort – doch nur, solange alles fließt.

Sah er oder dachte er? Er sah das Wasser, das Kraut, die Bewegung und den Stillstand. Nein, den dachte er... Oder?

Er sah die kleinen Fische. Einen Schwarm. Manchmal hatte es geschienen, als löste er sich auf und jeder einzelne von den Kleinen schwämme seiner Neugier nach oder einem Wasserfloh. Dann aber, wie auf ein Kommando, durchzuckte es alle und sie bewegten sich so, als gehörten sie einem einzigen Organismus an. Pfeilschnell, wie abgeschossen und dann alle im gleichen Tempo gebremst, langsam sinkend. Aber es gab kein Kommando. Alle wollten in derselben Zehntelsekunde dasselbe. Verrückt!

Nein verrückt war offenbar ein einzelner, der manchmal Mühe hatte, die Manöver des Schwarms mitzumachen. Der hatte was! War er krank? Sicher würde er bald gefressen. Oder er wäre derjenige, der als erster einen Hecht bemerkte, wenn dieser auf den Schwarm zuschösse.

»Das bin ich«, dachte Ringler plötzlich und wurde von einer ratlosen Zuneigung für den Kleinen neben dem Schwarm überwallt. Er konnte ihn ja nicht küssen, ohne ihn zu fangen und zu töten.

»Er ist wie ich, er geht auf Abstand. Er schaut den anderen zu. Er macht genau dasselbe wie ich.«

Um den Schwarm zu verstehen, mußte man mitschwimmen. Um den Schwarm zu verstehen, mußte man beobachten. Beides zugleich, ging das überhaupt? Eins nach dem anderen. Man mußte im Schwarm sein und draußen, erst drinnen und dann draußen, drinnen und draußen zugleich... Was für eine Kunst!

Damals hatte Wolfgang Ringler beschlossen, jeden Tag zehn Minuten Abstandsübungen zu machen.

15

Abstand zu Dingen, Abstand zu Menschen. Wenn er bei Menschen auf Abstand gehen wollte, pflegte er, wenn sie Kinder waren, zehn, zwanzig Jahre dazuzugeben. »Zeitschnitt« nannte er das, ein Standardexperiment. Mit diesem Verfahren wurden aus den langweiligsten Zeitgenossen seltene Persönlichkeiten. Die Kids wurden auf einmal, mit soviel Zukunft hinter sich, viel interessanter.

Inga in zwanzig Jahren? Oder Tanja! Die kleine Tanja war für ihre dreizehn Jahre erschreckend vernünftig. Bei ihr sah Ringler zwei Möglichkeiten: Entweder Verwaltungsinspektorin oder der Wahnsinn. Tanja war zu früh vernünftig. Wer zu früh vernünftig wird, neigt zur Übertreibung. Und zuviel Vernunft macht wahnsinnig. Das war eine dieser Weisheiten, die ihm mit seinen siebenundzwanzig Jahren eigentlich noch gar nicht zustanden: die Kombination der beiden berühmtesten Weisheitssprüche aus dem alten Griechenland. Er hatte sie einfach zusammengeklebt und einen neuen daraus gemacht. Der eine hieß: »Nichts im Übermaß!«, der andere: »Erkenne dich selbst!« Zusammen ergaben sie die Superweisheit: »Erkenne dich selbst, aber übertreib es nicht!«

Oder Klaus zum Beispiel, das Kläuschen, das jetzt schon so viel besser rechnen konnte als er selbst. Der müßte, weil er ja auch gleichzeitig so ein lustiger kleiner Phantast war, bestimmt ein Erfinder werden, ein Wissenschaftler oder sowas. Denn ein Erfinder brauchte beides. Er muß rechnen können und Ideen haben. »Am Ende wird er Rechtsanwalt.« Ringler glaubte seinen Abstandsübungen manchmal selber nicht. »Aber dann hätte er eben versäumt, Erfinder zu werden!«

Abstandsübungen führten oft zu idealen Verlängerungen.

Sibylle mit ihren Augen, die sie schon mit ihren elf Jahren so professionell schräg stellen konnte, das würde mal eine Frauenfrau, also eine Frau, bei der man sich nicht fragte, ob sie sich nicht besser auf der Männerseite aufstellen sollte.

Da hatte ihn wieder eine seiner Lieblings-Abstandsideen erwischt. Der Geschlechterkampf, Geschlechterkrampf. Das kam öfter vor, daß er über seinen Abstandsübungen sich ins Grundsätzliche verlor: Warum die Frauen nicht dasselbe machten wie die Männer, das war seit einigen Jahren das große Thema des Schwarms, des Schwarms im Kanal. Im Kanal hatte sich das Schwarmkommando verbreitet, daß es überhaupt falsch sei, wenn Menschen dieses oder jenes Geschlecht hätten – es gab ja nur zwei – also eines von beiden: Männer, die Männer waren und sonst nichts, und Frauen. Frauen, die Frauen waren und sonst nichts. Das Schwarmkommando hieß: Männer müssen weiblich, und Frauen müssen männlich sein. Der Geschlechterunterschied muß verschwinden, denn er ist nichts als eine Erfindung ideologischer Patriarchen, die das Beste, die Herrschaft und die Arbeit, für sich reserviert hatten und sich die Frauen zum Putzen, Kochen und Kinderkriegen abgerichtet hatten.

So wurden also den Knäblein Puppen in die Hand gedrückt, und die Mädchen mußten Kfz-Mechanikerinnen werden.

Immer öfter war es ihm so gegangen, daß er gerade bei Gestalten, die er nicht so gut kannte und die er nur von hinten sah, dachte: »Sweatshirt, Jeans, lange Haare, was ist es, männlich oder weiblich?« Diese fülligen Sweatshirts konnten schon mal einen kleinen Busen total unsichtbar machen. Der »Es-Typ« war im Kommen.

So gesehen, war die Geschlechtsumwandlung die klassische Anfängerübung fürs Abstandsehen. Bei Siebzehn-, Achtzehnjährigen schaffte er manchmal drei bis vier in der Minute. Dann suchte sich Ringler manchmal aus Trainingsgründen bewußt schwere Fälle aus, also, Mannmänner und besonders weibliche Frauen. Diese im Kopf umzudrehen, das war schon eher was für Fortgeschrittene. Aber sie wurden auch immer seltener. Der fifty-fifty Einheitstyp lief massenhaft herum.

Wie zur Entschädigung, so, als ob die Denkbehörde ein schlechtes Gewissen bekommen hätte, schrieb der Kultusminister – oder war es die Ministerin? – vor, daß man nicht mehr allgemein von Schülern, sondern immer nur von »Schülerinnen und Schülern« sprechen dürfe.

Was im Leben glattgebügelt wurde, sollte wenigstens in der Grammatik ein Denkmal erhalten.

Bei älteren Leuten stellte er sich immer vor, wie sie als Kinder ausgesehen hatten. Das war weniger erfreulich. Die Zukunft mit ihren Versprechungen hatten sie ja schon hinter sich. Manchmal lag die Tragik auf der Hand. »Lacht ihr nur, ihr kommt auch noch dran«, dachte Ringler, wenn sich die fünfzehnjährigen Mädchen über Frau Lesius, die fünfzigjährige Kollegin, auslachen wollten, die mit verzweifelten Schminkbemühungen ihrer strapazierten Gesichtshaut mit der Zeit das Aussehen eines alten Apfels gegeben hatte. Von hinten und aus der Entfernung sah sie immer noch aus wie eine Kreuzung aus Pippi Langstrumpf und Barbie-Puppe. »Gemein!« dachte Ringler. Die Frau war eine wandelnde Abstandsübung.

Oder der Hausmeister der Bertha-von-Suttner-Schule, der sah aus wie ein Ehrenpräsident. Der absolute Briefmarkenkopf. Der richtige Typ, um Schlußworte zu sprechen und Urkunden zu überreichen. Statt dessen verkaufte er Ka-

kao in der großen Pause. Immerhin hatte er den Spitznamen »Frühstücksdirektor«.

Aus der Sicht eines gelernten Abstandsehers waren die meisten Posten falsch besetzt. Der Ministerpräsident von Hessen, ein anderes Beispiel, sah aus wie ein Postobersekretär, der er, seinem wahren Wesen nach, zweifellos auch war, deshalb hatte ihn der Schwarm, der plötzlich von einem Postobersekretär regiert werden wollte, ja auch schließlich gewählt. Und wer saß wirklich hinter dem Postschalter? Ein Typ wie Robert Redford, dem man sofort die Hauptrolle in einer Abenteueroper von Steven Spielberg anbieten möchte. Haare auf der Brust, Drei-Tage-Bart, Goldkettchen – nein, doch nicht ganz Robert Redford – aber die Richtung ...

Das war überhaupt das Schlimme, daß der Ministerpräsident sich in einer Sekunde der Wahrheit immer sagen mußte: Du läufst hier als Hochstapler herum. In Wahrheit bist du ein Postobersekretär. Wirst du es heute wieder schaffen, einen Ministerpräsidenten darzustellen? Daß der Postobersekretär den Ministerpräsidenten nur darstellte, aber keiner war, merkte man daran, daß er immer wie ein Schauspieler wirkte, ein nicht besonders guter Schauspieler. Die Wahrheit kannte natürlich nur ein geübter Abstandseher.

Frau Lesius allerdings, die Barbiepuppe, die sich, wenn sie ein halbes Jahrhundert früher gelebt hätte, stolz auf ihre jungfräuliche Selbständigkeit »Fräulein Lesius« genannt hätte, trug ihren Anspruch, dauerhaft fünfzehnjährig zu sein, so offensichtlich zur Schau, daß es jeder merkte. Das war das falsche Leben.

16

Abstandsübung: Thea in zehn Jahren. Immerhin hätte sie dann Abitur. Schwerer Fall. Ringler mußte sich anstrengen. Wenn Wolfgang Ringler an Thea dachte, war sie sofort da, ohne jeden Abstand.

Das Dumme war, sie war auch da, wenn er nicht an sie dachte. Es war schon schwer, nicht an sie zu denken. Allein schon dieser Geruch in der Nase, das heißt im Sinn – kann man Gerüche im Sinn haben? – diese überfallartigen Blicke, mit anderen Worten, das Mädchen war außerordentlich nah, zu nah. Also höchste Zeit für eine Abstandsübung.

»Männerphantasien! Nichts als Männerphantasien, da bin ich gnadenlos gegen mich selbst!« Ringler setzte sich aufrecht auf dem Stuhl vor seinem Schreibplatz und konzentrierte sich: Also Thea in zehn Jahren. Damit er überhaupt in Fahrt kam, mußte Ringler sich ganz schön aufpumpen. Er half sich, indem er alles halblaut sprach. Thea in zehn Jahren – keine seiner leichtesten Übungen:

»Weißt du noch, wie alles angefangen hat? Die verrückte Geschichte mit dem Ring? Von hinten sieht das so aus, als hätte ich mir das alles höchst raffiniert ausgedacht, dabei hat sich das mehr zufällig so ergeben. Na ja, es hat mich halt gejuckt, ein bißchen den lieben Gott zu spielen ...« Thea würde lächeln, wissend lächeln. Dann würde sie sagen: »Du und der liebe Gott, ihr seid mir schon zwei.« Dann würde sie ihm über den Kopf streichen, er würde ihren Geruch spüren ...

»Teufel nochmal!« Ringler wurde auf einmal laut, er war aufgesprungen. »Teufel nochmal!« Thea eignete sich nicht für Abstandsübungen. »Schöner Abstand!«, die hatte weiß

Gott einen langen Arm. Aus der Entfernung von zehn Jahren strich die einem übern Kopf. Das war das Gegenteil von Abstand. Und überhaupt: »Wie alles angefangen hat...« Was hat denn angefangen? Nichts hatte angefangen. Nichts. Nein, mit dem Nichts hatte alles angefangen. Verflucht nah dieses Nichts! O Gott! Du hast mir gerade noch gefehlt. Oder bist du da?

Also nochmal! Man würde sich zufällig beim Bäcker treffen, nein, da kann man sich nicht gut unterhalten, also am Flughafen in einer Warteschlange oder in der Bahn, da kann sie nicht weg:

»Hallo, kennen wir uns nicht? Ja natürlich, Sie sind doch – warten Sie, der Name fällt mir sofort ein.« Ringler versuchte das Gesicht des angestrengt Überlegenden zu schneiden. »Richtig, die Thea! Na Thea, wie geht's? Erinnern Sie sich noch an die lustige Geschichte mit dem Ring, wie Sie mir nachher so böse waren?«

Saublöd!

Also ganz normal, nochmal wie zwei normale Menschen: »Grüß' dich Thea, lange nicht gesehen« –

Quatsch!

Ringler saß eine Minute und starrte an die Wand. War die Geschichte überhaupt lustig?

Nein, die Geschichte war alles andere als lustig. Er hatte eine Ohnmacht ausgenutzt. Ziemlich mies! Er hatte einen Wahn verstärkt, er wollte den lieben Gott spielen. Die Fäden ziehen, er, der große Zampano und Thea das Püppchen.

Aber er hatte es doch gut gemeint. Er wollte ihr etwas geben, etwas schenken, das Beste, was er im Kopf hatte. Es sollte doch so etwas wie ein Lehrstück werden, sie sollte etwas kapieren. Nur das, was man erlebt hat, das hat man verstanden. Das kleine Einmaleins der Pädagogik. Das wäre mal eine Lektion. Besser als alles, was zwischen zwei Buchdeckeln zu holen ist. Und er hatte Theas Erlebnisse hergestellt. Thea sollte erfahren, was er arrangiert hatte.

Erst so ein Gefühl der Erwählung aufbauen, so hoch fliegen lassen, wie es geht, und dann kraftvoll aufdotzen lassen.

Der liebe Gott in der Provence, du lieber Gott! Weißt du wieviel Sternlein stehen! Gott kommt man nur näher, wenn alle Illusionen über ihn weggezaubert sind. Ich muß die Sache jetzt in den Griff kriegen. So oder so. Aber wie? Auf keinen Fall vor dem Abitur!

Es hatte geklingelt.

17

»Was soll das?«

Die Stimme klang halb irre, man merkte die gebremste Erregung. Thea schmiß ihm den Brief auf den Tisch, und schaute den kleinen Zampano mit einem Blick an, der ihn sofort nagelte, nein, dem er sofort ausweichen mußte. Sein rechter Arm machte die Bewegung, die er sich angewöhnt hatte, wenn er etwas erklärte, aber er erklärte nichts:

»Setz dich doch erst mal.«

Dann die Geste, etwas zu groß geraten, mit der ein Redner ein Massenpublikum beruhigen würde, die aber jetzt viel zu groß und komisch wirkte: »Wart, ich mach uns erst mal einen Tee.«

Er war aufgeregt. Aufregung steckt an. Zu ihr sagte er:

»Du bist ja ganz aufgeregt!«

Er wollte ihr – die reine Amtsanmaßung – väterlich den Arm um die Schultern legen. Doch Thea eisig:

»Faß mich nicht an!« Ringler zuckte zurück.

»Erklär!«

Das war wieder ein Befehl.

»Gut, gut, ich erklär' dir alles.«

Die Gedanken in Wolfgang Ringlers Hirn fetzten in der Geschwindigkeit vorbei, mit der ein Mensch, dessen Fallschirm sich nicht öffnet, den Film seines Lebens vorbeifahren läßt:

Erklären, was er gemacht hatte, den Ring erklären, die Texte erklären, das Nichts erklären, sich selbst erklären, Gott erklären?

Sein Blick fiel auf seinen unordentlichen Tisch, seine Unterrichtsvorbereitungen für die neunte Klasse und stoppte bei einem Foto, genauer gesagt, es waren zwei Fotos, die er für den Ersatz-Religionsunterricht herausgesucht hatte.

»Setz dich doch erst mal!« Thea setzte sich zögernd.

»Ich geh' erst mal Tee machen.«

»Guck dir mal das Foto an.«

Ringler rief das aus der Küche. Das Foto zeigte eine zerklüftete Felsenlandschaft, rötlich ockerfarbener, von Wind und Sand bizarr verblasener Stein, steil, die Spitzen vom Alter glatt und rundgeschliffen, mit senkrechten Spalten, keine Pflanzen. Bei genauerem Hinsehen waren Treppen zu entdecken, im Zickzack in den Felsen geschlagen, die Stufen schon so verwittert, daß sie nicht mehr begehbar schienen. An manchen Stellen, dort, wo die Neigung des Steins flacher war, führten sie auch direkt nach oben. Ein verwirrendes System von Treppen, wohin sie führten, war nicht zu erkennen.

Ringler aus der Küche: »Es geht um Kindermord!« Er wußte jetzt, wie er anfangen würde.

Jetzt brachte er den Tee und seine Sicherheit wieder mit zurück. Umständlich stellte er das Tablett mit den Tassen und der Kanne auf die Ecke des mit Papieren bedeckten Tisches, hielt es mit einer Hand fest, räumte mit der anderen Papier zur Seite, griff die beiden übereinander liegenden Fotos, legte sie vor Dorothea hin, stellte die Tassen auf ihren Platz, goß mit einer gewissen Feierlichkeit den Tee ein, fragte Thea, die noch außer Atem war, die doch auf der Stelle Aufklärung verlangte, ob sie Zucker oder Milch wollte.

»Ich will jetzt alles wissen!«

»Eins nach dem anderen. Milch oder Zucker?«

»Nichts.«

»Na, trink mal einen Schluck Tee.«

18

»Was heißt hier Kindermord?«

»Hat hier stattgefunden.« Ringler, der sich inzwischen gesetzt hatte, rutschte so um den Tisch herum, daß beide die Fotos zusammen betrachten konnten. Heute roch sie nach Kinderseife, aber auch nach, nach – es war immer derselbe Duft.

Er hatte das zweite Bild obenauf gelegt. Es zeigte dieselbe Felsenlandschaft in Gipfelhöhe, einen weiten Blick über ein Felsgebirge, das von einer tiefstehenden Sonne plastisch ausgeleuchtet war. Steine vor tiefblauem Himmel. Im Vordergrund sah man eine Bergspitze, Felsen, in den von Menschenhand eine quadratische Plattform gearbeitet war. In der Mitte ein erhabener Klotz, von dem aus eine Rinne zum Rand führte. Ein Opferplatz.

»Hier ist es passiert. Hier sind Kinder geopfert worden.« Ringler nahm es nicht so genau. Es handelte sich eigentlich nur um einen der sogenannten »High places«, von denen es eine ganze Anzahl im Gebiet von Petra in der nabatäischen Wüste gab, wie auch in den Bergen von Juda. Sicher, es war ein Opferplatz, die Rinne war für den Abfluß des Blutes gemacht, aber ob hier tatsächlich Kinderopfer stattgefunden hatten, war keineswegs gewiß.

»Tolle Gegend! Das ist das Gebirge am Rand des Jordangrabens, nicht weit vom Toten Meer. Auf der anderen Seite schräg gegenüber liegt die judäische Wüste. Hier geht's hoch.«

Ringler, »der Wolfgang«, zog das erste Foto nach oben und fuhr mit dem Finger dem Zickzack des Treppensystems entlang.

»Ich will wissen, was der Ring bedeutet!«

»Kommt alles, kommt alles. Nur eins nach dem anderen.«

Wolfgang Ringler hätte nicht gedacht, daß er seine Unterrichtsvorbereitungen zur Religionskritik einmal außerhalb der Schule, also im Leben, würde brauchen können. Ganz falsch lag er mit seinem Kinderopfer nicht.

»Es hat tatsächlich Kinderopfer gegeben.«

»Woher willst du das wissen?«

»Weil es in der Bibel steht. Dort wird ständig verboten, die Kinder für den Gott Moloch ›durchs Feuer gehen zu lassen‹, das ist ein feststehender Ausdruck. Was nicht vorkommt, muß nicht verboten werden. Also hat es Kinderopfer gegeben.«

»Und was hat das mit dem Ring zu tun?«

Diesmal war es der Studienreferendar, der den Einwurf einfach überhörte und weiter dozierte:

»Du bist doch philosophisch ziemlich fit, eigentlich die philosophisch begabteste Schülerin, die ich kenne.«

Er schmiß ihr einen kleinen Schmeichelköder hin, um sich die Erlaubnis zu seinem Vortrag zu holen. Außerdem, dachte er, ist es die Wahrheit.

»Und weiter?«

»Also weiter: Warum opfert einer sein Kind?«

»Das ist ja wohl das letzte!«

»Richtig! Es ist tatsächlich das letzte, das Letzte, was einer opfern kann, bevor er sich selbst zerstört. Das Kind wurde ja nicht geopfert, weil die Eltern es nicht liebten. Im Gegenteil! Gerade weil es das Wertvollste und Geliebteste war, was ein Vater haben konnte, deshalb mußte er es dem Gott opfern. Wenn es das Wertvollste und Geliebteste war, dann war es für den Gott gerade gut genug.«

»Weshalb muß man überhaupt Göttern opfern? Wer hat überhaupt diese blutrünstigen Typen erfunden?«

»Der Witz ist sogar, daß es diese Monster gar nicht gab, bevor man ihnen geopfert hat. Das Opfer macht die Götter. Paß auf, das hängt mit unserem Bewußtsein zusammen ...«

Es klingelte an der Tür. Draußen stand Silke.

»Entschuldige Wolfgang, kann das sein, daß die Thea bei dir ist? Ihre Eltern sind total aus dem Häuschen, die sind imstande und gehen noch zur Polizei.«

19

Ringler machte Unterrichtsvorbereitungen. Er überlegte. Eigentlich mußte er vorne anfangen, beim Tauschprinzip. Wie könnte er den Schülern dieses Wechselspiel zwischen außen und innen deutlich machen?

Vielleicht mit Augen? Er malte zwei Augen auf das leere Blatt Papier, das vor ihm auf dem Tisch lag. Wo gab es nicht überall Augen? Autos hatten Augen, Häuser hatten Augen, der Mond hatte ein Gesicht. Besaß er eigentlich noch das Bilderbuch, in dem die Bäume Augen und Nasen und Münder hatten? In Portugal gab es an der Küste bunte Fischerboote, die hatten auch Augen. Die Kinderlein müßten verstehen, daß alle Dinge Augen haben können.

Es war wie ein Wechselgesang, eine Antiphon, ein Wechselgesang zwischen innen und außen. Damit uns etwas »anspricht«, muß es menschlich werden. Warum suchen wir Bilder in den Wolken? In Tropfsteinhöhlen suchen die Fremdenführer aus den bizarren Zufallsprodukten des tropfenden Kalkwassers menschliche Gestalten herauszulesen: »Schneewittchen und die sieben Zwerge«. Oder »der Mönch mit der Kapuze«.

Er würde ein Experiment machen. Er würde zwei Augen auf ein Blatt Papier malen, auf zwei andere Blätter einen Kreis und ein Dreieck. Dann müßten die Schüler irgendwie dazu gebracht werden, eine persönliche Beziehung zu den Bildern herzustellen. Er könnte die Frage stellen: »Welches Blatt spricht euch an?« Dann würden sie sich von den Augen angesprochen fühlen.

Ringler gefiel diese Idee nicht besonders. Irgendwie müßte es ihm aber gelingen, diese Antiphon, den Wechselgesang zwischen innen und außen, klar zu machen. Immerhin wäre das der erste Schritt. Er beschloß, für dieses Lernziel noch einen genialen Einfall nachzuliefern, überlegte aber erst einmal, wie es weitergehen könnte.

Wenn die Antiphon zwischen innen und außen klar wäre, dann ginge es ans Göttermachen. Er überlegte sich Fragen: »Wann werden Götter gemacht?« Antwort: Götter werden gemacht, wenn sie gebraucht werden. »Wann werden Götter gebraucht?« Wenn es ohne Götter nicht mehr weiter geht.

Das war alles noch zu abstrakt. Er mußte sich eine Geschichte ausdenken, die das anschaulich machte. Ringler dachte sich eine Geschichte aus:

Ein Bauer hat sein Feld bestellt. Er hat den Boden vorbereitet, er hat geackert, er hat geeggt, er hat die Steine aus dem Acker gelesen, er hat gesät und nun ist seine Arbeit zu Ende. Er kann nichts mehr machen. Was aber noch fehlt, ist das Wasser. Er sieht eine Wolke am Himmel. Er lebt in einer Gegend, wo es nicht sicher ist, ob es regnet oder nicht. Er sieht eine Wolke, die sich nähert. Was macht er? Er redet die Wolke an, er spricht mit ihr: »Mensch Wolke! Hierher!« Er schreit die Wolke an: »Hier mußt du regnen!« Er *kann* nichts tun, aber er *möchte* etwas tun. An dieser Stelle würde er *»Mensch Wolke!«* an die Tafel schreiben.

Der Bauer hätte die Wolke zur Person gemacht. Wie kann er sie beeinflussen, damit sie sein Feld naß macht? Er möchte ihr etwas geben, etwas darbringen als Gegengabe dafür, daß sie sein Feld naß macht. Er baut einen Altar und bringt ein Opfer, der Wolke, die er, damit er eine Adresse für sein Tauschgeschäft hätte, zur Fruchtbarkeitsgöttin gemacht hat.

Ringler zweifelte, ob das so klappen würde. Er müßte ja den Schülern alles vortragen. Besser ist es immer, wenn sie selbst draufkommen. Dieser blöde pädagogische Firlefanz. Am liebsten würde er ihnen alles einfach erklären.

Zum Schluß würde er eine lange Liste von selbstgemachten Göttern machen. Oben würde er die Namen hinschreiben und unter die Namen die jeweiligen Zwecke oder Interessen, für die sie zuständig waren: Aphrodite oder Venus für die Liebe, Artemis oder Diana für die Jagd, Ares oder Mars für den Krieg, Poseidon oder Neptun für das Meer und die Probleme, die man mit ihm hatte. Jedem Gott entsprach ein menschliches Bedürfnis. Jeder Gott verdankte seine Existenz dem menschlichen Bedürfnis, mit ihm Tauschgeschäfte zu machen.

Ringler war müde; es war zehn nach elf. Er konnte nichts mehr denken. Er hielt gerade so die Augen offen. Vor ihm lag ein Blatt Papier, darauf zwei Augen, die jetzt ihn anschauten.

Erst mußte er Thea alles erklären. Oder ich fange mit dem Ende an und bringe erst den heißen Ezechiel. Ezechiel mit Unzucht und Kinderopfer. Kinderopfer waren der krasseste Fall vom Tauschprinzip! Er zerknüllte seine Notizen.

Ezechiel: *Man hat deine Nabelschnur nicht abgeschnitten, da kam ich an dir vorüber und sah dich in deinem Blut zappeln, Schuhe aus Tahasch-Leder schenkte ich dir, Honig und Feinmehl, Armspangen, Byssus und Seide. Unzucht hast du getrieben auf der Kulthöhe, den selbstgemachten Göttern hast du meine Kinder geschlachtet, mußtest du noch meine Söhne schlachten, um sie ihnen darzubringen und für sie durch das Feuer gehen zu lassen?*

Ja das ist ein Text. Erst das Opfer, dann die Erklärung. Wie im Leben.

20

Ringler war vorsichtig geworden. Er teilte nicht die Bibel aus, sondern ein abgezogenes Blatt: »Das ist ein Text aus dem sechsten Jahrhundert vor Christus, eine wichtige Quelle für unsere Untersuchungen zur Kritik der Religion. Er stammt aus Mesopotamien, also dem Land an Euphrat und Tigris. Er galt zu seiner Entstehungszeit als so eine Art heiliger Text. Ein solcher Text ist nicht zum Lesen, den muß man hören.«

Er hatte die Klasse inzwischen so weit, daß sie für seine Spielereien Sinn hatte. Zu Beginn der Stunde machte er meist eine kleine Konzentrationsübung, die nannte er hochtrabend: »Meditation«. Es war schon vorgekommen, daß einzelne Schülerinnen eingeschlafen waren, wenn er mit seiner weichen und voll klingenden Stimme suggestiv Bilder und Szenen vor ihnen aufbaute. Er hatte es schon zweimal geschafft, mit ihnen zusammen eine regelrechte Abstandsübung zu machen.

Diesmal las er seinen Schülern also, während sie mit geschlossenen Augen vor ihm saßen, aus dem Propheten Ezechiel vor:

»Bei deiner Geburt, als du geboren wurdest, hat man deine Nabelschnur nicht abgeschnitten. Man hat dich nicht mit Wasser abgewaschen, nicht mit Salz eingerieben, nicht in Windeln gewickelt. Nichts von all dem hat man getan, kein Auge zeigte dir Mitleid, niemand übte Schonung an dir, sondern am Tag deiner Geburt hat man dich auf freiem Feld ausgesetzt, weil man dich verabscheute. Da kam ich an dir vorüber und sah dich in deinem Blut zappeln; und ich sagte zu dir, als du blutverschmiert dalagst: Bleib am Leben!«

Ringler blickte kurz auf und versicherte sich, daß alle die Augen geschlossen hatten. Er hatte das Gefühl, daß es ihm gelang, die besondere Poesie und Kraft des Textes zu vermitteln. Er legte sich noch mehr ins Zeug, wisperte und tremolierte wie ein Klaus-Kinski-Verschnitt.

»Wie eine Blume auf der Wiese ließ ich dich wachsen. Und du bist herangewachsen, bist groß geworden und herrlich aufgeblüht. Deine Brüste wurden fest; dein Haar wurde dicht. Doch du warst nackt und bloß. Da kam ich an dir vorüber und sah dich, und siehe deine Zeit war gekommen, die Zeit der Liebe. Ich breitete meinen Mantel über dich und bedeckte deine Nacktheit. Ich leistete dir den Eid und ging mit dir den Bund ein – Spruch Gottes des Herrn –, und du wurdest mein. Dann habe ich dich gebadet, dein Blut von dir abgewaschen und dich mit Öl gesalbt. Ich kleidete dich in bunte Gewänder, zog dir Schuhe aus Tahasch-Leder an und hüllte dich in Leinen und kostbare Gewänder. Ich legte dir prächtigen Schmuck an, legte dir Spangen an die Arme und eine Kette um den Hals. Deine Nase schmückte ich mit einem Reif, Ohrringe hängte ich dir an die Ohren und setzte dir eine herrliche Krone auf. Mit Gold und Silber konntest du dich schmücken, in Byssus, Seide und bunte Gewebe dich kleiden. Feinmehl, Honig und Öl war deine Nahrung. So wurdest du strahlend schön, wurdest sogar Königin. Der Ruf deiner Schönheit drang zu allen Völkern; denn mein Schmuck, den ich dir anlegte, hatte deine Schönheit vollkommen gemacht.«

Er war bei den letzten Sätzen in einen fast singenden Tonfall geraten, der woanders kitschig gewirkt hätte. Er hatte fast keinen Atem geholt und brauchte eine Pause. Zwei Mädchen hatten die Augen offen und schauten ihn verträumt an. Der ferne Krach eines Flugzeugs war zu hören. Sonst war es ungewöhnlich still.

»Doch dann hast du dich auf deine Schönheit verlassen, du hast deinen Ruhm mißbraucht und dich zur Dirne gemacht. Jedem, der vorbeiging, hast du dich angeboten, jedem bist du zu Willen gewe-

sen. Du hast deine bunten Gewänder genommen und an den Kulthöhen ein Lager bereitet und darauf Unzucht betrieben. Deinen prächtigen Schmuck aus meinem Gold und Silber, das ich dir geschenkt hatte, hast du genommen und hast dir daraus männliche Figuren gemacht, um mit ihnen Unzucht zu treiben.«

Ringler blickte kurz auf. Selbst Sebastian kicherte nicht.

»Deine bunten Gewänder hast du genommen und sie damit bekleidet. Mein Öl und meinen Weihrauch hast du vor sie hingestellt. Das Brot, das ich dir gab – mit Feinmehl, Öl und Honig nährte ich dich – das hast du ihnen als beruhigenden Duft dargebracht – Spruch Gottes des Herrn – du hast deine Söhne und Töchter, die du mir geboren hast, genommen ...«

Ringler hatte den Text zwar vorher durchgelesen und überlegt, wie die Kids darauf reagieren könnten. Die hatten schon mit zwölf »Bravo« und andere Soft-Pornos gelesen, denen konnte er schon etwas zumuten. Trotzdem hatte er jetzt das Gefühl, daß er womöglich etwas falsch machte. Aber er mußte da durch. Noch diesen einen Satz:

»War dir dein unzüchtiges Treiben noch nicht genug? Mußtest du auch noch meine Söhne schlachten, um sie ihnen darzubringen und für sie durchs Feuer gehen zu lassen?«

21

Silkes Maskottchen war ein kleines, dickes Nilpferd aus Plüsch. Es hieß Pogo. Pogo sang regelmäßig das Lied: »Ich bin ein kleines Nilpferd und wiege hundert Pfund.« Magersucht tritt bei Nilpferden so gut wie gar nicht auf. Auch Pogo litt nicht an Magersucht, und doch war es Pogo, der Silke am besten verstand.

Besonders seit mit Thea nichts mehr los war. Jetzt hatte sie nur noch Pogo. Zu gern hätte sie gewußt, ob die nun mit Ringler was hatte. Daß der sich für sie interessierte, war klar. Aber Thea? Früher hatte sie ihr immer alles erzählt.

Wenn Silke melancholisch war, hatte auch Pogo einen traurigen Blick. Pogo konnte auch lachen. Er lachte immer, wenn Silke lachte. Überhaupt hatte Pogo immer gerade dieselbe Laune wie Silke. Natürlich half Pogo ihr bei den Klausuren. Ohne Pogo konnte sie sich nicht konzentrieren.

Niemand verstand sie so gut wie Pogo. Ihm konnte sie alles erzählen. Geduldig hörte er sich alles an. Seit mit Thea nichts mehr los war, war Pogo der einzige, der ihr richtig zuhörte. Früher hatte sie immer Silke alles erzählt. Aber seit der Sache auf dem Berg und der Geschichte mit Ringler hatte sie nur noch Pogo.

Immerhin hatte sie ja die beiden bei Ringler zu Hause erwischt. »Philosophische Diskussionen« hätten sie geführt. »Solche philosophischen Diskussionen möchte ich auch mal mit Ringler führen, was Pogo?« Pogo schaute sie fragend an: »Nein, nein, ich bin doch nicht eifersüchtig!« Silke mußte zugeben, daß sie die sanfte Stimme von Ringler mochte. Immerhin hatte sie sich schon mehrfach vorgestellt, wie sie selbst sich verhalten würde, wenn Ringler mit ihr diese »philosophischen Diskussionen« führen wollte. »Ach Pogo! Ich bin nicht eifersüchtig, ich bin magersüchtig.« Pogo hätte am liebsten mitgeheult.

Silke stand auf. Jetzt konnte sie sich im Spiegel sehen. Lange schaute sie auf ihr verheultes Gesicht. Das bin ich! Rote Haare, rote Augen, spitze Nase. Sie stellte sich vor, sie sei eine andere und sähe sich an. Diese andere wüßte dennoch alles von ihr. Sie kennte sie genauso gut wie sie sich selber – nein, sie kennte sie sogar besser als sie sich selbst.

Sie hatte Mitleid mit ihr. Sah sie nicht wirklich süß aus, so hilfsbedürftig, zerbrechlich und trostbedürftig? Silke legte noch etwas Flehentliches in ihren Blick und wollte die Wirkung erproben. Das Merkwürdige aber war, daß in eben diesem Moment, als sie sich ihrer Schauspielerei bewußt wurde, ihr Blick und ihr Gefühl umkippten, so wie eine Säure durch einen einzigen Tropfen basisch wurde.

Minutenlang blickte sie ohne Bewegung mit kalten Augen auf ihr eigenes Gesicht, wie auf ein wissenschaftliches Objekt. Während ihre Gedanken sich jagten:

Ringlers letzte Lektion fiel ihr ein: Ein selbstgemachter Gott ist kein Gott! Ich mache mir alles selbst. Ich machte mir alles selbst. »Du bist ich«, sagte sie laut zu ihrem Spiegelbild. »Und du bist nicht ich!« Sie fuhr herum und schrie Pogo an.

Dann nahm sie das Nilpferd mit dem wandelbaren Blick zärtlich in ihre Hand, streichelte langsam über seinen abgeküßten Rücken, nahm bedächtig die lange Papierschere vom Schreibtisch, bohrte eine Spitze in das weiche Stofftier, gab vorsichtig acht, daß sie auf der anderen Seite, wenn sie wieder zum Vorschein käme, ihre Hand nicht verletzte, sprach »Tschüß Pogo« und drückte die Schere mit aller Kraft zusammen. Den Füllstoff zerschnipselte sie zu hundert Stücken und Fetzen.

Dann warf sie sich auf ihr Bett und weinte. Ihr dünner

Körper zuckte in rhythmischen Krämpfen und brachte die Sprungfedern zum Wippen. Sie weinte lange. Als sie aufgehört hatte zu weinen, hatte sie vollkommen das Gefühl dafür verloren, wieviel Zeit verstrichen war. Sie blieb noch lange liegen und ordnete ihre Gedanken. Dann stand sie auf. Sie wußte, daß nun alles vorbei wäre. Ohne Ringler hätte sie das nicht geschafft.

Sie ging zum Telefon und wählte Theas Nummer. »Hast du Lust, mit mir Pizza essen zu gehen? Ich hätte dir auch einiges zu erzählen. Übrigens kotze ich auch nicht mehr.«

22

Silke trat in den Vorraum mit hoch erhobenem Haupt. Heute gehörte die Pizzeria ihr. Ihre roten Haare eigneten sich zum Leuchten sehr gut. »Ich lad' dich ein«, sagte sie leichthin zu Thea. »Da Angelo« war eindeutig die beste Pizza in ganz Sachsenhausen.

Wie das hier schon roch! Pizza vom Holzofen. Im Vorraum, in dem sich der Straßenverkauf abspielte, waren in der Ecke sauber geschälte Buchenscheite gestapelt. Es duftete unnachahmlich. Wenn Giancarlo, der Könner am Schieber, im Ofenloch stocherte und ein fertiger Fladen herausflog, stieg jedesmal ein Dampfschwaden hoch. Buchenholz riecht schon sehr gut. Außerdem strömten die kleinen, prallen Laibe aus Hefeteig, die in langen Dielen mit Tüchern abgedeckt waren, den feinen, säuerlich warmen Dunst der Gärung aus. Das mischte sich mit dem Rauch vom Ofen und dem Duft der gewürzten Tomatensauce in den kleinen Stahlschüsseln. Origano. Thea erwischte einen Hauch Origano...

Was Giancarlo hinter dem Tresen machte, war eine als Arbeit getarnte Pantomime. Seine Bewegungen wollten alle etwas vorzeigen: »Schaut her, wie ich das mache!« Er arbeitete nicht, er führte seine Arbeit vor. Ein Schauspieler als Pizzabäcker, ein Genie. Der Schwung aus dem Unterarm, mit dem er die Kelle über den Pizzaboden in zwei tausendmal trainierten Bewegungen führte, so daß der rote Brei perfekt auf der Fläche verteilt war, folgte dem Gesetz der schönen Linie.

»Zweimal Nummer zwo!« rief Silke, steuerte sicher eines der beiden Tischchen an und setzte sich mit dem Rücken zur Wand, so, daß sie Giancarlos Tresen im Blick hatte.

Durch das Oberlicht der Glastür stand ein ziemlich scharfes Lichtband, ein Strahl der tiefstehenden Sonne, in dem feine Staubkörner funkelnd schwebten, schräg durch den Raum. Der Spiegel des Spielautomaten schickte davon Reflexe quer herüber, einen direkt in Silkes und Theas Ecke.

Giancarlo zog die Luftnummer ab: der rotierende Teigfladen stieg hoch fast bis zur Decke und landete sicher auf den Fingerspitzen der gespreizten Hand. So gefiel sich Giancarlo. Zu der Performance gehörte auch das Goldkettchen, an dem ein schwer goldenes Medaillon, das Volto Santo, ein neapolitanischer Christuskopf, schwang. Seine Kurven und die Art, wie es auf dem weißen T-Shirt landete, paßten wunderbar zum ganzen Rhythmus der Bewegung.

»Giancarlo ist süß, nicht?« Man konnte gefahrlos mit ihm flirten, denn er kam niemals hinter seinem Tresen hervor.

Silke blickte regelrecht herausfordernd um sich. Sie wollte aussehen wie eine Siegerin, und es gelang ihr ziemlich gut. Sie fühlte sich gut. Sie hatte die Haare anders.

Es vergingen Minuten. Thea merkte schon, daß ihre Freundin auf eine Frage wartete, ließ sich aber Zeit.

So fing Silke selbst an:

»Ich hab' was kapiert!«

Der dünne Sonnenreflex aus dem Spielautomaten brachte ihre roten Haarspitzen zum Leuchten. Auf diese Weise hatte ihr Kopf fast einen Strahlenkranz.

»Was hast du kapiert?«

»Zweimal Nummer zwo!« Die Pizzas waren fertig.

Silke stand auf, um sie am Tresen abzuholen. »Hmmm«, genießerisch schnupperte sie den Duft der frisch gebackenen Fladen, die Giancarlo mit einem riesigen Schwertmesser blitzartig in zwölf Dreiecke gehackt hatte.

»Mit echtem Mozzarella, das gibt's nur bei Angelo.«

»Nur bei Giancarlo!« tönte es hinter dem Tresen. »Gib nicht so an!« rief Silke gut gelaunt zurück.

»Jetzt erzähl endlich, was hast du kapiert?« Thea interessierte die Pizza überhaupt nicht. Aber jetzt hatte Silke plötzlich viel Zeit. Und sie hatte Hunger. Die Pizza war noch heiß, sie blies hingebungsvoll auf ein Stück, das sie schon in der Hand hielt.

»Ich habe Hunger!« Sie biß vorsichtig ein Stück ab, bevor der warm fließende Mozzarella herunter tropfen konnte.

Thea konnte nur staunen. Silke mit neuer Frisur, Silke mit Appetit, Silke, die was kapiert hatte?

»Und du kotzt nicht mehr?«

Silke aß auch anders als sonst. Früher hatte sie auch gelegentlich Essen in sich hinein geschlungen, es aber nie lange bei sich behalten.

»Ich kotz' nicht mehr. Diese Pizza wird mich auf dem vorgeschriebenen Weg verlassen.«

Sie sagte das zu sich selbst im Ton eines Befehls, fast wie eine Beschwörung. Tatsächlich lief soeben ihr großes Experiment an. Wenn es ihr Kopf kapiert hatte, dann mußte es auch ihr Magen kapieren.

»Wenn es mein Kopf kapiert, dann kapiert es auch mein Magen.« Das sagte sie laut und immer noch in dem vorigen beschwörenden Ton.

»Was denn, was hast du kapiert?«

»Das mit den Augen! Was Ringler behauptet hat. Wenn es stimmt, dann bin ich jetzt geheilt.«

23

Ein selbstgemachter Gott ist kein Gott. Alles war voll von Göttern, von selbstgemachten Göttern. Sie schauen einen an. Alle Dinge können ein Gesicht bekommen. Aber das hängt von dir ab. Sie weinen mit dir und lachen mit dir. Sie flüstern dir ins Ohr. Du gewöhnst dich an sie. Das Haus ist dein Freund, der Baum ist dein alter Bekannter. Papis Auto heißt Hupsi und dein Computer spielt mit dir.

Und dann kommt plötzlich Bewegung in sie. Du denkst, sie helfen dir, zum Beispiel bei Mathematikarbeiten. Dann sitzen sie vor dir, schauen dich aus ihren Glasaugen an und sagen: konzentriere dich!

Aber ein selbstgemachter Gott ist kein Gott!

Sie sind wie du, wie ich. Sie tragen deine Gefühle und Hoffnungen. Sie sagen zu dir: »konzentrier dich« und du konzentrierst dich. So fängt es an. Sie begleiten dich. Irgendwann hast du vergessen, daß du sie selbst gemacht hast. Sie klauen, was dir gehört. Sie sind ein Teil von dir, und du weißt es nicht. Deswegen mußt du sie töten. Wenn du sie tötest, dann holst du dir zurück, was dir gehört. Du mußt es nur kapiert haben. Du mußt sie töten. Ein selbstgemachter Gott ist kein Gott. Du darfst es dir nicht selbst machen!

»Und deswegen hast du Pogo geschlachtet?«

»Ich mußte plötzlich daran denken, wie Ringler die Geschichte mit dem Kalb erzählt hat. Weißt du noch? Das goldene Kalb, der selbstgemachte Gott, und Moses geniale Idee, wie er die große Belehrung inszeniert hat, wie er den Göttermachern klar gemacht hat, was los ist? Wie er das

Kalb zermalmt hat, zu Goldstaub pulverisiert, den Goldstaub in Wasser geschüttet hat und den Israeliten zu trinken gegeben hat?« Silke machte die dramatisch tiefe Stimme Ringlers nach, der mit dramatisch tiefer Stimme den Mose hatte sprechen lassen: »Aus euch ist das gekommen, in euch muß es wieder zurückkehren! Was dieser Gott war, werdet ihr wissen nach Abschluß der Verdauung: Scheiße!«

»Und du hast Pogo auch aufgegessen?«

»Nein, aber ich habe eine Pizza aufgegessen, und ich verdaue sie schon eine halbe Stunde lang. Und sie wird mich auf dem vorgeschriebenen Weg verlassen!«

Silke sah sehr entschlossen aus.

»Und dir ist kein bißchen schlecht?«

»Kein bißchen!«

Thea schwieg. Sie hätte eigentlich etwas sagen müssen nach Silkes großer Rede. Statt dessen spielte sie versonnen mit einem Ring, den sie am Finger trug.

Immer noch tanzten die Staubkörner im Sonnenstrahl, der inzwischen schräger und dünner geworden war.

Silkes Blick folgte der Bewegung: »Wo hast du denn den tollen Ring her? Zeig mal, ein Opal!«

Thea sagte nichts, aber sie wurde rot.

Sie zog den Ring vom Finger und legte ihn dort auf den Tisch, wo der Sonnenstrahl einen Lichtfleck machte. Der Opal spielte in allen Farben.

»Das ist Ringlers Ring!« Silke sagte es wie eine Feststellung. Also doch! dachte sie. Thea sagte nichts, sie war nur rot im Gesicht.

Zwei lange Minuten war nur das Endlos-Band mit den Italo-Schnulzen zu hören.

»Es ist nicht, was du denkst. Ich habe ihn von Ringler, aber es ist nicht Ringlers Ring!«

»Natürlich nicht!« Silke wurde ironisch. »Er schenkt dir einen Ring, aber es ist nicht sein Ring.«

»Es ist mein Ring!«

»Ihr führt ja auch nur philosophische Diskussionen. Über Gott und die Welt.«

»Genau das!« Thea hatte jetzt eine ziemlich feste Stimme wiedergefunden.

»Du kannst mir doch alles sagen!« Silke wechselte die Tonart. Es klang werbend und weich, fast wie eine Bitte. »Früher haben wir uns doch auch immer alles gesagt. Was ist eigentlich mit euch los, mit dir und Ringler? Worum geht's denn überhaupt bei euren philosophischen Diskussionen?«

Thea schaute jetzt ihre Freundin voll an, legte ihr den Arm um die Schultern: »Um Nichts«, das war mit eigenartiger Betonung gesagt.

Silke schüttelte den Arm ab. Sie war wütend, enttäuscht. »Um nichts, nichts, nichts, wie?«

»Nein«, sagte Thea, »um Gott.«

»Ich glaube, mir wird schlecht.«

Silke war blaß geworden und sagte nach einer längeren Pause: »Ein selbstgemachter Gott ist kein Gott, wenn das stimmt, dann gibt es eben keinen Gott.«

»Das ist es ja eben!« Thea sagte das mit einer so ernsthaften, fast verzweifelten Stimme, daß Silke merkte, wie Thea alle Reserve aufgegeben hatte.

»Das ist es ja eben, ich weiß, daß es Gott gibt. Er ist in mir drin, aber so, daß ich weiß, daß er nicht nur in mir drin ist.«

»Dann muß er ja irgendwo draußen sein. Wo ist er denn? Zeig ihn mir!«

Thea nahm den Ring und steckte ihn sich wieder an. Der Sonnenstrahl war nach oben gewandert, daher mußte sie die Hand mit dem Opal anheben, um ihn funkeln zu lassen. Dann sprach sie, was sie sich offenbar genau überlegt hatte: »Er ist nichts, aber es gibt ihn.«

»Du spinnst!«

»Weißt du, was das ist?« Dorothea bewegte die Hand mit dem Ring, so daß der Stein farbige Reflexe abschickte.

»Das ist eine Riesenschweinerei!«

»Wieso?«

»Ringler«, Thea mußte erst einmal tief Luft holen, und sie atmete schwer: »Ringler, das ist ein gemeiner, ein hinterlistiger, ein, ein teuflischer Betrüger. Er ist ein Teufel! Er hat mich betrogen. Er hat mit mir gespielt wie mit einer Puppe.«

»Also habt ihr doch was miteinander.« War es das, was Silke wissen wollte? Es war ihr nicht egal. »Es ist mir egal!« sagte sie zu sich selbst, ohne die Lippen zu bewegen.

Aber nun war Theas Schleuse offen. Thea schwieg nicht mehr, sie redete. Und wie sie redete! Das war ein Dammbruch, die Worte brachen in Kaskaden aus ihr heraus wie lange angestaut. »Ja, wir haben was miteinander laufen, eine ziemlich harte Diskussion! Seit heute weiß ich, was los ist. Er ist ein gemeiner Betrüger. Weißt du, was er mit mir gemacht hat? Er hat mit mir Unzucht getrieben!«

Mit dem Ring, den sie sich vom Finger gezogen hatte und nun zwischen Daumen und Zeigefinger hielt, klopfte sie hart den Takt ihrer Sätze auf den Tisch.

»Unzucht, Unzucht, Unzucht!«

»›Unzucht‹, nun übertreib' mal nicht. Was für ein Wort: ›Unzucht‹. Das ist doch heute ganz normal. Was ist denn dabei, das machen doch alle, das ist doch ganz normal. Du redest ja wie deine eigene Oma.«

»Ach Quatsch! Nicht was du denkst. Kein Sex. Viel schlimmer! Angefaßt hat er mich überhaupt nicht. Von dem lass' ich mich nicht anfassen!«

»Ich versteh' überhaupt nichts mehr.« Silke war verwirrt. Unzucht ohne Sex, das mußte man ihr erklären.

»Na, genau was du gesagt hast: Ein selbstgemachter Gott

ist kein Gott. Er hat dir doch auch den Ezechiel-Text gegeben. Mit dem geht er doch überall hausieren. Da wo es um Unzucht geht. Unzucht ist Götzendienst. Götzendienst ist Unzucht. Weißt du nicht mehr? *›Du hast dir männliche Figuren gemacht, um damit Unzucht zu treiben, du hast es dir selbst gemacht‹* – oder so ähnlich. Du hast es doch auch kapiert – angeblich. Der arme Pogo! Warum hast du ihn denn sonst umgebracht?

Du denkst, es kommt von außen, dabei kommt es aus dir selber. Wenn du dich selbst bedienst, dann ist es Unzucht. Dieser Teufel! Erst legt er mich rein, stiftet mich an, mir etwas einzubilden, verstehst du? *Einbilden!* Mir etwas selbst zu machen, das heißt einbilden! Und dann zeigt er mir den Trick, den er benutzt hat. Und weißt du, wo er steht? In der Bibel. Ich kann's dir genau sagen. In der Bibel, Jesaia 44.« Thea war erregt.

»Aber das ist noch nicht raus, wer hier wen reinlegt! Das Spiel ist noch lange nicht zu Ende.«

24

Wolfgang Ringler fühlte sich nicht besonders. »Ich brauch' jetzt erst mal Abstand.« Die Unterredung mit Thea war ihm ganz schön in die Knochen gefahren. Von einer Unterredung konnte eigentlich gar keine Rede sein. Es war eher ein Verhör gewesen. Schließlich hatte er ihr alles erzählt. Wie er so halb und halb mitgekriegt hatte, was mit ihr auf dem Berg los war, wie sie die Hand zugekrampft hatte, um einen Ring festzuhalten, den es aber offenbar gar nicht gab, daß mit ihr etwas Besonderes passiert sein mußte, und wie er dann auf dem Trödelmarkt plötzlich diesen Ring gesehen hatte, wie er erst nur dachte: Thea vermißt einen Ring, vielleicht kannst du ihn brauchen. Klar, es war ein falscher Ring, aber wenn sie denn so gerne einen Ring haben wollte... Er hätte ihn ihr ja auch gar nicht gegeben, das war nur so ein Einfall gewesen. Wenn sie ihm selbst im Zug nicht den direkten Befehl gegeben hätte: »Gib mir den Ring«.

Aber er hatte auf diesen Befehl gewartet...

Das mit den Briefen war schon schwerer zu erklären.

Aber jetzt brauchte er erst einmal Abstand.

Wolfgang Ringler lief durch die Stadt. Er war aufgeregt. In der Fußgängerzone spielten wie immer die Inkas. Von weitem hörte man nur den regelmäßigen Takt der großen Trommel, im Näherkommen auch die Panflöten. Über die lange Distanz mischte sich das mit Hardrock, der Straßenbeschallung des Jeansladens und den Rhythmen des russischen Balalaika-Orchesters. Die Zeil war der Kanal. Hier strömte es von Menschen. Alle hatten etwas unternommen, was ihre Besonderheit unterstreichen sollte. Vor ein paar Jahren hatten die Männer angefangen, sich einen kleinen

Ring durchs Ohrläppchen zu stecken. Inzwischen mußten es schon drei oder vier sein. Junge Frauen befestigten sich einen kleinen Stein am Nasenflügel oder zogen sich Ringe durch die Lippen oder die Nasenflügel. Die transsexuellen Jugendlichen erkannte man derzeit daran, daß sie sich die Hemden nicht in die Hosen steckten, sondern wie kurze Röckchen über die Hosen hängen ließen. Männer rasierten sich so, daß sie unrasiert aussahen. Es war das Bestreben, sich ein unverwechselbares Aussehen zu geben, das allen gemeinsam war. Das Kanalkommando hieß: Du mußt anders aussehen als die anderen. Inder und Türkinnen hatten es da leicht. Sie waren von Natur aus anders und gehörten insofern dazu.

Zu den Regeln gehörte, jeden Blickkontakt zu vermeiden. Wer ihn suchte, wollte was, warb für eine Sekte oder wollte Geld.

Er blieb vor den Indianern stehen. Eigentlich müßten Exoten die idealen Abstandshelfer sein. Jetzt brauchte er Abstand. Aber warum funktionierte das nicht?

Es war heute ein ziemlich feuchter, kalter Herbsttag. Dichter Hochnebel machte halbes Licht. Tauben pickten an den Resten eines Brötchens, an dem rote Ketchup-Reste klebten. Die Köter der Punks vom Brunnen tigerten ihre Runde um die Platanen, fraßen die halbe Currywurst vom Boden. Die Peruaner hatten ihre wollenen Ponchos übergehängt und machten sich warm. Mit dem Takt der Trommel knickten sie in die Kniekehlen ein, ohne die Füße zu bewegen. El Condor pasa.

Hier auf der Zeil gibt es nichts Fremdes mehr. Der gefräßige Sog des städtischen Kanals hatte alle zu einem ewigen Straßenfest verurteilt. Die Inkas grinsten künstlich, wie die Verdammten im Fegefeuer. Sie mußten grinsen, weil das Volk auf der Zeil sonst nichts klimpern ließ. Das russische

Mädchen in einer bunten Tracht tanzte. Mit den Armen schlug sie wie ein aufgeregter Vogel. Ihre Bewegungen hatten etwas Automatisches.

»Du mußt hier weg«, dachte sich Ringler. Er spürte den Sog des Kanals. Im Kanal gab es keinen Abstand.

Einen Ort gab es mitten in der Stadt, da wäre es still. Wenn er dort über die Mauer käme, da wäre er draußen und das mitten in der Stadt. Schon als Junge hatte er dort die Bäume wachsen sehen. Es war die Zeit, als er merkte – er merkte es früher als die anderen – daß die Stadt kaputt gebaut wurde. Und mit einer gewissen Befriedigung hatte er sich damals gesagt, jedesmal, wenn er mit der Straßenbahn vorbeifuhr: Da dürfen sie nicht bauen. Das ist ein Ort, auf ewig unbenutzbar. Es war der alte Judenfriedhof am ehemaligen Ghetto. Seit dem Krieg waren dort Samenkörner angeflogen und Bäume gewachsen, falsche Akazien, die niemand gepflanzt hatte. Einmal hatte es einen Tag der offenen Tür gegeben. Wenn man einen Hut aufsetzte, konnte man rein. Das meiste war Rasen. Die Nazis hatten seinerzeit schon angefangen, die alten Grabsteine abzuräumen. Sie waren aber nicht damit fertig geworden. In der Mitte gab es noch einen Rest, wo die Steine dicht an dicht, viele schräg oder halb eingesunken standen. An der Mauer entlang waren die alten barocken Steine wieder aufgerichtet. Auf manchen war eine Hand zu sehen, oder ein Hirsch, ein Stern, ein Löwe, ein Kelch.

Es war gut zu wissen, daß es diesen Ort gab, der jeder Nutzung entzogen war, den keiner betreten konnte. Er auch nicht. Über die Mauer kam keiner.

Ringler lief durch die Kleinmarkthalle. Abstand war da zwar keiner zu gewinnen, vielleicht aber Ablenkung. Er mochte die Kleinmarkthalle. Dort gab es zweierlei Publikum. Erstens die Marktleute, die waren eben, wie Marktleute sein müssen, entweder dick oder schnurrbärtig, ausladende hochgezwirbelte Geräte waren das, geschäftstüchtige Menschenkenner, witzig und solidarisch. Sie steckten offensichtlich alle unter einer Decke. Preiskonkurrenz gab es nicht. Der Feldsalat kostete überall dasselbe. Aber wo gab es das noch, daß Waren so richtig angepriesen wurden, daß Werbung einfach darin bestand, zum Kaufen aufzufordern.

Neben den Profis war die Halle belaufen von proletarischen Rindswurstessern, die sich an die Imbißbretter entlang der Metzgerzeile drückten, von reicheren Ausländern, Arabern und Asiaten, die hier alles fanden, was sie für die Küche brauchten, von mancher schönen Frau vom Mittelmeer und von intellektuellen Hobbyköchen, die hier nach Rucola, frischer Brunnenkresse und hauchdünnen Brotfladen aus Sardinien Ausschau hielten. Immer auch richtige und halbe Damen im Pelz und in kleinen Wolken teurer Düfte. Schicki mal Micki in Klammern zum Quadrat.

Ein Blinder hätte sich nach dem Geruch zurechtfinden können. Das Hammelfleisch der türkischen Metzger, das Geflügel und der Fischfranzose auf der Galerie. Im Parterre der wundervolle Wind vom Käse her, in den sich schon die Minze- und Basilikumdüfte, das Aroma von Orangen und exotischen Früchten mischten. Ringler konzentrierte sich auf seine Nase, schloß die Augen, blinzelte unterwegs nur soviel, daß er mit niemandem zusammenstieß, und studierte mit der Nase den Übergang vom Brotstand zur Treppe, wo es in den Keller ging. Dort war das Quartier des Fischschlächters. Unten in großen Bassins schwammen Karpfen und Zander, Zuchtforellen und neuerdings auch wieder Weißfisch aus dem Main. Auf Wunsch der Kundschaft zog der Fischer in der Gummischürze den Tieren eins mit dem Knüppel über und stach sie, während sie zuckten, ab. Ringler ging dort nie hinunter.

Er war ziemlich sicher, daß Theas Duft hier nicht vorkam. Teufel! Dieser Gedanke setzte sich aber so penetrant in sein Hirn, daß er ihn nicht wieder los wurde. Kein Abstand.

Raus auf den Liebfrauenberg. Es war der einzige Platz der alten Stadt, der den Krieg einigermaßen überlebt hatte. Nur hier gab es noch die kleinen Läden, die direkt an die gotische Kirche angeklebt waren. Man sah das immer auf alten Gemälden, daß an die Kathedralen direkt Häuser angebaut waren. Überall waren sie abgerissen, hier nicht. Ein Schirmladen, ein türkischer Imbiß. Neu war das Schild »Kirchenladen«. Aha, hier kann man also Kirchen kaufen. Bevor ich mich umbringe, dachte Ringler, komme ich hierher und lasse mich beraten.

Um die Ecke ging es in einen stillen Innenhof. Vor einer Lourdes-Madonna brannten etwa fünfzig Teelichter. Die Figur stand in einer Nische. Davor kniete eine junge Frau und bewegte die Lippen. Die Gipsmadonna war in feinen Pastelltönen bemalt, der Mantel weiß mit einem hellblauen Innenfutter und einem Goldsaum, das Gesicht fleischfarben. Aus den nach oben gedrehten Augen quollen Tränen.

Kitsch ist doch noch das Beste, dachte Ringler. Nur entfernt drangen die Geräusche von der Fußgängerzone her in den Innenhof. In der Nische hinter der Madonna waren kleine Marmortäfelchen befestigt: »Maria hat geholfen.« Natürlich war das für ihn alles Humbug. Er mochte aber die Menschen, die sich vor solche Figuren stellten oder knieten. Manchmal breiteten sie sogar die Arme aus zum Gebet oder machten Gesten wie barocke Heiligenfiguren. Sie kamen aus dem Süden oder aus dem Osten.

Als Theologiestudent hatte er eine Art Haß auf die Volksreligion entwickelt. Der Heiligenkult, das war ja wohl nichts anderes als ein Rückfall in die Vielgötterei, ein Rückfall in das Tauschprinzip. Das hätte überwunden sein müssen seit der Entdeckung des Monotheismus. Der Glaube an einen Gott, das war das Ergebnis der Kritik an den vielen selbstgemachten Göttern. Daß es viele waren, hatte daran gelegen, daß es so viele Gründe gab, ein Tauschgeschäft zu machen. Und für Geschäfte brauchte man Geschäftspartner. Man konnte die Probe machen. Jeder der Gottheiten war ein menschliches Interesse in Person. Artemis war gut für Jäger. Wer der Artemis geopfert hatte, ging anders auf die Jagd. Er fühlte sich stark, die Göttin würde ihm ja helfen. Wer Liebeskummer hatte, mußte nur der Aphrodite ein Opfer bringen. Hinterher mußte er sich für unwiderstehlich halten. Seinen Schülern hatte er das sehr schön erklärt. Aber jetzt erwischte er sich selbst bei dem Gedanken, den alten Zeiten nachzutrauern, den Zeiten, als man noch Tauschgeschäfte mit Aphrodite machen konnte.

Seine Oma hatte auf den heiligen Antonius von Padua geschworen, der gut war für Verlorenes. Wenn man etwas verloren hatte und den heiligen Antonius um Hilfe bat, war die Sache so gut wie wiedergefunden. Bei seiner Oma hatte das immer funktioniert. ›Scheiß Theologie‹, dachte Ringler, die schaffen die praktischsten Heiligen ab. Er fühlte sich ernüchtert und überlegen. Aufklärung ist eine feine Sache. Aber wem zünde ich jetzt eine Kerze an?

Er brauchte Abstand.

25

Silke mußte der Sache auf den Grund gehen. Sie hatte genau zugehört und sich die Stelle gemerkt. Sie mußte Ringlers Trick kennen, mit dem er Thea reingelegt hatte. Vielleicht könnte sie ihn noch einmal brauchen. Tricks zum Reinlegen – das ist immer gut, wenn man die kennt. Damit sie die Stelle nicht vergaß, hatte sie sich noch in der Pizzeria die Zahl 44 auf die Innenfläche der Hand geschrieben: »Jesaia« konnte sie sich so merken. Jesaia, Altes Testament. Also Jesaia, vierundvierzigstes Kapitel.

Es war schon später Abend, als sie nach Hause kam. Im Fernsehen lief eine Talkshow: Piercing. Eine Tussi führte gerade vor, wie man sich Ringe durch den Bauchnabel steckt.

Silke brauchte eine Bibel. Vielleicht hatten ihre Eltern eine? »Mutti, haben wir eigentlich 'ne Bibel?« Im Bücherschrank standen dekorativ zwanzig Bände Brockhaus, den ihnen ein Vertreter einmal aufgeschwätzt hatte, ein paar Angelique- und Konsalik-Romane und sonst außer der Goethe-Ausgabe von Oma noch Kochbücher und Reiseführer.

Silke war immer froh, wenn ihre Mutter nicht las. Wenn sie nämlich las, hatte sie eine Krise. Dann las sie diese Bücher wie: »Wenn Frauen zu sehr lieben« oder »Die sieben Wege der Selbstfindung«, »Wie bastele ich Beziehungskisten« oder so ähnlich und neuerdings dieses Astro- und Eso-Zeug.

Frau Zeitler, Silkes Mutter, hatte irgendwo auch eine Bibel, das wußte sie genau. Nur wo? Wie lange war doch ihre Konfirmation her? – Dieser Gedanke war ihr unangenehm. Er erinnerte sie an ihr Alter, aber bei dem gegenwärtigen

Stand des Mondes erinnerte sie alles an ihr Alter und verstärkte in ihr das Gefühl: ich muß endlich einmal etwas für mich selbst tun. Ach, und jetzt suchte dieses schwierige Kind die Bibel. Was das nun wieder zu bedeuten hatte? Es blieb einem aber auch nichts erspart. Frau Zeitler seufzte. Vielleicht sollte sie selbst mal in der Bibel lesen. Irgendwie was Zauberhaftes hatte das Buch. Eine Bekannte von ihr schwor auf Bibelstechen. Einfach mit der Nadel zwischen die Seiten des geschlossenen Buches stechen und nachsehen, was dort steht. Meistens hatte es was zu bedeuten, eigentlich immer. Sie für ihren Teil pendelte lieber. Wo war nur die Konfirmationsbibel, sie mußte ja irgendwo sein.

Na also: Schließlich hatte sie sich gefunden. Ein solides Buch, in Leder eingebunden. »Wieso brauchst du plötzlich eine Bibel, bist du wieder in Religion eingetreten?«

»Wir brauchen das für Philosophie«, sagte Silke.

»Seit wann wird denn in Philosophie die Bibel gelesen?«

»Wohl noch nie was von ›jüdischer Aufklärung‹ gehört?«

»Aha?«

Frau Zeitler beließ es lieber bei ihrer abgeschlossenen Halbbildung – mitten in der Nacht!

Silke verzog sich gleich mit dem Buch in ihr Zimmer, machte die Leselampe an und schlug es auf. Das Buch Jesaia stand im Inhaltsverzeichnis, sie hatte es bald gefunden. Sie las. Sie las noch nicht lange, da sprang sie auf und setzte sich gleich wieder hin.

»Nein! Das will ich nicht.« Im fünften Vers des Kapitels 44 von Jesaia stand geschrieben:

»Einer schreibt auf seine Hand: Für den Herrn.«

Silke schaute auf ihre Hand. Vierundvierzig stand dort mit Kugelschreiber geschrieben und nicht »für den Herrn«. »Vier den Herrn?« Wahnsinn! Vierundvierzig, zweimal die Vier. Zweimal vier ist acht. *»Gib acht!«* Einige Sekunden lang spann Silke diesen Faden, hielt dann inne, lachte vor sich hin und schüttelte energisch den Kopf, ließ sich ihre roten Haare, ihre neue Frisur um die Ohren fliegen, setzte sich senkrecht und beschloß:

»Totaler Quatsch.«

Sie wußte plötzlich, wie der Beziehungswahn funktionierte. »So geht das also.« Wenn du es drauf anlegst, siehst du überall Zeichen und Wunder. Sie wollte was rauskriegen, aber sie wollte sich nicht reinlegen lassen. Auf Wunder hatte sie keine Lust. »Wunder dauern etwas länger«, das war der blöde Spruch, den die Sekretärinnen immer in den Büros aufhängen: »Unmögliches wird sofort erledigt, Wunder dauern etwas länger.«

»Für sowas habe ich keine Zeit.« Sie rubbelte die 44 aus ihrer Handfläche weg. »Ob es ein Wunder ist oder nicht, hängt ganz von mir ab«, dachte sich Silke. »Wenn ich will, dann ist es ein Wunder, aber ich will nicht, also ist es Zufall. Wenn ich jeden Zufall dieser Art als Wunder betrachte, lebe ich bald in einer total wundervollen Welt.«

Einsichten machen gute Laune. Silke war gut drauf. Wundervoll ... Sie summte leise die Schnulzenmelodie vor sich hin: »Wunderbar, wunderbar, diese Nacht so sternenklar, und wir beide sind ein Paar, wäre das nicht wunderbar.« Sie wurde langsam lauter, verquetschte die Stimme und rollte das R. Es sollte klingen wie René Kollo oder irgendein Knödeltenor und Operettensänger: »Wunderrbarr, wunderrbarr, diese Nacht so sterrnenklarr, und wir beide sind ein –«

Sie brach plötzlich ab. »Was singe ich denn da –. Ich glaub', ich spinne wirklich. ›Diese Nacht so sternenklar‹ ...« Silke wußte, daß Ringlers Betrug mit einer bestimmten sternenklaren Nacht zusammenhing. Es war die Nacht auf dem Berg, eine – komische Nacht, die Nacht, über die nachher niemand mehr sprach.

»Und wir beide sind ein Paar ...« Silke wurde rot. Immer erwischte sie sich selbst bei solchen Sachen. Sie war nicht eifersüchtig. Das hatte sie fest beschlossen. Alles Kitsch und Quatsch, Zufall jedenfalls oder Tiefenpsychologie. Seit einiger Zeit interessierte sich Silke irgendwie für Tiefenpsychologie. »Psychologie«, das klang irgendwie gut, fast wissenschaftlich, aber nicht so, daß es da wahr und falsch gibt, trotzdem irgendwie logisch und irgendwie psychisch, und »Tiefe«, na ja die Tiefe, die Tiefe war halt tief, bedeutend, ungeheuer tief. In der Tiefe tobt das Ungeheure, die Ungeheuer. »Ungeheuer spannend.« Wenn Silke etwas gut fand, dann fand sie es »irgendwie ungeheuer spannend«.

»Ich lese einfach weiter. Ungeheuer spannend dieser Jesaia.«

Vers 6: *»Ich bin der Erste und der Letzte, außer mir gibt es keinen Gott ... Gibt es einen Gott außer mir? Es gibt keinen Fels außer mir, ich kenne keinen.«*

»Ich lese einfach weiter«:

»Der Schmied facht die Kohlenglut an, er formt das Götterbild mit seinem Hammer und bearbeitet es mit kräftigem Arm. Dabei wird er hungrig und hat keine Kraft mehr. Trinkt er kein Wasser, so wird er ermatten. Der Schnitzer mißt das Holz mit der Meßschnur, er entwirft das Bild mit dem Stift und schnitzt es mit seinem Messer; er umreißt es mit seinem Zirkel und formt die Gestalt eines Mannes, das prächtige Bild eines Menschen; in einem Haus soll es wohnen.

Man fällt eine Zeder, wählt eine Eiche oder sonst einen mächtigen Baum, den man stärker werden ließ als die übrigen Bäume im Wald. Oder man pflanzt einen Lorbeerbaum, den der Regen groß werden läßt.

Das Holz nehmen die Menschen zum Heizen, man macht Feuer und wärmt sich daran. Auch schürt man das Feuer und bäckt damit Brot. Oder man schnitzt einen Gott und wirft sich nieder vor ihm; man macht ein Götterbild und fällt vor ihm auf die Knie. Den einen Teil des Holzes wirft man ins Feuer und sagt: Oh, wie ist mir warm! Ich spüre die Glut. Aus dem Rest des Holzes aber macht man sich einen Gott, ein Götterbild, vor das man sich hinkniet, zu dem man betet und sagt: Rette mich, du bist doch mein Gott!«

Silke hatte mehr erwartet. Das hatte sie ja nun kapiert: Ein selbstgemachter Gott ist kein Gott. Götter sind nichts anderes als Projektionen, selbst geschnitzte Wünsche aus Holz oder selbst geschmiedete Wünsche aus Metall. Und Wünsche schmieden, das ist richtige Arbeit, von der der Schmied durstig wird. Heizen, Brot backen, Götter machen, alles dasselbe. Götterarbeit ist wie gewöhnliche Arbeit. Okay, damit war sie einverstanden. Das war es wohl auch, was Ringler immer mit der »jüdischen Aufklärung« meinte.

Was sie aber nicht kapierte war, daß dieser Jesaia trotz dieser Einsicht kein Atheist war: *»Ich bin der Erste und der Letzte, außer mir gibt es keinen Gott. Gibt es einen Gott außer mir? Es gibt keinen Fels außer mir!«*

Er sieht genau den Mechanismus, der hinter den Projektionen steckte. Er macht ihn lächerlich. Die Menschen sehnen sich nach Trost und Hilfe, wollen was tun für ihr Glück, und deswegen machen sie sich Götter, denen sie opfern können. Jesaia durchschaut das, und trotzdem hat er es mit dem »Ersten und Letzten«. *»Es gibt keinen Fels außer mir ...«* Wenn das stimmt, dann müßte der Gott Jesaias ganz anders sein als die selbstgemachten Götter. Dann kann er kein Ding in der Welt sein. Er kann kein Ding in der Welt sein ... Er kann kein – Ring in der Welt sein. Er ist nichts. Wenn er ein Ding in der Welt sein soll, dann ist er nichts. Aber es gibt ihn. Für Jesaia wenigstens und – für Thea. Wie kann es etwas geben, das kein Ding in der Welt ist? War es das, was Thea meinte: »Er ist in mir drin, aber so, daß ich weiß, daß er nicht nur in mir drin ist?« Und dann: »Er ist nichts, aber es gibt ihn.«

Diese Frage war ihr so wichtig, daß sie nur nebenbei registrierte, daß sie hinter Ringlers Betrug gekommen war.

Sie mußte aufs Klo, Sieg! Die Pizza verließ sie auf dem vorgeschriebenen Weg.

26

Silke war Theas Freundin. Sie gingen zusammen in die Schule, sie gingen zusammen Pizza essen, und sie gingen zusammen zu Frau Schwellhofer. Frau Schwellhofer war eine der spinnerten Freundinnen von Silkes Mutter. Eine Frau, so um die Vierzig, mit langem Walle-walle-Kleid und einer total alternativen Sanftmut.

Frau Zeitler, Silkes Mutter, kannte Frau Schwellhofer von einem Workshop für Edelsteintherapie. Frau Schwellhofer konnte wunderbare Worte finden, wenn sie einen dieser farbigen, durchsichtigen und furchtbar geheimnisvollen Steine vor sich auf einem Samttuch liegen hatte und über die magischen Strahlen ins Schwärmen kam, die angeblich von den Steinen ausgingen. Im Mittelalter war die Edelsteinmedizin noch hoch im Kurs gewesen. Und ein Papst der Renaissance-Zeit hatte ein ganzes Vermögen in Form von gemahlenen Edelsteinen als Medizin geschluckt und so vernichtet. Frau Schwellhofer wußte alles über die geheime, meistens von weisen Frauen überlieferte Geschichte der magischen Steine. Ein Wort wie »Chalcedon« zelebrierte sie geradezu mit vorspringenden Lippen und einem kleinen Zungenschnalzer. »Amethyst« hauchte sie wie eine Offenbarung, »Beryll« klang aus ihrem Mund wie der Balzruf eines exotischen Vogels. Es traf sich gut, daß Frau Schwellhofer Goldschmiedin war, so hatte die Edelsteintherapie neben der zauberhaften auch eine nützliche, sozusagen geschäftliche Seite.

Silke kannte die Schwellhoferin von einem Frauentreff, der bei ihnen zu Hause stattgefunden hatte. Sie hatte natürlich hinterher Thea alles erzählt. Beide hatten sich über die umfangreiche »Klunkerfee« halbtot gelacht. Das war vielleicht eine Nummer! Silke ahmte lispelnd, mit gespitztem Mund nach, wie man »Amethyst« aussprechen mußte.

Nun aber standen sie an Frau Schwellhofers Haustür und gaben sich Mühe, einen besonders beseelten Blick aufzusetzen. »Dürfen wir reinkommen?« Die Goldschmiedin war etwas erstaunt. »Ich bin die Silke Zeitler, die Tochter von Frau Zeitler.«

»Aber natürlich, natürlich, die Silke!« Nun war die Goldschmiedin höchst entzückt über die beiden Mädchen, die bei ihr geklingelt hatten.

Thea und Silke waren die Sanftmut selbst. »Wissen Sie«, hauchte Thea, »wir hätten da eine Frage.«

»Kommt erst mal rein.«

Nach der obligatorischen Teezeremonie, die Frau Schwellhofer nicht ohne die gebotene Feierlichkeit zelebrierte, aber auch nicht ohne daß man ihr eine gewisse Neugier anmerkte, zog Thea mit bedeutsamer Bewegung ihren Opal vom Finger und legte den Ring auf die dunkelsamtene Tischdecke. Sie sprach dabei nichts, was sogleich für eine feierliche Stimmung sorgte. Die Steintherapeutin und Goldschmiedin schloß sich in ihrer eindrucksvollen Körperfülle dem gehaltvollen Schweigen an, nahm schließlich das Stück in die Hand und sagte mit einem besonderen Timbre: »Ein Opal.«

Dann klärte sie die Mädchen, die mit möglichst gläubigem Blick ihr gegenüber saßen, über die geheimnisvollen Kräfte des Opals auf.

»Wißt ihr, der Opal hat *alle* Farben, und er hat *keine* Farbe. Alles und nichts. Alles und nichts zugleich! Der Opal ist der Stein der Gegensätze. In ihm fallen die Gegensätze zusammen.« Dabei ergriff sie den Ring, drehte ihn ins Licht einer kleinen Halogenlampe, die sie gleichzeitig mit der anderen Hand anknipste und die einen scharfen, parabolischen Lichtfleck auf den Tisch warf. Tatsächlich strahlte der Stein alle Spektralfarben zurück, als ob das Licht von ihm käme.

»Wo hast du ihn her?«

Statt einer Antwort kam Thea stockend mit der Frage heraus:

»Können Sie –, könnten Sie auch so einen machen?«

Frau Schwellhofer sagte nichts, warf einen schnellen Blick auf die Mädchen und betrachtete, studierte intensiv schweigend den Ring.

»Wissen Sie«, schnatterte Silke jetzt zur Erläuterung: »Wir sind Freundinnen und der Ring hat für uns eine besondere Bedeutung, für jede von uns, aber da wir zwei sind und nur einen Ring haben ...«

»Soll ich eine Kopie machen«, ergänzte Frau Schwellhofer.

»Genau.«

Großes Schweigen der großen Frau:

»Ganz billig ist das aber nicht.«

Frau Schwellhofer machte einen Kostenvoranschlag, der die Mädchen sehr beeindruckte: Achthundert Mark! Thea und Silke schauten sich fragend an.

Frau Schwellhofer bemerkte das Zögern der Kundschaft: »Mal sehn, vielleicht kann ich es für euch etwas billiger machen.«

Frau Schwellhofer war offenbar von der Idee sehr angetan. Sie hatte außerdem im Moment wenig Aufträge. »Hübsche Idee übrigens, zwei Freundinnen – zwei Ringe, gefällt mir.« Sie sandte beiden einen warm beseelten Blick, als wäre sie schon die Dritte im Freundschaftsbund. »Ich muß natürlich erst mal sehen, ob ich einen ähnlichen Stein finde.«

Man einigte sich auf sechshundert Mark. »Der reine Materialwert.« Das wären für jede dreihundert Mark. »Weißt du was«, sagte Silke, »ich habe doch im November Geburtstag. Ich wünsch' mir das von meinem Vater zum Geburtstag. Der ist froh, wenn ich mir sowas wünsche.«

Bald war alles geklärt. Frau Schwellhofer würde anrufen, wenn sie fertig wäre. Man verabschiedete sich. Thea griff nach ihrem Ring und wollte ihn sich an den Finger stecken.

»Ja den mußt du mir schon dalassen, den brauche ich doch als Vorlage«, lachte Frau Schwellhofer.

Zögernd, so, als ob sie daran gar nicht gedacht hätte, zog Dorothea den Ring ab, hielt ihn einen Moment unentschlossen in der Faust, legte die Faust dann auf den Tisch und öffnete die Hand ganz langsam. Der Ring funkelte auf dem dunklen Tischtuch, obwohl er nicht im Lichtkegel der Lampe lag. Als die Mädchen die Wohnung verließen, drehte sich Thea noch einmal um und sandte dem Ring, ihrem Ring, einen Abschiedsblick zu.

Als sie draußen waren, waren sie ernster als vorher. Erst nach einer Weile fragte Thea:

»Wieso hat denn der Ring für *dich* eine besondere Bedeutung?«

»Das mußte ich doch sagen, warum hätten wir sonst einen zweiten gebraucht?«

27

Auf dem Kapitol in Rom, im Museum des Konservatorenpalastes hängt ein Bild des Malers Dosso Dossi. Es zeigt die heilige Familie, eigentlich eher eine Madonna mit Kind unter Hinzufügung des heiligen Josef. Jedenfalls sind die Frau und das Kind die Hauptsache. Maria hat ein großes Buch aufgeschlagen, einen prachtvollen Kodex mit bunt gemalten Initialen, die Heilige Schrift. Rechts von ihr steht ein Tisch, auf dem die Unterkante des Buches steht. Mit der rechten Hand kippt sie es hoch, so daß der Betrachter in das aufgeschlagene Buch blicken kann. Mit der freien Hand zeigt sie auf die Stelle, an der die Schrift abgeschabt ist. An diesem Fleck sind die Buchstaben weg, verschwunden. Dabei wendet sie den Kopf fragend in die Richtung ihres Kindes. Der Blick geht in die Ferne oder nach innen. Sie denkt! Die Frage nach der verschwundenen Schrift geht an ihr Kind, das, unterstützt vom heiligen Josef, zu ihr hinstrebt und ihr die kleinen Hände um den Hals legt. Das Kind wird ihr sagen, was das Buch hätte sagen sollen, aber nicht sagen konnte. Nein – das Kind wird nichts sagen. Es ersetzt die Schrift! Das Kind *ist* die Schrift. Ein Kind statt der Worte . . .

Ringler war im vorigen Jahr, als er das Bild sah, minutenlang stehengeblieben, hatte zuerst die Leinwand untersucht, hatte sich vergewissert, daß das Bild nicht etwa zufällig an der Stelle beschädigt wäre, wo die Schrift verschwunden war, hatte dann die Museumswächterin mit seinen Fragen in Verlegenheit gebracht, war dann am Postkartenstand an der Kasse auf die Suche nach einer Reproduktion gegangen, hatte in den Katalogen nachgeforscht, aber es war wie immer, wenn man etwas Bestimmtes sucht. Der Dosso Dossi gehörte offenbar nicht zu den berühmtesten Bildern der Galerie. Wenn es nach Ringler gegangen wäre, hätte das Gemälde einen Raum für sich alleine bekommen, denn Ringler war begeistert. Er fand die Idee Dossis genial, denn das Bild paßte genau in seine Theorie.

Zu Hause hatte er im Kunsthistorischen Institut der Universität schließlich eine Schwarzweiß-Reproduktion entdeckt, kopiert und sofort in seinem Zimmer an die Wand gepinnt, gleich neben den »Moses« des Michelangelo.

Jetzt saß er versonnen vor den Bildern und wartete auf Dorothea. Er legte sich zurecht, was er ihr erklären wollte.

»Du kannst die Sache mit dem Ring nur wirklich verstehen, wenn du kapiert hast, was negative Theologie wirklich bedeutet.«

Sie würde natürlich denken, negative Theologie, das ist so etwas wie Atheismus: ›Es gibt keinen Gott‹ und so ... – alles negativ. Alles Einbildung. Er müßte ihr erklären, daß ›negative Theologie‹ genau ihr Problem war: Gott ist kein Ding in der Welt, aber er ist nicht nichts. Er ist die große Aussparung, die übrigbleibt, wenn die Illusion in sich zusammengefallen ist. Vielleicht sollte er ihr den Ring wegnehmen? Dann wüßte sie, was negative Theologie wäre: Es wird etwas weggenommen. Nur dann hast du das Gefühl, daß etwas fehlt, nur dann siehst du den Unterschied zwischen der Welt, wie sie ist, und der Welt, wie sie sein soll.

Aber es war schwer mit Thea. Er hatte gemerkt, daß sie seine beziehungsmäßigen Anspielungen, seine Komplimente und doppeldeutigen persönlichen Bemerkungen ziemlich ungnädig aufnahm. Dieses Mädchen brachte es fertig, daß er sich in ihrer Gegenwart regelrecht mies fühlte. Dieses Mädchen tat so, als verachtete sie ihn. Vielleicht verachtete sie ihn wirklich? Er konnte seinen Betrug mit dem Ring nur rechtfertigen, wenn es ihm gelang, im nachhinein zu zeigen, daß er nichts anderes als das große Lehrstück im Sinn hatte.

Jede Lektion, die er ihr erteilte, würde klarer machen, daß die Ereignisse auf dem Berg genau so hatten ablaufen müssen, wie sie abgelaufen waren. Er mußte sie dazu bewegen, seine Vorträge anzuhören! Er schaute auf sein Bild an der Wand, auf die Hörner des »Moses« von Michelangelo. Aus dem majestätischen, belockten Haupt der Marmorstatue traten wie bei einem jungen Stier zwei Hörner hervor. Hauptsächlich wegen der Hörner hatte er das Foto aufgehängt.

Er wartete auf Thea. Fünf Uhr hatten sie ausgemacht, und nun war es schon fast halb sechs. Die erste Lektion hatte er so ziemlich im Kopf.

Er würde mit dem Sabbat anfangen. Der Sabbat war die große Erfindung der jüdischen Aufklärung. »An diesem Tag sollst du keinerlei Arbeit tun.« Alle sieben Tage ein Tag ohne Arbeit. Thea würde sich sicher wundern, daß es im alten Rom keine Woche und keinen Sonntag gegeben hatte. Viele Feste zwar, aber keinen regelmäßigen Takt. Und in keiner anderen Kultur gab es die Woche, den regelmäßig wiederkehrenden freien Tag. Der Sabbat war die große monotheistische Erfindung, das Geschenk der jüdischen Aufklärung an die Menschheit.

Dann würde er ihr erklären, was Arbeit bedeutet. Arbeit, das heißt Zwecke verfolgen. Du tust etwas, weil du ein bestimmtes Ziel erreichen willst.

Ringler war unkonzentriert. Wieso kam das Gör nicht? Er ertappte sich bei der Frage, was für Ziele er denn mit seinen Privatstunden erreichen wollte. »Ich muß mich schließlich rechtfertigen. Sonst nichts. Jedenfalls nicht vor dem Abitur.«

»Also Wolfgang, konzentriere dich.« Ringler ermahnte sich in dem Ton, den er auch für Schüler anschlug.

Arbeit heißt Zwecke verfolgen. Auch wer Götter macht, verfolgt Zwecke. Die Götter des griechischen und römischen Götterhimmels waren nichts anderes als Person gewordene Zwecke. Wer eine Seereise antrat, wollte sicher ankommen, das war sein Interesse. Für diesen Zweck suchte er sich ein sicheres Schiff, einen erfahrenen Kapitän, und er paßte günstigen Wind ab. Trotzdem konnte es dahin kommen, daß trotz aller Vorkehrungen ein plötzliches Unwetter das Schiff in Seenot brachte. Alles, was an ihm war, hatte der Mann getan. Trotzdem war er in Seenot. Am liebsten hätte er dem Wind und dem Wasser gut zugeredet und sie besänftigt. Aber Wind und Wasser hatten keine Ohren. Oder hatten sie doch Ohren?

An dieser Stelle wäre klar, wie die vielen Götter des Götterhimmels zustande gekommen waren, darüber hatten sie ja auch in der Schule schon gesprochen, und es wäre klar, daß sie nichts anderes als die Verlängerung menschlicher Zwecke, menschlicher Arbeit waren. Es waren selbstgemachte, selbst erarbeitete Götter.

Üblicherweise wurde dann auf dem Schiff das Los geworfen, um zu ermitteln, wer an dem Unwetter schuld war, und einer ging über Bord. Vielleicht wäre Poseidon mit dem einen schon zufrieden und hörte auf mit dem Sturm.

Wer Liebeskummer hat, wendet sich an die Göttin Aphrodite, wer in den Krieg zieht, wendet sich an Mars. Soviele Zwecke, soviele Götter.

Dieser Selbstbedienungsladen wird nun von der jüdischen Aufklärung aufgeräumt.

Und nun sagt der Gott, der aus der Götterkritik hervorgegangen war: An diesem Tag sollst du keinerlei Zwecke verfolgen. Es muß ein Zeitraum freigehalten werden für die Zwecke, von denen die Menschen nichts wissen. Ein göttliches Reservat. Den Menschen wird etwas weggenommen, ein Arbeitstag. Wegnehmen – das ist negative Theologie!

»An diesem Tag sollst du keinerlei Arbeit tun!«

Wichtig wäre vor allem, daß er Thea erklären könnte, daß die Negation der negativen Theologie genau dieses Wegnehmen war. Damit wurde verhindert, daß irgendwelche Zwecke sich selbständig machten, als die höchsten angesehen würden oder absolut gesetzt wurden.

Endlich klingelte es. Draußen standen Dorothea und Silke.

28

Die Herbststürme hatten eingesetzt. Das frisch verwelkte Laub wirbelte in Windhosen durch Straßen und Hinterhöfe. Dorothea war gern allein. Und sie war gerne draußen. Sturm, das war ihr Wetter. Nicht einmal eine Mütze zog sie über den Kopf, denn sie hatte es gern, wenn der Wind in die Haare fuhr. Sie kurvte auf dem Fahrrad durch stille Wohnstraßen, den Hang hinab zum Ostpark. Ein feiner Staubregen machte ihr nichts aus. Sie kniff die Augen zu einem Schlitz zusammen, freute sich über ihr nasses Gesicht und trat in die Pedale, als sei einer hinter ihr her.

Merkwürdigerweise jagten sich ihre Gedanken beim Fahrradfahren, so, als ob die Pedale einen Dynamo antrieben, der den Kopf zum Glühen brachte.

Sie haßte Ringler, denn er hatte sie betrogen. Sie würde es ihm heimzahlen. Wie, wußte sie noch nicht, aber sie würde es ihm heimzahlen. Silkes Idee, von ihrem Ring eine Kopie anfertigen zu lassen, kam ihr zwar inzwischen etwas albern vor, aber man würde sehen.

Trotzdem wußte er viel. Sie hörte ihm gerne zu. Wenn sie mit ihm sprach, hatte sie immer das Gefühl, als hielte er etwas zurück, als wüßte er etwas, was er nicht sagen wollte. Vielleicht konnte er es nicht sagen? Merkwürdigerweise kamen ihr Ringlers Gedanken auf seltsame Weise bekannt vor. Seine Geschichten verstand sie sofort. Vielleicht gab es diese Gedanken schon in ihr, schon lange, vielleicht schon immer, und wenn Ringler sie aussprach, dann begrüßten ihre Gedanken die von Ringler wie alte Bekannte. Seine Lektionen übten einen merkwürdigen Reiz aus. Sie mußte aufpassen, daß sie ihn nicht sympathisch fand. Er hatte ja schließlich

»Unzucht« mit ihr getrieben. Jetzt mußte sie selber über diesen altmodischen Ausdruck lächeln. Aber sie ermahnte sich dazu, ihren gerechten Zorn am Köcheln zu halten. Er sollte ihr seine Lektionen erteilen und fertig.

Beinahe wäre sie mit einem Jogger zusammengeknallt, der mit Walkman im Ohr den Fahrradweg entlang trabte. »Mensch, paß doch auf!« Einen Moment lang hatte sie gedacht, der Kerl sei Ringler.

Der Regen hatte zugenommen. Ziemlich warmes Wasser fiel in Mengen vom Himmel. Herrlich!

Thea wußte, wo im Ostpark eine Schutzhütte war. Sie kippte das Fahrrad an die Holzwand und setzte sich ins Trokkene. Die Haare klebten an ihrer Stirn. Tatsächlich, es hatte gedonnert. Ein spätes Gewitter. Sie saß in der Hütte und horchte angestrengt. Beim Aufprall auf dem Hüttendach konnte sie zuerst noch einzelne Tropfen ausmachen. Aber es wurden immer mehr, und im Anschwellen verschliff sich dann alles in ein gewaltiges Rauschen. Er rauschte auch auf die welken Blätterhaufen, auf den Kiesweg, wo das Wasser Blasen zog von dicken Tropfen. Ein nasser Spatz schnappte sich eilig einen angeweichten Keks und brachte ihn in Sicherheit. Mit weit aufgerissenen Augen starrte Thea in die mit strömendem Wasser gemischte Luft, ohne den Augen einen festen Halt zu geben. Langsam wurde sie ruhiger. Sie verpustete sich und genoß die Taten des Wetters. Es roch nach welkem Laub, leicht säuerlich und schon ein bißchen wie Erde. Der Sommer war vorbei. Was für ein Sommer!

Kein Mensch war zu sehen. Das Rauschen des Regens war wie Zeitverstreichen. Da war sie wieder, die große Zeit. Sie freute sich, sie wieder zu treffen. Sie freute sich, dazuzugehören. Es war ihr Regen, es waren ihre Tropfen, ihre Spatzen. Sie fühlte sich nicht allein. Die große Gegenwärtigkeit hatte sie seit der Nacht auf dem Berg nicht verlassen. Es war ihr großes Geschenk.

Vorige Woche hatte sie es plötzlich sogar im Supermarkt überkommen, so eine Art Auszeit. Sie war stehengeblieben und mußte sich fragen, warum sie ausgerechnet die Frau an der Käsetheke, den Gemüse-Azubi und die Rentner, die an diesem Vormittag wie immer nach Sonderangeboten Ausschau hielten, am liebsten umarmt hätte.

29

Sofort hatte sie Ringler verstanden, als er ihr den Sinn von JHWH erklärte. Ehje ascher Ehje, hebräisch. Das hieß: »Ich bin da.« »Ich bin da« – genau – das war ihr Gefühl! Die große Gegenwärtigkeit. Die große Anwesenheit. »Ich bin da«, das hatte die Stimme aus dem brennenden Dornbusch gesagt, aus dem Dornbusch, der brannte und nicht verbrannte, als Moses nach ihrem Namen gefragt hatte. Auf dem Berg war sie zuerst von ihr erfaßt worden, als sie der Liebling der Sterne geworden war. »Ich bin da« war überall. Sie war eine Schwester des Regens und des Windes. Und die Schwester der Rentner im Supermarkt. Sie war auch die Schwester ihrer Eltern, die Schwester ihres Vaters, ihrer Mutter, sie war die Schwester von allem, mit dem sie in diesem großen Einverständnis stand.

War sie auch die Schwester von Wolfgang? Wolfgang, dem Betrüger, dessen Gedanken sich mit ihren wiedererkannten?

Jetzt wußte sie sogar den Namen der großen Gegenwärtigkeit: »JHWH«. Nein, da hatte Ringler auch wieder recht. Er war ja kein Ding in der Welt, deswegen hatte er auch keinen Namen. «JHWH« war kein Name, sondern ein Namensersatz.

Wie konnte er anwesend sein und doch nichts, kein Ding, kein Ding in der Welt. Er war das große Nichts und die große Gegenwart. Alles und Nichts. Nichts und doch anwesend.

»Wieso Abstand?« hatte sie gefragt. Die Sache mit dem Abstand war ihr, für die alles ganz nah, so nah wie noch nie gerückt war, zunächst völlig gegen den Strich gegangen.

»Paß auf. Ich erklär' es dir bei Mose.«

Wenn Ringler mitten in der Lektion war und so richtig in Eifer geriet, dann bekamen seine Augen immer etwas Strahlendes. Auch Theas Augen glänzten, denn was Ringler erklärte, war das nicht alles das, was sie schon wußte, was sie wußte, aber noch nicht sagen konnte?

»Mose ging es wie dir. Er war ganz nah bei der großen Anwesenheit. Und er war weit weg vom normalen Leben. Er hatte einen maximalen Abstand. Seine Nähe zu Gott war sogar der Grund dafür, daß er zur Realität seines alten Lebens auf Abstand gegangen war, denn diese Realität hieß: Das Sklavenhaus. Er war draußen, weit weg in der Wüste. Seine Leute waren in Ägypten, und Ägypten war für sie ein Sklavenhaus.

Auf Abstand gehen, das heißt: Du siehst die Dinge plötzlich in anderem Licht. Und wenn es ein Sklavenhaus ist, was du siehst, dann siehst du erst in diesem Licht, wie häßlich es ist, dann weißt du sofort: Sklavenhaus soll nicht sein! Du weißt es nicht, wenn du mitten drin sitzt im Sklavenhaus, du weißt es nur, wenn du mit Abstand siehst. Du brauchst den Abstand, sonst siehst du nichts. Die Nähe zu JHWH bringt dich auf Abstand zum Sklavenhaus. Abstand und Nähe – du brauchst beides. Du brauchst die Nähe zu dem, der kein Ding in der Welt ist, damit du die Dinge in der Welt richtig siehst.«

Silke war heute nicht mitgekommen, denn sie wollte zu Frau Schwellhofer, um zu erfahren, ob sie einen passenden Stein gefunden hätte.

Auf dem Weg zu Frau Schwellhofer fiel ihr aber ein, daß sie doch jetzt lieber da wäre, wo Thea ist, nämlich bei Ringler. Sie kehrte um. Nun stand sie an der Wohnungstür und kam sich dumm vor. Erst nachdem sie eine Minute stehengeblieben war, entschloß sie sich zu klingeln. Wieder wegzugehen, wäre noch dümmer gewesen.

Als sie schließlich auf den Knopf drückte, erwischte sie sich bei dem Gedanken, daß sie sofort spüren würde, ob die beiden nur über Gott und die Welt gesprochen hätten oder noch über etwas anderes.

»Bin ich etwa deswegen nicht gleich mitgekommen?« Silke ärgerte sich über sich selber. Sie kam sich überflüssig vor. Die beiden beachteten ihren Auftritt kaum. »Grüß dich, setz dich, Tee?«

Ringler stellte mechanisch die Teetasse vor Silke hin, redete aber fast leidenschaftlich da weiter, wo er offenbar vom Klingeln gerade unterbrochen worden war.

»Ich zeig's dir sofort.« Während er das zu Dorothea sagte, goß er Silke Tee ein. »Exodus drei.«

Ringler griff nach der Bibel und hatte mit ein-, zweimal Blättern die richtige Seite gefunden. Das Buch fiel fast von selbst an dieser Stelle auseinander.

»Das ist der stärkste Text im ganzen Alten Testament!«

Er riß mit einer ziemlich dramatischen Bewegung Michelangelos Bild von der Wand, ohne sich die Mühe zu machen, die Stecknadeln vorher herauszuziehen, mit denen er das Bild angepinnt hatte.

»Jetzt geht es um die Hörner des Mose!«

Er setzte sich zwischen die Mädchen, legte das aufgeschlagene Buch vor sich, so daß beide hineinsehen könnten, und nahm das Foto in die Hand.

»Es ist eigentlich ein Witz, aber einer von denen, deren Weisheit sich erst auf den zweiten Blick zeigt.«

Ringler erklärte jetzt ziemlich schnell und gab schon im Tonfall zu erkennen, daß die Hauptsache erst noch kommen würde.

»Früher sind doch die Texte von Hand abgeschrieben worden. Da konnte es schon mal vorkommen, daß einer sich beim Abschreiben verlas. So hat also einer in einem lateinischen Text über Mose das Wort ›coronatus‹ als ›cornutus‹ gelesen. ›Coronatus‹ heißt ›gekrönt‹ oder ›bekränzt‹ und ›cornutus‹ heißt ›gehörnt‹. Ich weiß nicht mehr genau, wer es war, jedenfalls ist seitdem Mose immer mit zwei Hörnern dargestellt worden.

Stehen ihm ja auch gut, nicht?«

Ringler betrachtete das Bild mit Wohlgefallen.

»Und wo ist die Weisheit auf den zweiten Blick?«

»Genau! Man spricht in der Logik von den ›Hörnern‹ eines Dilemmas. Ein Dilemma ist eine Zwickmühle. Berühmtes Beispiel ist der Satz: ›Ein Kreter sagt: Alle Kreter lügen.‹«

Ringler schob seinen Stuhl etwas zurück, blickte die Mädchen erwartungsvoll an und wiederholte Wort für Wort seinen Satz: »Ein Kreter sagt: ›Alle Kreter lügen.‹«

Silke machte große Augen, Thea runzelte erst die Stirn, lächelte dann aber in der Sekunde, in der die Pointe sich in ihrem Kopf realisierte. Sie schaute Ringler an, der zurückblickte und ihren Gedanken aussprach.

»Horn eins: Da es ein Kreter ist, der den Satz ausspricht, und da nach diesem Satz alle Kreter lügen, ist das Gegenteil dessen wahr, was der Kreter spricht. Demnach wären die Kreter keine Lügner. Horn zwei: Wenn die Kreter aber keine Lügner sind, dann ist auch unser Kreter keiner, dann kann demnach sein Satz wahr sein: Alle Kreter lügen. Wenn er wahr ist, ist er falsch.«

»Kapier' ich nicht.« Silke war wohl noch nicht ganz da. Immerhin war sie aber jetzt dabei. Dorothea, die verstanden hatte, übernahm die Erklärung für ihre Freundin:

»Wenn es also gelogen ist, was der Kreter sagt, und er sagt den Satz: ›Alle Kreter lügen‹, dann ist es nicht gelogen, was er sagt, denn ...« Jetzt konnte auch Silke den Satz zu Ende sprechen: »... denn er ist ja auch ein Kreter.«

»Okay?« – »Okay!«

»Und wo ist das Dilemma des Mose?«

»Ja – die Hörner des Mose ...«

Ringler machte eine Pause, als müsse er Anlauf nehmen.

»Im Grunde ist es ein Sprachproblem. Mose steht vor der großen Realität, die kein Ding in der Welt ist, ganz nahe. Wie aber redet man von einer Realität, die kein Ding in der Welt ist? Mose ist in der Welt und die Leute, zu denen er reden will, sind auch in der Welt, genauer gesagt, im Sklavenhaus Ägypten. Er *muß* reden, denn sonst kommen seine Leute nicht aus dem Sklavenhaus heraus. Das ist das eine Horn.

Aber er *kann nicht* reden, denn was nicht ein Ding in der Welt ist, das hat keinen Namen. Das ist das andere Horn. Hier, im Buch Exodus Kapitel 3 Vers 13. Da legt Mose sein Problem dar.«

Ringler und die Mädchen stecken die Köpfe zusammen und beugen sich über den Text. Nur halb bewußt bemerkt Ringler einen bestimmten Duft und beschließt sofort, ihn nicht zu registrieren, denn er ist ganz bei der Sache, bei den Hörnern des Mose.

»Er will also zu den Israeliten gehen, um sie aus dem Sklavenhaus zu führen. Er muß ihnen erklären, woher er seinen Abstand hat, wie er dazu kommt, das Sklavenhaus mit Abstand zu betrachten und die Israeliten, seine Leute, dann ebenfalls auf Abstand zu bringen, mit anderen Worten, sie dort rauszuholen. Wer oder was hat ihm dazu den Auftrag gegeben? Hier!«

Ringler zeigt auf einen Satz und zitiert:

»*Da werden sie mich fragen: Wie heißt er? Was soll ich ihnen darauf sagen?*

Jetzt kommt's.«

Ringler wurde richtig feierlich:

»Da antwortete Gott dem Mose: Ich bin der ›Ich bin da‹. Und er fuhr fort: So sollst du zu den Israeliten sagen. Der ›Ich bin da‹ hat mich zu euch gesandt.«

30

Mit dem Tennisspielen war es nun endgültig vorbei. Der Sandplatz war geschlossen, und morgens hatte es schon Reif gegeben. Thea zog es mit dem Fahrrad an den Rand der Stadt. In den Schrebergärten wurde aufgeräumt. Kleine Vögel taten sich zu Schwärmen zusammen, Spatzen, die in den Hecken lärmten. Bei den Nußbäumen lagen abgefetzte Zweige am Boden, zwei Vierzehnjährige warfen mit Knüppeln und Steinen nach den letzten Nüssen. Wenn Hunde frei herumliefen, hatte Thea vorsichtshalber immer einen weiten Bogen gemacht oder sie war stehengeblieben, denn die Hunde waren offenbar der Meinung, Radfahrerinnen seien vor ihnen auf der Flucht und müßten verfolgt und gestellt werden. Heute kümmerte sie sich nicht um die Hunde. Die Hunde kümmerten sich nicht um sie. Ein Rauch lag in der Luft. Jemand hatte in den Kleingärten etwas verbrannt. Es war noch nicht fünf Uhr und schon war die Sonne in die Atmosphäre getaucht. Die Scheibe war riesig und rot, orangerot.

Das Jahr war alt. Jetzt kamen die Totensonntage, Volkstrauertage, Allerseelen. Am Bornheimer Friedhof war Betrieb. Ältere Frauen machten die Gräber ihrer Männer winterfest. Eine Beerdigungsgesellschaft zerstreute sich auf dem Parkplatz. Thea mochte diese Jahreszeit. Sie war überhaupt nicht traurig oder melancholisch. »In hundert Jahren sind wir sowieso alle tot.«

Sie mochte die Jahreszeiten; daß es immer dasselbe war, hatte etwas Beruhigendes. »Der nächste Winter kommt bestimmt.« Das war die Wahrheit. Wie hieß das Ding gleich nochmal? Eine Tautologie. Warum machten es die Trauernden nicht wie sie und betrachteten alles aus der Entfernung?

Es waren ja schließlich dieselben Leute, die am Totensonntag trauerten und die an Fastnacht Helau schrien. »Man muß das nur aus gehörigem Abstand sehen« – sagt Ringler.

Der Dreck in der Luft filterte die Sonnenstrahlen. Ihr Licht war so schwach, daß Thea direkt in die riesige Scheibe sehen konnte. Auch die Sonne war ihre Schwester. Es war dieselbe Sonne, die auch über der Provence geschienen hatte. Ob sie dort jetzt auch gerade unterging? In hundert Jahren würde der Mont Ventoux genauso aussehen wie damals. Ihr großer Freund – würde er sich an sie erinnern? Würden die Sterne sich an ihre Schwester erinnern, an das Mädchen, das sie einmal aus dem Nichts gezogen hatte? Einer war schon zu sehen. Der Abendstern. »Der Abendstern ist der Morgenstern.« Das war eines von Ringlers Beispielen. Wie war das nochmal? Die Sache war dieselbe, aber der Name war verschieden. Die Dinge haben von Natur aus keine Namen. Wir sind es, die ihnen Namen geben. Jedenfalls war der Morgenstern derselbe Stern wie der Abendstern, die Venus. Immer sind wir es, die Namen geben. »Na Venus, wie heißt du, Morgenstern oder Abendstern?«

Dorothea schaute nach oben. Ihr war kalt. Ein Jumbo zog eine Warteschleife. Die Venus gab keine Antwort. Vielleicht ist doch alles Schwindel?

Sie hatte die Sonne im Fernsehen gesehen. Gestern abend in der Tagesschau. Eine schöne Sonne schien über ein schönes paradiesisches Land, in dem ein schöner großer Fluß in einen großen blauen See mündete. Die Luftaufnahme zeigte die Mündung des Flusses. Im Fluß, im See überall schwammen Tausende von Leichen. Die Hutus und die Tutsis schlachteten sich gegenseitig ab. Es war dieselbe Sonne, die dabei zugesehen hatte. Ihre Schwester! Vollkommen gleichgültig. Dorothea faßte an ihren Ringfinger. Noch nicht einmal eine Delle hatte der Ring hinterlassen. Vielleicht war doch alles Schwindel?

31

Thea war nicht da, noch nicht da. Ringler schaute auf die Uhr. Silke, die sonst schon mal zu spät kam, schlug vor, noch zu warten. Diesmal war wenigstens sie pünktlich.

Ringler dachte daran, daß er Silke eigentlich nichts schuldig war, im Gegenteil. Sie steckte ja irgendwie mit in der Sache drin. Schließlich war sie es, die ihm verraten hatte, wie das war mit Thea und dem Ring, daß Thea die Faust zugekrampft hatte und daß sie irgendwie meinte, in die Faust gehöre ein Ring.

Sie hatten seitdem nie mehr über die Sache gesprochen.

Thea war er etwas schuldig. Silke nicht. Silke war mit im Komplott!

Ringler war es unangenehm, daß Silke etwas wissen sollte, was Thea nicht wußte. Es war ihm unangenehm, mit ihr allein zu sein. Nun saß sie da und Thea war nicht da, noch nicht da.

Silke dagegen dachte an das, was Ringler nicht wußte. Sie dachte an den Ring, genauer gesagt, an die Ringe, an Frau Schwellhofer. Frau Schwellhofer hatte angerufen. Der Ring war fertig. Sie hatte Thea noch nichts davon gesagt.

Silke beobachtete Ringler, der sich in seiner kleinen Küche zu schaffen machte. Sie fragte sich, ob er eigentlich noch etwas anderes kochen könnte als Tee. Aber schon kam er mit dem Tablett und Tassen.

»Sag mal, woher hast du eigentlich den Ring?«

»Was für einen Ring?«

»Du weißt schon, stell dich nicht dümmer als du bist!«

»Gekauft.«

»Ganz schön raffiniert!«

»Mehr Zufall. Auf dem Flohmarkt.«

Ringler hatte eigentlich keine Lust, weiterhin mit Silke Geheimnisse zu teilen. Sie gehörte nicht in die Geschichte. Andererseits ... Vielleicht war es gar nicht schlecht, wenn Silke bei den Lektionen dabei war, sozusagen als Anstandsdame. Als Anstandsdame und Abstandsdame. Wenn Silke dabei war, wäre damit auch klargestellt, daß es ihm ausschließlich um die Lektionen ging. Die Lektionen, die ja keinen anderen Zweck haben sollten, als die Sache mit dem Ring zu klären. Es war besser so, jedenfalls bis zum Abitur.

Mit Silke allein zu sein, das war fast peinlich. Immerhin war sie es, die ihn auf die Idee mit dem Ring gebracht hatte.

»Weißt du«, Ringler versuchte, das Gespräch auf eine abstraktere Ebene zu ziehen.

»Weißt du, der Mensch braucht etwas, woran er sich festhalten kann, etwas Objektives, ein Objekt.«

»Ein goldenes Kalb!«

Silke war nicht schlecht in der Kunst des bewußten Mißverständnisses. Tatsächlich konnte man das goldene Kalb, das sich die Israeliten gemacht hatten, genau so verstehen: als etwas Objektives, als etwas, woran sich der Mensch festhalten kann. Vielleicht sollte es gar kein Gott sein, sondern ein Zeichen für Gott? Ringler mußte überlegen:

»Mose hat das goldene Kalb zerstört, weil es ein selbstgemachter Gott war. Daß es selbstgemacht war, das haben die Israeliten sicher gewußt, mindestens die Frauen, die ihren Goldschmuck hergeben mußten. Sie hätten sagen können: Wir wollten doch nur ein Zeichen haben, etwas, um das herum wir tanzen können. Wir wollten doch Gott nur unsere Dankbarkeit für die Rettung aus dem Sklavenhaus bezeigen.«

»Warum hat es Mose dann zerstört?«

»Weil die Leute vergeßlich sind. Sie vergessen. Sie vergessen, daß sie das Kalb selbst gemacht haben. Sie halten es nicht mehr für ein Zeichen, sondern für das Bezeichnete, für Gott selbst. Und sie können Gott in Besitz nehmen. Eine goldene Figur ist ein kostbarer Besitz. Aber mit der Zerstörung des goldenen Kalbes ist das Problem ja nicht vom Tisch. Diese Lektion hat Mose zwar den Israeliten verpaßt, aber was haben sie denn jetzt? Nichts!«

»Nichts, nichts, nichts.«

Wolfgang Ringler schaute Silke schräg an. Dieses Mädchen mit den tizianroten Haaren war wohl gar nicht so naiv, wie sie ihm immer vorgekommen war. Er überhörte dieses dreifache »nichts«.

»Schweigen ist keine Lösung. Wenn der ›Ich bin da‹ wirklich da ist, kann man nicht über seine Anwesenheit schweigen.«

»Man müßte es einfach an deinem Verhalten merken. Seine Anwesenheit müßte sich in deinen Taten ausdrücken.«

Dieses Mädchen verblüffte ihn immer mehr. Eigentlich hatte er heute Dosso Dossis Lektion drannehmen wollen. Aber das, was Silke da sagte, war natürlich ...

»Natürlich, natürlich, das ist sicher die Hauptsache, darauf kommt es natürlich am Ende immer an. An ihren Früchten werdet ihr sie erkennen!«

Ringler ärgerte sich immer, wenn ein Satz, den er eigentlich gut fand, nach Bibelspruch klang. Man hörte manchen Sätzen einfach den Mißbrauch an, den die frommen Sprücheklopfer mit ihnen ständig trieben.

»Theorien über Gott haben viele. Es hat die größten Gangster gegeben, die immer von Gott gesülzt haben. Sogar Hitler hat sich immer auf ›die Vorsehung‹ berufen.«

»Auch richtig, auch richtig, trotzdem ...«

Wo Thea nur blieb.

»Willst du schon mal 'ne Tasse Tee?«

»Danke.«

»Danke ja oder Danke nein?«

»Danke ja.«

»Bitte!«

Ringler goß Tee ein.

»Danke.«

»Jaa, wie gesagt«, Ringler zerdehnte jedes Wort, machte eine Pause, und es entstand eine Pause. Silke schaute Ringler gespannt an. »Ja?«

»Wie gesagt, schweigen geht nicht.«

»Das finde ich auch!« Dieses Gör war richtig frech und offenbar gar nicht dumm, jedenfalls nicht so dumm, wie er gedacht hatte. Jetzt kicherte sie sogar. Irgendwas hatte sie mit ihrem Haar gemacht. Starke Farbe dieses Rot. Beinahe hätte er ihr ein Kompliment für ihr rotes Haar gemacht. Sie schaute ihn auf eine Weise an, daß er lieber doch seine Zuflucht zu Dosso Dossi nahm.

»Also das Schweigen ist keine Lösung.«

»Dann reden wir doch!«

»Nein, Blödsinn!« Ringler vergewisserte sich durch einen kurzen Blick, daß sie ihn bewußt mißverstehen wollte. Dieses Reden mit Doppelsinn und Anspielungen, das war – das lief auf eine Art Flirt hinaus. Vielleicht sollte er tatsächlich ein wenig mit Silke flirten, das würde ihn von Doro ablenken.

Es klingelte.

»Das ist Thea.«

32

Thea merkte eine verlegene Spannung im Raum. Es war still. Von der Straße herauf hörte man ein Kind schreien, von weit her das Quietschen einer Straßenbahn, von überall das Grundrauschen der Stadt. Sie blickte auf Silke, auf Ringler, der schon wieder anfing, mit Teetassen zu hantieren.

»Was macht ihr denn hier?« Thea schaute auf Silke, dann auf Ringler, dessen Teezeremonie etwas Beflissenes hatte. Silke stand auf, um die Freundin zu begrüßen. Sie schmiß dabei den Stuhl um.

Ein paar Jahre war es üblich gewesen, sich überhaupt nicht zu begrüßen, eindeutig die coolste Lösung. Seit einiger Zeit war es aber bei den Mädchen mehr oder weniger Vorschrift, die Arme auszubreiten und sich Wangenküßchen, wenn nicht gleich draufzuschmatzen, so doch wenigstens anzudeuten. Diesmal wirkte es nicht sonderlich natürlich.

»Na, habt ihr schon angefangen?«

»Unser großer Meister schweigt sich gerade darüber aus, daß Schweigen keine Lösung ist.«

»Quatsch!«

Ringler bemühte sich um einen souveränen Ton in der Stimme. Er war schließlich der Lehrer dieser Gören und sonst nichts:

»Wir haben bloß auf dich gewartet.«

Silkes Wangen waren etwas rosiger als sonst. Ihr fiel ein, daß sie ihrer Freundin dringend etwas mitzuteilen hatte.

»Frau Schwellhofer hat auch angerufen.«

»Und?«

»Er ist fertig.«

»Um was geht's?« Ringler fragte mehr aus Höflichkeit.

»Um nichts!« Die beiden Mädchen schauten sich an und lächelten wie über einen Witz. Ringler schüttelte den Kopf.

»Also schweigen geht nicht. Fangen wir an.«

Das schwarzweiße Bild der heiligen Familie lag schon auf dem Tisch. Dosso Dossi, Madonna mit Kind unter Hinzufügung des heiligen Josef. Das Bild von der verschwundenen Schrift.

Mose hatte die Schrifttafeln zerschmettert im Zorn über das goldene Kalb, das selbstgemachte Götzenbild. Dann das Kalb pulverisiert und nun stand er da mit leeren Händen. Er, der Agent dessen, der »Da war«, der eigentlich nicht reden konnte, er hätte reden müssen ohne aufzuhören, reden im Dauerton, ohne Ende, brennen und nicht verbrennen, »Er ist da, ist da, ist da, ist da, da, da...«

»Daa, Daa, Da«, Thea imitierte einen Song der Gruppe »Trio« aus den achtziger Jahren.

»Da, Da, Da« – ein genialer Text.

»Mose ist der erste Dadaist.«

Was war heute mit Thea los? Dieser schwächliche Spott war sonst nicht ihr Stil. Irgend etwas störte Wolfgang Ringler heute an Thea.

Thea hockte sich hin mit durchgesacktem Rücken. Sie fühlte sich schlaff, erschöpft wie nach einer großen Arbeit. Sie saß neben Silke, neben Ringler und neben sich. Ihr Blick ging ins Unbestimmte. Weit weg war ihre große Flugleistung. Kein Mont Ventoux lag unter ihren Füßen, und doch war ihr schwindlig. »Alles Schwindel«, dachte sie und faßte an die Stelle ihres Fingers, wo einmal ein Ring gewesen war. Sie saß in einer miesen Bude, hörte einem miesen Typen zu und hatte eigentlich keine Lust.

»Heute habe ich keine Lust!« Sie wippte mit dem Oberkörper den Rhythmus von Trio »DaaDaaDaa«.

Aber Silke. Silke hatte Ringler offenbar genau zugehört und war ganz bei der Sache:

»Das liegt an der Zeit.«

»Genau!« Ringler redete weiter, als sei alles in Ordnung.

»Daß der Dornbusch brennt und nicht verbrennt, hat die Zeit ausgeknipst.« Ringler kam in Fahrt.

»Aber wenn Moses Stimme verhallt, hat die Anwesenheit von ›Ich bin da‹ kein Zeichen mehr. Er steht unter dem Gesetz der Zeit. Er kann sie nicht anhalten. Aber er muß die Zeit besiegen. Aber wie? Wie kann die Anwesenheit von ›Ich bin da‹ gezeigt werden? Zeichen sind *innerhalb* der Zeit.

Wie muß ein Zeichen aussehen, das selbst *innerhalb* der Zeit ist, das aber etwas bezeichnet, was *über* der Zeit ist, was selbst *in* der Zeit ist, was innerhalb und außerhalb der Zeit ist, innerhalb und außerhalb *zugleich*, was aber kein Ding in der Welt ist ...«

Thea brummte der Kopf. Sie hatte keine Lust, und sie hatte nicht richtig hingehört. Aber sie fühlte sich trotzdem von dem, was Ringler sagte, was sie nur halb verstanden hatte, auf merkwürdige Weise angezogen. Widerwillig wiederholte sie innerlich seine Worte: *Innerhalb und außerhalb zugleich* ... Sie ließ sich von Ringler in sein Denken ziehen. Waren es seine Gedanken, oder waren es ihre Gedanken?

»Auch Aaron hatte ja, wie er zu seiner Entschuldigung vorbrachte, niemand anderen als JHWH gemeint, als der das goldene Kalb fabrizierte, auch das Kalb sollte schließlich nur ein Zeichen sein für den Gott, nicht der Gott selber. Die Leute hatten das bloß verwechselt. Das durfte nicht noch einmal passieren. Es müßte ein Zeichen sein, ohne Augen, Mund und Nase, ein Zeichen, das nur Zeichen ist und kein Ding, dann könnte es nicht verwechselt werden. Und es müßte die Zeit besiegen. Hier ...«

Ringler schlug das Buch Exodus auf, hatte die Stelle schon gefunden. »Buch Exodus, 32,15.«

Thea wurde auf eine kalte Art wütend. Dieser miese Ringler schien zu wissen, daß er im Besitz ihrer Gedanken war. Es waren seine Worte, klar, aber schon wieder hatte sie das Gefühl, daß alles, was Ringler sprach, in ihr etwas wie Wiedererkennen auslöste. Auf eine rätselhafte Weise waren das ihre Gedanken. Ihre Gedanken, die sie noch nie gedacht oder gar ausgesprochen hatte. Deshalb konnte sie sich auch nicht entziehen. Sie hatte keine Lust, mußte aber mitdenken. Außerdem ärgerte sie sich darüber, daß Ringler sich die ganze Zeit nur an Silke zu wenden schien. Silke und der miese Typ kamen offenbar auch ohne sie ganz gut zurecht. Deshalb mußte sie dazwischengehen:

»Moment mal, das ging mir zu schnell. *›Drinnen und draußen zugleich‹*, was ist denn das für ein Unsinn!«

Ringler, der bewußt die ganze Zeit nur Silke angeblickt und Thea links liegen gelassen hatte, ließ sich seine Befriedigung nicht anmerken, aber nun wandte er sich direkt an die, der er etwas schuldig war. Thea war er etwas schuldig. Silke nicht. Silke war mit im Komplott.

»Wie kann die Anwesenheit dessen, der kein Ding in der Welt ist, dargestellt werden?«

»Nur durch ein Ding in der Welt.«

Thea wollte diesem Typen nichts durchgehen lassen.

»Richtig! Deshalb muß dieses Ding etwas an sich haben, was über das Ding selbst hinauszeigt. Wichtig ist nicht, was es *ist*, wichtig ist, was es *bedeutet*. Daß es ein Zeichen ist für etwas anderes, das ist wichtig. Daß es immer auch ein Ding sein muß, ist trivial, geschenkt, vollkommen unwichtig, aber nicht zu vermeiden.«

»Also redest du Unsinn, wenn du von einem Zeichen faselst, das nur ein Zeichen ist und kein Ding in der Welt.«

»Okay, streng genommen gibt es das nicht.«

»Aaaha!« Thea nahm den Ton einer Staatsanwältin beim Kreuzverhör an:

»Also kannst du niemanden zwingen, nur auf die Bedeutung zu achten.«

»Zwingen kann ich nicht.«

»Nimm an, du machst ein Zeichen für die Anwesenheit dessen, der kein Ding in der Welt sein soll, ein Stellvertreterzeichen sozusagen.«

»Okay.«

»Wie willst du jemanden zwingen, nur darauf zu achten, was das Zeichen *bedeutet*, und nicht darauf, was es *ist*?«

»Zwingen kann ich niemanden, das sagte ich doch schon.«

»Aha!«

Diesmal klang es nach: »Danke Euer Ehren, das war es, was ich hören wollte – keine weiteren Fragen«.

Thea war mit sich zufrieden.

»Aber du kannst versuchen, es zu verhindern. Ein Buchstabe ist kein Kalb. Bei einem Kalb aus Gold, aus dem kostbarsten Material, das es gibt, liegt es da nicht nahe, zu denken, daß es auf das Ding selbst, nämlich auf dieses Kalb ankommt. Bei einem Buchstaben siehst du sofort: Es kommt nicht auf den Buchstaben an, ob er schön geschrieben oder gekritzelt ist, ob er auf Stein oder auf Papier geschrieben ist, es kommt darauf an, was er *bedeutet*. Schrift ist wegen ihrer Bedeutung gemacht, nicht für sich selbst. Wenn ein Archäologe irgendwo einen Stein mit einer Inschrift ausgräbt, will er sofort wissen: Was bedeutet sie. Erst wenn er ihre Bedeutung kennt, weiß er, was sie ist. Die Schrift ist nichts ohne ihre Bedeutung.«

»Doch!«

»Was?«

»Schrift! Schrift und Stein, Schrift und Papyrus, Schrift und Pergament, Schrift und Papier!«

Die Staatsanwältin war heute hartnäckig. Ringler freute

sich insgeheim über den Widerstand, ließ sich aber nichts anmerken. Er schaute mit einem Pokerface einige Sekunden Thea direkt in die Augen und sagte dann:

»Einverstanden. Merk dir mal diesen Gedanken, wir können ihn noch sehr gut brauchen.«

Thea war zufrieden, sie war nicht widerlegt. Sie *hatte* widerlegt. Sie fühlte sich stark. Dieser widerlegte Typ konnte so überlegen tun, wie er wollte, sie würde ihm nichts durchgehen lassen.

»Aber du gibst doch zu, daß ein goldenes Kalb ein miserables Zeichen ist. Es sagt nicht zu dir: Denk an etwas anderes, an die große Anwesenheit, es sagt: Schau mal, ich bin ganz aus Gold, aus purem Gold, und schau mal, wie kunstvoll ich gemacht bin. So etwas taugt nichts als Zeichen.«

»Schon richtig.«

»Und daß man jeder Schrift ansieht, daß sie ein Zeichen ist.«

»Wenn man will, man muß aber nicht. Zwingen kannst du niemanden.«

Thea gab nur zu, was sie mußte.

»Die Araber verwenden die Schrift als Ornament.«

»Aber überleg doch mal...« Ringlers Stimme nahm einen werbenden, bittenden Ton an.

»Stell dir doch mal die Situation hier in Exodus vor. Die Verfasser dieser Erzählung wollen nichts anderes, als klar machen, daß es auf die Bedeutung und nicht auf den Bedeutungsträger ankommt.«

»Und wenn ich nicht will, was die wollen?«

»Dann bist du genau wie die Leute, die um das Kalb tanzen. Die Schriftzeichen tauchen genau an der Stelle auf, an der gerade durch eine Riesendemonstration, die Zermalmung des goldenen Kalbes, das Mißverständnis geklärt ist. Aarons Mißverständnis. Aaron hatte gewollt, daß das Kalb nur ein Zeichen für JHWH sein sollte. Aber die Leute hatten das Zeichen als Ding genommen. Sie hatten Zeichen und Bedeutung verwechselt. Das kann bei der Schrift nicht passieren.«

»Vielleicht nicht so schnell.«

»Also Mose erhält eine Bundesurkunde, Schrift auf steinernen Tafeln. Die Verfasser des Textes folgen der Spur des Hauptgedankens: Du darfst es nicht selbst machen! Du darfst *ihn* nicht selbst machen. Deswegen schreiben sie: ›Die Tafeln hatte Gott selbst gemacht, und die Schrift, die auf den Tafeln eingegraben war, war Gottes Schrift.‹«

»Alles Schwindel«, dachte Dorothea.

»Und dann: ›Er schleuderte die Tafeln fort und zerschmetterte sie am Fuß des Berges.‹ Von Gott darf nichts zum Anfassen bleiben.«

Immer noch schaute Ringler Thea voll ins Gesicht. Er wollte ihrer beider Gedanken in Einklang bringen. Sie sollte zugeben, daß sie ihm folgte.

»Später macht Mose selber neue Gesetzestafeln und schreibt auf sie die Gesetze nach Diktat. Aber ...«

An dieser Stelle zögerte Ringler, als ob er seiner Sache nicht ganz sicher sei.

»Aber das ist der Zauber. Der Zauber der Schrift. Sie gibt JHWH Dauer, immerhin. Schriftzeichen sind Zeichen, die man nicht mit einem Ding verwechseln kann und – die Hauptsache: Man kann sie nicht mit dem verwechseln, was sie bezeichnen.«

»Zaubern is nicht!«

Theas Stimme klang fast feindselig. Sie hielt Ringlers Blick aus. Dieser miese Typ wußte, daß er *ihre* Gedanken aussprach. Jetzt lächelte er auch noch.

Dorothea unterwarf sich nicht so schnell. Sie versuchte, sich zu konzentrieren. Wo war die faule Stelle in der Argumentation ihres Gegners? Ihre Gedanken fuhren herum wie ein Suchscheinwerfer. Ihr Blick fiel auf das Bild, das vor ihr auf dem Tisch lag und auf das bisher niemand geachtet hatte:

Dosso Dossi, Madonna mit Kind unter Hinzufügung des heiligen Josef. Wie verloren blieben ihre Augen eine ganze Weile über der Szene hängen und hefteten sich zwangsläufig auf die Stelle, wo die Schrift verschwunden war. Jeder, der das Bild betrachtete, mußte dort hängenbleiben, denn die gesamte Komposition lenkte auf die Stelle hin, wo nichts zu sehen war. Die Madonna blickte ihren minderjährigen Sohn fragend an und bat um Aufklärung. Es war nichts zu sehen und es war zu sehen, daß nichts zu sehen war.

Thea, während sie immer noch auf den Fleck mit der verschwundenen Schrift starrte, fing an zu verstehen, und je mehr sie verstand, desto mehr verfärbte sie sich. Sie schoß einen Blick auf Ringler, heiß und kalt zugleich, sprang auf, Tassen klirrten.

»Was hast du?«

Silke war erstaunt.

»Ich gehe!«

»Was ist los? Wir sind doch noch gar nicht fertig.«

»Was los ist? Frag den da.«

Thea kippte abschätzig ihren Kopf in Richtung Ringler.

33

»Wir gehen zu Frau Schwellhofer!«

Thea stürmte los. Sie legte einen Schritt vor, mit dem Silke kaum mithalten konnte. Ratlos zeterte sie hinter ihrer Freundin her.

»Ich verstehe überhaupt nichts mehr.«

An der nächsten Ecke blieb Thea abrupt stehen und schlug sich mit der flachen Hand gegen die Stirn.

»Ich bin so blöd, so blöd!«

»Wieso? Was ist plötzlich in dich gefahren?«

Jetzt erst schien Thea ihre Freundin zu bemerken.

»Hast du nichts gemerkt? Das war Unzucht! Der klassische Fall von Unzucht!«

Silke überlegte einen Moment, ob ihre Freundin verrückt geworden sei.

»Kannst du mir vielleicht mal erklären ...«

Thea ging langsam weiter.

»Du hast natürlich nichts gemerkt.«

»Was denn?«

»Also paß auf. Ein selbstgemachter Gott ...«

»Ist kein Gott. Okay, das hab' ich langsam kapiert.« Silke gefiel es nicht, für blöd gehalten zu werden.

»Gut. Und Gott kann kein Ding in der Welt sein.«

»Auch das ist bei mir angekommen.«

»Also hast du in der Welt nur Zeichen. Was du von Gott besitzen kannst, sind immer nur Zeichen. Und ein Kalb ist ein Kalb und kein Zeichen. Und der Schrift siehst du gleich an, daß sie ein Zeichen ist. Jetzt sagt Ringler: Wunderbar, dann ist ja alles in Ordnung, jetzt kann kein Mensch mehr Zeichen und Bezeichnetes verwechseln.«

»Und wo ist da die Unzucht?«

»Langsam, langsam kommt alles. An der Stelle hab' ich doch eingehakt. Mose, genauer gesagt, die Erzähler der Geschichte von Mose, ersetzen das Kalb durch die Schrift. Aber wer ist es, der schreibt? He? Merkst du was?«

Die beiden Mädchen waren inzwischen auf der Schweizer Straße angekommen. Die Schweizer Straße war der Corso von Sachsenhausen. Ökoläden, Bäckereien, ehemalige Metzgereien, die sich zu Buffet-Boutiquen mit Partyservice verwandelt hatten, Juweliere, Klamotten, Parfümerien, das Revier der durchgestylten Frauen, Bierkneipen, kurz, hier gab es alles, was der durchschnittliche Sachsenhäuser im Leben so braucht. Viel Lauf vor den Läden, die Typen um die Dreißig mit langen Daniel-Hechter-Mänteln und Dreitagebart, die Kids mit Skateboard. Trotz einiger Rentnerinnen und Türken lag über allem ein Hauch von Design.

Die beiden Mädchen ging das alles nichts an. Sie waren stehengeblieben. Sie ließen sich umspülen von der Schweizer Straße. Und sie redeten. Sie standen auf einer Insel und redeten. Niemand rempelte sie an.

»Was ist der Unterschied, ob du dir einen Gott selbst machst oder ob du dir sagst: Ich hau' die selbstgemachten Götter in die Pfanne und mache mir eine Idee vom nicht selbstgemachten Gott. Den lasse ich dann Gesetze diktieren und die schreibe ich, nein, die lasse ich den Helden meiner Erzählung aufschreiben. Wer hat die Schrift von der Schrift geschrieben?«

»Mir brummt der Kopf!«

»Schwindel, raffinierte Unzucht!«

»Wieso?«

»Ja merkst du denn nicht, das waren nicht meine Gedanken, sondern seine!«

»Ringler?«

»Ringler! Ich denke lieber meine eigenen Gedanken und

nicht seine. Er hat mich reingelegt. Er läßt mich seine Gedanken denken und zwar so, daß ich denke, es sind meine.«

»Aber du hast ihm doch dauernd widersprochen!«

»Irrtum! Er hat mich widersprechen lassen. Meine Einwände gegen ihn waren alle geplant. Es waren seine eigenen Einwände gegen sich. Ich sage: Niemand kann mich zwingen, nur auf die Bedeutung zu schauen und nicht auf den Träger der Bedeutung, das Zeichen. Und dann stelle ich fest, das Zeichen ist ein Ding, genauso, wie das Kalb ein Ding ist. Also hat es einer gemacht, mitsamt seiner Bedeutung. Also müßte es ein Bilderverbot auch für die Schrift geben. Das sage *ich*, aber in Wirklichkeit sagt *er* es.«

»Woher willst du das wissen?« »Dosso Dossi!«

Silke schaute Thea intensiv, aber verständnislos an.

»Überleg doch. Das Bild lag von Anfang an auf dem Tisch. Und was behauptet das Bild? Es behauptet genau das, was ich auch behauptet habe: Die Schrift bringt's nicht. Sie ist verschwunden.«

»Und du meinst, er hat das von Anfang an gewußt?«

»Weißt du noch, wie er sagte: ›Merk dir diesen Gedanken, wir können ihn noch brauchen‹? Er hat es gewußt! Er hat es die ganze Zeit gewußt! Verdammte Unzucht!«

»Aber hat er nicht recht?«

»Natürlich hat er recht. Das ist ja die Schweinerei. Komm, wir gehen zu Frau Schwellhofer.«

34

Die letzten Sommervögel hatten die Stadt verlassen. Die Tage waren kurz. In den Supermärkten rieselte schon leise der Schnee, überall wurde das Plastik-Tannengrün ausgepackt. Das Christkind würde jetzt ungefähr einen Monat lang vor der Tür stehen, erst eins, dann zwei, dann drei, dann vier. Viele, viele bunte Christkinder.

Ringler, der Referendar, hatte es übernommen, für das religionspädagogische Ausbildungsseminar ein Unterrichtsmodell »Weihnachten in der Konsumgesellschaft« zu entwerfen.

Er hätte kein Lehrer werden sollen. Er hatte sich da vertan, gewaltig vertan.

Lehrer sein war schon schlimm genug. Viel schlimmer aber war, zum Lehrer ausgebildet zu werden. Im religionspädagogischen Fachseminar kam es darauf an, die richtige Gesinnung an den Tag zu legen. Was die richtige Gesinnung war, das legte der Fachleiter für das Fach Religion in freier Diskussion mit den Referendarinnen und Referendaren fest. Diese Diskussion bestritt er notfalls auch alleine. Meistens war Notfall. Fachleiter Sankerl war ein progressiver Katholik, der gelegentlich für »Publik-Forum«, das Zentralorgan des kritischen Katholizismus, Rezensionen schrieb.

Für Fachleiter Sankerl kam es im Religionsunterricht in erster Linie auf Umerziehung an. »Frohbotschaft statt Drohbotschaft«, das war sein Programm. Außerdem sollten die Kinder lernen, daß der liebe Gott kein alter Mann mit Bart, sondern ein unsichtbarer Naturschützer weiblichen Geschlechtes war, der, beziehungsweise die es gern sähe, daß alle Europäer sich in südamerikanischen Basisgemeinden zusammenschlössen, sich beim Gottesdienst geschwisterlich die Hände zum Friedensgruß reichten und schunkelnd deutsche Kirchentagslieder sängen oder »We shall overcome«.

Ringler überlegte ernsthaft, ob er sich einen Bart stehen lassen sollte.

Trotz seiner starken Zweifel am Lehrerberuf hatte er den Ehrgeiz, eine vorzügliche Prüfung zu machen. Wer die Ausbildung nicht mit Auszeichnung abschloß, hatte keine Chance, eine Anstellung zu bekommen. Er würde also eifrig mitmachen müssen, immer vorne dran sein müssen.

Sofort nach Beginn seines Lehrerdaseins hatte er daher mit intensiven Abstandsübungen begonnen. Je klarer sein Abstand war, desto besser würde er mitmachen können. Drinnen und draußen zugleich. Er hatte das Milieu studiert, war in die Abendgottesdienste der Frankfurter Basisgemeinde »Camillo Torres« gegangen, in der zwei seiner Mitreferendarinnen aktiv waren, hatte alle geschwisterlich umarmt und sich von allen geschwisterlich umarmen lassen, hatte bei den Tischgottesdiensten, wenn alle möglichst authentisch »letztes Abendmahl« spielten, sich bis zum Anschlag »ein Stück weit« eingebracht, indem er allen irgendwie seine Befindlichkeit und Betroffenheit als Referendar unter besonderer Berücksichtigung der Ausbeutung der dritten Welt dargelegt hatte, und daß er irgendwie im Begriff stehe, »vor Ort, ein Stück weit« dazu beizutragen, ein Bewußtsein von unten zu schaffen, und daß er als Referendar, der ja irgendwie auch ein Stück weit ausgebeutet sei, diese Solidarität besonders gut leben könne, weil er ja irgendwie am eigenen Leibe, sozusagen sinnlich, ein Gefühl für Ausbeutung zu entwickeln im Begriffe sei.

Einige hatten ihn zwar komisch angeschaut, als er die lange Diskussion über Authentizität vom Zaune brach und sehr umständlich und ausführlich seinen Antrag begründete, statt französischem Weißbrot für das »Brotbrechen« Türkenfladen zu nehmen, als kleines Zeichen wenigstens für multikulturelle Solidarität mit den Türken. Schließlich war Jesus irgendwie auch Orientale gewesen und kein Franzose und überhaupt sei Frankreich eine Atommacht, die auf dem Mururoa-Atoll...

Er hatte es immer geschafft, ernst zu bleiben. Es war nicht einfach. Besonders war er darauf stolz, daß es ihm gelungen war, als einziger Mann in den Arbeitskreis »feministische Theologie« aufgenommen zu werden. Er hatte den Schwestern im Herrn in aller Sanftmut damit gedroht, sie als krasse Rassistinnen zu betrachten, wenn sie ihn nicht aufnähmen. Gleichzeitig hatte er ihnen angeboten, seine »weiblichen Anteile«, die er ja als Mann durchaus, wenn auch nicht so üppig besitze, restlos zu mobilisieren und sich bedingungslos für das Priestertum der Frau zu engagieren. Ehrenfeminist, das hatte er schon immer werden wollen. Gleichzeitig führte er binnen fünf Minuten im Kopf drei Geschlechtsumwandlungen als Abstandsübung bei den Schwestern im Herrn durch. Keine schwierige Arbeit, denn die Schwestern gehörten alle mehr oder weniger zum transsexuellen Es-Typ.

Sein Eintauchen ins progressive katholische Milieu war eine einzige große Abstandsübung. Die hatte es allerdings in sich. Manchmal kam er sich vor wie ein Völkerkundler, der zunächst einen fremden Stamm besucht, um ihn zu erforschen, der dann in den Stamm aufgenommen wird, vielleicht sogar Medizinmann oder Häuptling wird, der, hinter seiner Hängematte versteckt, aber immer noch das Büchlein mit seinen Feldnotizen fortführt. Dann aber fiel ihm ein, daß es ja sein eigener Stamm war, den er wie ein fremder Forscher studierte. Es war manchmal anstrengend, aber er war drinnen und draußen zugleich.

Der progressive Katholizismus war ein besonders heftig

strömender Kanal. Das beste an ihm war, daß er quer zum Hauptkanal verlief, aber es war ein Kanal.

Sankerl hatte die neuen Referendare zunächst in seinen eigenen Unterricht mitgenommen, das war im Seminar so üblich. Später würde er als der große Bruder den Unterricht der Referendare besuchen und Noten verteilen, die über Sein oder Nichtsein entschieden. Daß er diese Noten geben mußte, darunter litt Sankerl, denn im Grunde war er ein guter Kerl. Daß er darunter litt, darunter litten wieder seine Referendare. Sankerl hatte es nicht leicht. Warum hieß er auch Sankerl? Als er mit dem Grüppchen der neuen Referendare seinen Klassenraum betrat, stand an der Tafel in sauberen Einzelbuchstaben sein Name. Die Lettern standen alle auf dem Kopf bis auf das »n«. Sankerl wollte Souveränität beweisen und ließ die Tafel unbeachtet. Er ließ sich kein »n« für ein »u« vormachen.

Nach der Stunde erklärte Fachleiter Sankerl den Referendaren, daß er ihnen absichtlich eine ganz normale Stunde vorgeführt hatte, eine stinknormale Stunde sozusagen, keine Showstunde und woran es gelegen hatte, daß das meiste nicht geklappt hatte.

Ringler war sehr zufrieden. Mit diesem flauen Typen würde er schon fertig werden. Er würde dem Affen Zucker geben noch und noch. Er würde ihm einen Unterrichtsentwurf über den Konsumterror hinlegen, daß dem lieben Jesulein die blonden Haare zu Berge stünden.

Es kam vor, daß er für ganze Stunden in den Kanal abtauchte. Zur Entspannung sozusagen, denn Abstand halten war eine schwere Arbeit. Das nützte der Glaubwürdigkeit, sagte er sich. Dann war er wie alle und genoß die Stallwärme des Milieus. Dann dachte er wie alle, dann genoß er den Luxus zu denken, was er sagte, und zu sagen, was er dachte. Das war leicht, denn er dachte ja gar nicht. Er sagte einfach, was alle dachten. Er sagte, was man sagte. Die Anstrengung, sich innerlich auseinanderzuhalten, fiel weg. Wie schön war es, dazuzugehören, für einen Moment zu vergessen, daß alles falsch war, die eigene Stimme im Chor aufgehen zu lassen, mitzusummen, wenn die sentimentalen Kirchentagslieder gesungen wurden, sich »voll einzubringen«.

Manchmal hatte er ein schlechtes Gefühl, wenn ihn eines der Kinder, die auch zur Basisgemeinde gehörten, ihn mit einem echten, warmen Freundschaftsblick beim Friedensgruß bedachten. Dann kam er sich wie ein Verräter vor. Wenn es dick kam, hatte er allerdings keinerlei moralische Probleme.

Udo zum Beispiel hatte eine Art, den Heiligen Geist herumzukommandieren, die ihm als der Gipfel von Blasphemie und Gotteslästerung erschien. Udo wußte immer, wo der Heilige Geist sich gerade aufhielt. Meistens ganz in seiner Nähe. Gottesbesitz, das war die Gotteslästerung der Frommen. Sie hatten das Alte Testament vergessen: Ein selbstgemachter Gott ist kein Gott. Ringler hatte einfach zuviel über die Tricks gelernt, mit denen man eine Gruppe von Menschen gleichschalten konnte. Udo war kein Guru oder Rattenfänger, er war ein schlichtes Gemüt und glaubte, was er sagte. Aber er war einfach ein Mister Feelgood, der in jedem Verein als Stimmungskanone Karriere machen würde. Udo und seine Gitarre, die beiden konnten sich anknipsen, wie man eine Stereoanlage anschaltete, wie man sich mit Musik von Brian Eno berieseln ließ, um todsicher in eine bestimmte Stimmung zu kommen. »Der Friede soll dich holen!« hatte er einmal beim Friedensgruß zu Udo gesagt, und der hatte ihn anschließend leicht irritiert, aber betont sanftmütig und brüderlich gefragt: »Wie meinst du denn das?«

So entspannend diese warmen Bäder im Kanal für Ringler auch waren, so sehr schüttelte es ihn, wenn er anschließend ausstieg aus der Brühe. Dann bekam er regelmäßig einen Kanalkater. Es fror ihn in der kalten Luft. Ernüchterung und Entzugsschmerzen. War das nicht Heuchelei? War das nicht Arroganz und kostenlose Selbstüberhebung? War er der einzige, der nicht mitmachte? Der einzige, der nur zum Schein mitmachte? War sein großer Vorbehalt, der Gott, der ihm half, Abstand zu gewinnen, tatsächlich immer bei ihm? Galt nicht auch für ihn, was er Udo vorwarf? War es JHWH, die große Gegenwärtigkeit, die ihn auf Abstand hielt, oder war er es selber?

Er fragte sich, warum er seit der letzten Lektion mit Thea so unglücklich war. Es war die Stunde der Wahrheit, dachte Ringler. Zuerst versuchte er noch, sich eine heroische Version der Dinge zurechtzulegen. Und er redete sich ein, daß der Verlauf der Lektion tatsächlich sorgfältig von ihm geplant gewesen sei. Aber hatte er nicht eigentlich gehofft, daß Thea am Ende zu ihm aufblickte und sagte: »Wolfgang, ich danke dir für diese tiefen Einsichten?«

Aber es war anders gekommen. Thea hatte nicht zu ihm aufgeblickt. Thea war wütend weggerannt. In der Sekunde, als sie plötzlich gemerkt hatte, daß ihre Argumente von ihm vorprogrammiert waren, war sie wütend weggerannt. Thea war keine Marionette. Sie hatte die Fäden entdeckt, an denen er sie gelenkt hatte, entdeckt und im selben Moment abgeschnitten. Das war die Sekunde der Wahrheit.

Hatte er nicht sich und ihr beweisen wollen, daß die ganze Inszenierung mit dem Ring und den Briefen eine einzige große Lektion war? Nun *hatte* er es bewiesen, denn er hatte selbst dafür gesorgt, daß Thea wütend auf ihn war. Sie war wütend aufgrund einer richtigen Einsicht. Illusion und Ernüchterung. Da er es war, der die Illusion aufgeblasen hatte, war klar, daß auch die Ernüchterung auf sein Konto ging. Mochte sie ihm böse sein – Hauptsache, sie hatte etwas gelernt. Diese Falle hatte er sich selbst gestellt. Wenn sie seine

Lektion annahm, mußte sie ihn selber ablehnen. Alles hatte funktioniert. Warum war er nicht zufrieden? Sie hatte Dosso Dossis Lektion gelernt, aber sie war wütend, daß er sie vorgeführt hatte. Er hatte ihr gezeigt, daß er ihr überlegen war. Ist man überlegen, wenn man es zeigt? Ist man überlegen, wenn man hinterher traurig ist?

Aber Thea hatte etwas gelernt. Sie hatte Dosso Dossis Lektion gelernt. Sie hatte den linken Monotheismus verstanden. Das war die Hauptsache. »Linker Monotheismus«, das war seine Theorie vom nicht selbst gemachten Gott, den man nicht festhalten konnte, den man nicht ausrechnen konnte, der machte, was er wollte. Die Rechten, das waren die Gottesbesitzer, die Gott zu einem Ding machten, mit dem sie dann zaubern konnten.

Die Theorie vom linken Monotheismus war eigentlich gar keine Theorie. Eine Theorie muß aufgehen, da wird kein Widerspruch geduldet. Im Gegenteil: Die Genies, welche die Geschichte von Mose aufgeschrieben haben, bauten bewußt den Widerspruch auf: Brennen und nicht verbrennen!

Sein Widerspruch lief auf zwei Beinen herum, hatte dunkle Haare und roch, vor allem im Freien nach diesem Duft, für den es keinen Vergleich gab. Sein Widerspruch war unberührbar – jedenfalls vor dem Abitur. Thea widersprach ihm. Mußte ihm das nicht sogar recht sein? Er, der gewiefte Trickser, hatte sich selbst ausgetrickst. Seine Gedanken hatte sie akzeptiert, mit ihm aber war sie fertig. Ihm klang noch der Satz im Ohr: »Ich bin absolut fertig!«, die schneidende Stimme: »Besten Dank, Herr Ringler, für diese Lektion!« Oder war es nicht er selber, der sich ausgetrickst hatte? Wer eigentlich hatte ihn ausgetrickst?

35

Frau Schwellhofer war sehr stolz. Das war eine Sache, ganz nach ihrem Herzen. Wann hätte sie sonst schon die Gelegenheit, ein bißchen zu zaubern. Mit Steinen zu zaubern, war das nicht feenhaft? Sie sah sich irgendwie als gute Fee. Diesmal war ihr wirklich etwas Besonderes gelungen. Sie hatte die beiden Mädchen erst einmal hereingebeten.

»Nehmt schon mal Platz.«

»Danke.«

»Wir haben auch das Geld dabei.«

»Ach das Geld, das Geld, das ist doch nicht so wichtig!« Silke legte sechs Hundertmarkscheine auf den Tisch.

Mit sicherem Griff schnappte Frau Schwellhofer sehr beiläufig die blauen Lappen und ließ sie, ohne sie weiter eines Blickes zu würdigen, so, als hätte sie nur den Tisch von Altpapier reinigen wollen, in irgendeiner Falte ihres weiten Gewandes verschwinden.

Die Mädchen waren gespannt. Würde sich der Ersatzring sehr vom Original unterscheiden? Ein kleiner Unterschied, den man nur sähe, wenn beide Exemplare nebeneinander lägen und sorgfältig verglichen würden, das wäre schon in Ordnung. Hauptsache, Ringler würde nichts merken.

»Erst trinkt ihr mal eine Tasse Tee.«

»Ach, wir wollten uns eigentlich nicht so lange aufhalten.«

Thea war ungeduldig. Ihr war ohnehin die ganze Zeit nicht geheuer gewesen bei dem Gedanken, daß ihr Ring in den Händen dieser komischen Hexe wäre. Außerdem mochte sie neuerdings keinen Tee mehr.

»Nein, soviel Zeit muß sein. Ihr seid sicher schon gespannt, wie der Ring geworden ist.«

Frau Schwellhofer stellte das Tablett mit den Tassen ab.

»Haben Sie denn einen gleichen Stein gefunden?«

»Das war in der Tat nicht einfach. Hat mich auch viel Zeit und Sucherei gekostet. Nehmt ihr Zucker?«

»Nein.«

»Milch?«

»Nein.«

Die beiden Mädchen riefen das so prompt und laut in die Küche hinüber, daß ihre Ungeduld deutlich zu hören war.

Thea flüsterte halblaut: »Was muß die Tussi so ein Brimborium veranstalten? Warum gibt sie uns nicht einfach die Ringe?«

»Laß sie, die ist nun mal so, wie sie ist. Das wirst du schon überstehen.«

Frau Schwellhofer war neugierig. Als sie den Tee servierte, wechselten ihre Blicke von einer zur anderen. »Und ihr beiden seid so gute Freundinnen, daß ihr euch einen Freundschaftsring für sechshundert Mark machen laßt?« So wie Frau Schwellhofer das sagte, klang die Geschichte in der Tat komisch.

»Findet man selten, so gute Freundinnen.«

Silke fühlte sich schon gedrängt, irgend etwas zur Erläuterung darzulegen, als Thea Frau Schwellhofer fest ins Gesicht blickte und knapp »Sind wir!« sagte. Sie wollte nichts weiter, als endlich ihren Ring zurückbekommen.

»Jaja die Freundschaft, die ist doch das Schönste auf der Welt!«

Die Goldschmiedin seufzte tief, indem sie sich hinter ihre Teetasse mit einem bedeutenden Gesichtsausdruck niederließ.

»Könnten wir jetzt die Ringe mal sehen?« Thea ging den direkten Weg.

»Wie, die Ringe, ach so, die Ringe, ja natürlich die Ringe.«

Frau Schwellhofer tat so, als müsse sie sich aus der Tiefe ihrer Bedeutsamkeit erst wieder berappeln. Sie stand langsam auf und verschwand in dem Zimmer, in dem ihre Werkbank stand.

»Wo hab' ich sie doch gleich ...«

»Ich werde wahnsinnig«, flüsterte Thea ihrer Freundin zu. »Ich will jetzt den Ring sehen!«

»Die Ringe«, verbesserte Silke.

»Ihr kennt vielleicht auch die Geschichte von Lessing?« Die Goldschmiedin kam zurück und hatte eine Schatulle in der Hand. »Die Ringparabel. Da kopiert auch ein Goldschmied einen Ring, sogar zwei Ringe und zwar so gut, daß er selber nachher nicht mehr weiß, welcher der echte war. Ich hab' mir gedacht, was der mit zwei Ringen kann, das kann ich mit einem auch.« Ihre Augen glänzten, als sie sich wieder den Mädchen gegenüber setzte und die Halogenlampe anknipste. In einem scharfen Licht lag die Schatulle. Thea war bleich geworden.

»Ich bin gespannt, was ihr sagt.«

Thea saß starr vor der Schatulle. Nach einigen langen Sekunden streckte Silke langsam die Hand aus, nahm noch langsamer das Kästchen in die Hand, öffnete es, holte einen Ring heraus, dann den anderen, legte sie nebeneinander in den Lichtkegel und sagte: »Toll!«

»Na, welcher ist der echte?« Frau Schwellhofers Augen wanderten gespannt von einer zur anderen.

Silke nahm den rechten Ring und legte ihn nach links, während sie den linken nach rechts legte. Dann legte sie den linken wieder nach rechts und den rechten wieder nach links.

»Der da!«

Theas Hand hatte blitzartig zugegriffen. Mit dieser Bewegung sprang sie auf, war schon an der Tür, schmiß diese laut ins Schloß und polterte das Treppenhaus hinunter.

Das alles war so schnell gegangen, daß Silke und Frau Schwellhofer sich mehrere Schrecksekunden lang mit offenen Mündern gegenübersaßen. Dann sprang auch Silke auf. »Was ist denn? Warte doch!« Sie rief Thea durch die offene Wohnungstür nach. Dann schnappte sie ihre und Theas Jakke von der Stuhllehne, rief über die Schulter »Tschuldigung, sie ist manchmal komisch«, war schon an der Tür, bremste noch einmal, als die Goldschmiedin rief: »Aber der andere Ring!«, sprang zurück, schnappte den zweiten Ring, rief nochmals »Tschuldigung« und »Danke für den Tee!« und war draußen. Langsam ging Frau Schwellhofer zur Tür, die sie sorgfältig schloß. Sie seufzte.

36

Ringler war ziemlich sicher, daß Thea so schnell nicht mehr bei ihm erscheinen würde, um sich belehren zu lassen. Warum lag ihm so viel daran, ausgerechnet dieses Mädchen zu belehren? Wer läßt sich schon gern belehren, so von oben herab. Vorgekautes wird ausgespuckt. Für wahr halten wir das, was wir selber gedacht haben. Deshalb hielt Ringler auch seine Gedanken für wahr. Und weil er sie für wahr hielt, und weil er wußte, daß Thea Vorgekautes mit Ekel ausspucken würde, deshalb mußte er alles so arrangieren, daß sie von selbst draufkam. Deshalb hatte er versucht, mit ihren Augen zu schauen, versucht, ihre Gedanken zu denken. Er hatte versucht, es so weit zu bringen, daß ihre Gedanken seine Gedanken wurden, damit seine Gedanken ihre Gedanken werden könnten. Und er hatte minutenlang das Gefühl gehabt, ganz nahe dran zu sein.

Und jetzt war sie weggelaufen. »Meine Gedanken sind nicht eure Gedanken, und meine Wege sind nicht eure Wege.« Das war die Wahrheit. »Oh Gott!« dachte Ringler, »ich bin nicht ihr Gott.« Aber kann man denn Gott nicht erklären? Offenbar nicht. »Aber man kann erklären, was er nicht ist.« Den letzten Satz hatte Ringler zwar zu sich selbst, aber laut gesprochen. »Faulen Zauber kann man nur erklären, indem man erstens faulen Zauber macht und zweitens zeigt, wie er gemacht wird. Und Gott ist das, was übrigbleibt.« Er hatte noch nie so gründlich und selbständig über diese Dinge nachgedacht, wie seit dem Moment, als diese Stimme hinter ihm auf dem Fahrrad gerufen hatte: »Glaubst du an Gott?« Während seines ganzen Studiums der Theologie hatte er nicht so gründlich nachgedacht, wie während er sich »Lektionen« für Thea überlegte.

Er würde nicht aufgeben. Schließlich war er ihr Lehrer. Im Unterricht war sie anwesend, eine unter vielen. Genau das war ja die große Lektion des Ringes und keine Lektion hatte er so gründlich vorbereitet wie die Lektion: Eine Wahrheit oder viele.

Ein Ring oder viele Ringe.

Vielleicht wären Juwelen der richtige Gegenstand, um seine Lehrprobe über den weihnachtlichen Konsumterror zu organisieren. Ihm fiel ein, daß sich in Frankfurt vor Weihnachten immer ein Ordensmann vor einem teuren Juwelierladen ankettete. Am anderen Tag stand dann immer in der »Rundschau« neben dem Bild des angeketteten Paters, wie viele Kinder in Bangladesch mit einer einzigen Rolex-Uhr glücklich gemacht werden könnten.

Genau! Er würde ein Rollenspiel organisieren. Für Sankerl fing guter Unterricht sowieso immer erst beim Rollenspiel an. »Learning by doing«, das war eine seiner häufigsten Sprechblasen. Ein Rollenspiel zum weihnachtlichen Konsumterror – aber eigentlich war das ein anderes Thema. Es war das alte Thema: Die einen sind reich, die anderen arm, und alle sind am Ende dafür, daß die Reichen den Armen etwas abgeben von ihrem Reichtum. Alle sind dafür, außer den Reichen. Aber auch von den Reichen wären vielleicht einige bereit, etwas abzugeben, wenn sie sich nicht fragen müßten: Warum gerade ich?

Im Rollenspiel, da war sich Ringler ziemlich sicher, würden alle Reichen umdenken, und so könnte das Reich Gottes »ein Stück weit« nähergebracht werden.

»Ach Gott!« Ringler seufzte tief. Er hätte kein Lehrer werden sollen.

37

»Manchmal spinnst du wirklich!« Silke hatte Thea eingeholt und war noch ganz außer Atem. »Was ist denn in dich gefahren, so wegzurennen, einfach den Ring schnappen und wegrennen, was soll denn das? Ohne sich zu verabschieden. Willst du, daß die Schwellhoferin sich bei meiner Mutter beschwert? Eigentlich war sie doch ganz nett, denk mal, wie sie sich Mühe gegeben hat mit dem Ring. Wirklich kein Unterschied zu sehen, das mußt du zugeben! Jetzt sag doch endlich mal was!«

»Was soll ich denn sagen?«

»Na was das soll, dein Benehmen!«

Thea hatte keine Lust, Silke etwas zu erklären, was sie sich selbst nicht erklären wollte. Sie mäßigte ihren Sturmschritt und ging normal, fast teilnahmslos, neben Silke her.

»Was für ein Benehmen?«

»Was für ein Benehmen, was für ein Benehmen!«

Silke wurde langsam wütend und faßte Thea, die stehenbleiben mußte, mit beiden Händen an der Schulter: »Jetzt sagst du mir bitteschön, warum du soeben Hals über Kopf die Wohnung von Frau Schwellhofer verlassen hast!«

»Die Tussi ging mir mit ihrem Theater auf den Geist.« Thea schüttelte sich unwillig und ging weiter.

»Das ist doch kein Grund, einfach wegzulaufen, als wenn du was geraubt hättest.«

»Die hat doch ihr Geld.«

»Darum geht's doch gar nicht.«

»Worum denn?«

»Das weißt du doch selber.«

»Was denn?«

»Na um den Ring! Ich wollte einfach meinen Ring wiederhaben.«

Das brachte Thea fast widerwillig heraus.

»Woher weißt du überhaupt, daß es dein Ring ist und nicht die Kopie?«

»Ich – ich weiß es!«

Thea wollte allein sein. Allein mit ihrem Ring. Sie wollte weg. Irgendwohin, wo kein Ringler, keine Schwellhoferin und keine Silke wäre, keine Fragen. Sie hielt langsam ihre Schritte ein und blieb schließlich stehen.

»Bitte laß mich in Ruhe!« Sie sagte das sehr ernsthaft, leise und mit großen Augen, die Silke eindringlich ansahen. »Laß mich nach Hause gehen, bitte!«

»Okay«, sagte Silke ebenfalls leise und traurig. Sie blieb stehen, während Thea wegging.

Sie ging nicht nach Hause. Sie ging quer durch Sachsenhausen in Richtung Main. An der breiten Uferpromenade unter der entlaubten Platanenallee wurden Weihnachtsbäume verkauft. Eine dicke Frau in Arbeitshandschuhen stellte die Bäume zurecht. Auf der anderen Seite war Weihnachtsmarkt. Entfernte Geräusche drangen über den Fluß, ein Gemisch von Posaunen- und Drehorgelton, dazu das Brodeln, das von dichten Menschenmassen ausgeht.

Thea war verwirrt. Ein starkes Gefühl stieg langsam in ihr hoch; Wut. Sie war wütend. Nicht auf Silke, nicht auf Frau Schwellhofer, nicht auf Ringler, sie war wütend auf sich. Sie war sich selbst ein Rätsel. Als ob sie nichts kapiert hätte! Sie blieb eine Weile vor den Weihnachtsbäumen stehen. Sie hatte kalte Füße. Der kräftige Fichtengeruch half ihr nachzudenken. Die letzten Minuten liefen wie ein Film vorbei. War das Mädchen mit den Fluchtreflexen wirklich sie selbst?

Was war eigentlich geschehen? Plötzlich, als die Goldschmiedin diese Performance brachte, als sie plötzlich anfing, Lessings Ringparabel zu spielen, daß die Ringe nicht zu unterscheiden wären, als dann noch Silke in Verzückung geriet und die Opale nach rechts und links, nach links und rechts vertauschte, da hatte eine starke Vorstellung wie fremd von ihr Besitz ergriffen. Daß dieser magische Ring befreit sein wollte. *Ihr* Ring, der Ring, der ihr auf dem Berg zuteil geworden war, gehörte nicht in die Hände dieser Fremden. Mit ihm durfte man keine kindischen Verwechslungsspielchen treiben. Dazu die Angst, daß diese Hexe wirklich zaubern konnte, daß es stimmte, daß die Ringe wirklich nicht zu unterscheiden wären. Und der eine Gedanke hatte sich wie eine Explosion in ihr Hirn gedröhnt: Rette den Ring. Du mußt ihn retten! Und: welcher ist es? Welcher von beiden ist es? Und wie eine hexende Schamanin hatte sie einen Gegenzauber gestartet und den Ring, der ihr gerade am deutlichsten zufunkelte, gefragt: Bist du der wahre Ring? In dem Moment, wo sie sich von der Echtheit des Ringes überzeugt hatte, mußte sie ihn in Sicherheit bringen, zugreifen, weglaufen.

»Als ob ich nichts kapiert hätte!« War sie Mose oder Aaron? Sie war wie Aaron. Thea verachtete sich selbst. Aaron: Wissen, daß alles selbst gemacht ist, und sich doch betrügen, Zeichen und Bedeutung nicht unterscheiden. »Als ob ich nichts kapiert hätte!« Sie spürte, wie es ihr gelang, die ansteigende Wut in unbestimmte Kraft umzuwandeln. Und sie brauchte Energie. Sie mußte wie Mose werden.

Thea ging langsam die Stufen zum Eisernen Steg hinauf. Unten zog schwarzes, kaltes Wasser vorbei, viel Wasser. Die Regenfälle der letzten Tage hatten den Fluß anschwellen lassen. Thea blieb in der Mitte der Brücke stehen und schaute hinunter. Sie schaute länger als eine Minute in das gleichmäßig schnell fließende schwarze, kalte Wasser. Ein seltsames Ziehen ging von diesem Strömen aus. Sie heftete den Blick auf einen bestimmten Fleck der tanzenden Wasserhaut und verfolgte ihn zehn, zwanzig Meter weit. Das wiederholte sie mehrmals. Es ging leichter, wenn man sich anhängte an ein Blatt oder was sonst an der Oberfläche schwamm. Dann schaute sie mit vorgebeugtem Kopf so in die Tiefe, daß nichts Festes ihr Blickfeld störte. Fließen, fließen und strömen, fort und weiter. Auszeit: Wenn sie jetzt hinunterfiele ...

Sie schnappte sich eine Sekunde und stellte sich vor, »Jetzt« murmelte sie halblaut und heftete wieder den Blick auf einen bestimmten Wasserfleck, stellte sich vor, sie wäre heruntergefallen, gesprungen, gestoßen worden, wäre ein Teil dieses kalten Stroms. Aufgehen im großen Fluß ... Nur wenige Sekunden – und alles wäre weg. Erst als ihr Wasser im fernen Geglitzer verschwamm, mit den Augen nicht mehr festzuhalten war, ließ sie den Blick los. Ihre Augen waren naß.

»In hundert Jahren sind wir alle tot. Sowieso! In hundert Jahren weiß ich Bescheid, ob es Schwindel war oder nicht. Oder nicht!«

Thea richtete sich auf. Sie stellte den Kragen hoch. Auf dem Fluß ging ein kalter Wind. Wenn es Gott gab, wäre es mit dem Tod nicht aus. Wenn »Ich bin da« da war, dann war er auch dann da. Sie könnte in fünf Minuten Bescheid wissen. Dann läge diese gigantische Puppenstube namens Frankfurt, dieser Weihnachtsmarkt, weit, weit hinter ihr.

Jetzt erst merkte sie, daß sie ihre Hand die ganze Zeit zur Faust geballt in der Tasche gehalten hatte. War er auch jetzt da?

Die Faust umklammerte den Ring. Langsam nahm sie die Hand heraus. Die Finger froren in der kalten Luft. Sie nahm den Ring, steckte ihn an den Finger und versuchte ihn beim trüben Licht des bedeckten Himmels funkeln zu lassen. Und er funkelte. Er leuchtete schwach, aber schön.

Mit beiden Ellenbogen stützte sich Thea auf eine Strebe des Brückengeländers. Langsam zog sie den Reifen vom Finger ab, nahm ihn so zwischen Daumen und Zeigefinger, daß der Stein, das magische Auge, sie direkt und grünlich anblinzelte. Sie bewegte die Finger gegeneinander. Das Auge wurde lebendig. Die flache Cabochon-Wölbung schimmerte, und wie die Fingerspitzen sich bewegten, blitzten in der blaugrünen Tiefe des Steins die Reflexe im alten Spiel hin und her. Theas Augen studierten jedes mikroskopische Detail, als müßten sie es sich für immer einprägen.

»Es ist nur ein Ding«, sagte Thea. Und: »Ich bin Mose!« Und sie benutzte all ihre angestaute Kraft, um die Spitze des Zeigefingers vom Daumen wegzubewegen. Und zwischen Daumen und Zeigefinger war – nichts, nichts mehr.

Eine unbestimmte Zeit lang starrte Thea auf ihre beiden abgespreizten Finger, die ein »V« bildeten. Dann streckte sie mit einer schnellen Bewegung, ohne die Finger zu verändern, die Hand zum Siegeszeichen aus.

38

Silke hatte sich alles so schön spannend vorgestellt. Es wäre ein Riesenspaß und, wer weiß, vielleicht auch mehr als ein Spaß. Sie würden »Hase und Igel« mit ihm spielen. Er, der einzige, der göttliche Ringler, der große Lehrer und Meister würde von ihnen vorgeführt werden, von Silke und Thea vorgeführt nach Strich und Faden. Sie und Thea würden ihn an der Nase herumführen. Silke gefiel daran besonders, daß es eine Geschichte für drei und nicht eine Geschichte für zwei würde. Eine Geschichte für drei, aber mit zwei Parteien. Die eine wäre Ringler, die andere Partei bestünde aus ihr und Thea. So gehörte sich das auch. Sie waren ja schließlich alte Freundinnen. Sie und Thea. Eigentlich könnte sie es sich aussuchen, auf wen sie eifersüchtig sein wollte. Auf Thea oder auf Ringler.

Wenn Ringler etwas mit Thea anfängt, dann spannt er mir ja schließlich meine alte Freundin aus. Vor allem dann, wenn er diese spezielle Form von »Unzucht« ohne Sex praktizierte. Wenn es nicht um Sex ging, dann war es ja auch egal, daß Ringler ein Mann und keine Frau war.

»Ich bin eifersüchtig.« Silke war der Gedanke unangenehm. »Ich bin eifersüchtig. Ich weiß nur noch nicht auf wen, auf Thea oder auf Ringler.« Silke mußte an ihre Mutter denken, die für solche Beziehungskistenthemen immer ihre Sprüche draufhatte: »Eifersucht ist eine Leidenschaft, die mit Eifer sucht, was Leiden schafft.« Da war etwas dran. »Ich will nicht eifersüchtig sein.«

Silke erinnerte sich mit Wehmut an die Zeit, als es noch keinen Ringler und auch keinen Ring gab. Aber jetzt gab es immerhin zwei Ringe. Den einmaligen Ring gab es zweimal! Das Hauptvergnügen wäre erst einmal das Pläneschmieden. Sich mit Thea zusammensetzen und sich alle Varianten ausdenken, wie man dem großen Ringler mit den zwei Ringen etwas vorzaubern konnte, sich ausmalen, wie Ringler aus der Wäsche guckte. Das wäre der Hauptspaß.

Und jetzt war Thea wieder ausgerastet, ausgerechnet jetzt.

Silke machte sich Sorgen um ihre Freundin.

Man könnte zum Beispiel bei der nächsten Lektion ... Zum Beispiel könnten beide bei der nächsten Lektion den Ring anziehen, den Ring, von dem Ringler ja wußte, daß es ihn eigentlich nur einmal geben konnte, und dann sein Gesicht ...

Ach nein, das wäre zu wenig. Das wäre bloß ein Gag, aber keine Geschichte, und eine Geschichte müßte es schon sein! Irgendwie müßte der Ring auf spektakuläre Weise verschwinden und dann hätte man den anderen, den zweiten, und könnte ihn, so spektakulär, wie er verschwunden wäre, wieder erscheinen lassen. Natürlich dürfte ein Ring, der immerhin sechshundert Mark wert war, nicht wirklich verschwunden bleiben.

»Jetzt ziehen *wir* die Fäden. Jetzt sind *wir* die Puppenspielerinnen und er die Marionette.« Oder sie alleine würde den Ring anziehen und nicht Thea, ganz unauffällig natürlich, und Ringler würde es natürlich trotzdem sofort bemerken, denn doof ist der ja nicht, und Ringler würde dann Thea, der er ja doch den Ring geschenkt hatte, zur Rede stellen, und dann würde Thea sich erst dumm stellen: »Wieso, den Ring? Den habe ich natürlich.« Er würde verlangen, daß sie ihn vorzeigt, und sie würde ihn vorzeigen, und dann sein Gesicht ... und Thea: »Du siehst wohl Gespenster!« und er zweifelte an seinem Verstand ... So schon eher. Mit Thea zusammen würde ihr sicher noch was Besseres einfallen.

Aber die Art, wie Thea nach dem Ring gegriffen hatte, das hatte ihr nicht gefallen. Das hatte ihr ganz und gar nicht gefallen. Irgendwie war ihr die Thea, von der sie sich verabschiedet hatte, unheimlich. Hoffentlich ist sie bald wieder bei Verstand.

39

Warum muß ich überhaupt vom Tod wissen? Das ist eine große Kränkung. Die Ursache aller Übel war das Übel. Im Grunde eine Tautologie, würde Wolfgang Ringler sagen. Das Böse ist das Böse, der Tod ist der Tod. Aber warum steht er mir vor Augen? Warum kann ich nicht in meiner lebendigen Gegenwart bleiben? Ich könnte doch auch sagen: Ich bin da, da, da, und fertig. Jetzt lebe ich und wenn ich tot bin, bin ich tot. Warum muß ich überhaupt vom Tod wissen, so lange ich lebe?

Seit einiger Zeit hatte Thea an Autobahnausfahrten und Straßenbrücken das Graffitto gesehen: »Carpe diem«. Obwohl sie wußte, daß es ein Spruch aus dem Film »Der Club der toten Dichter« war, hatte sie dieses »Carpe diem« wie eine persönliche Botschaft, direkt an sie gerichtet, gelesen. »Ich bin da« läßt sie wissen: »Pflücke den Tag«, widme dich der Gegenwart. Ringler, der alte Besserwisser, hatte natürlich bloß gewußt, daß der Spruch von Horaz war. Und Horaz war tot. Horaz, ein toter Dichter. »In hundert Jahren sind wir alle tot!«

Es wäre herrlich, alles vergessen zu können. Immer auf dem Berg zu liegen, und es gäbe nichts außer der Gegenwart. Und »Ich bin da« garantierte den Bestand der Gegenwart.

Sie konnte die Erinnerung an jene Nacht auf dem Berg nicht loswerden. Sie wollte es auch nicht. Diese Nacht auf dem Berg war das Beste, an das sie sich überhaupt erinnern konnte. Seitdem hatte alles ein positives Vorzeichen, ein Plus, ein Kreuz. Aber warum hatte sich diese Gegenwart nicht festhalten lassen? Warum war es bloß ein Vorübergang gewesen? Man müßte die Zeit anhalten können!

Warum war sie dazu verurteilt, unter dem Gesetz der Zeit zu leben? Wenn das Gesetz der Zeit ihrer großen Gegenwart Konkurrenz machte, dann wußte sie, daß es den Tod gab. Aber seit der Nacht auf dem Berg glaubte sie nicht mehr an den Tod. Aber sie wußte, daß unter diesem Namen: »Tod« ihr ein großer Vorübergang bevorstand.

Sie griff an ihren leeren Ringfinger. Jetzt war sie dieses Ding los. Jetzt war sie den Schwindel los. Es war ein falsches Leuchten, das aus der Tiefe des Opals gekommen war. Sie hatte es erkannt. Sie war Mose geworden. Sie fühlte sich befreit. Sie glaubte nicht mehr an den Schwindel.

Thea war über den Eisernen Steg gegangen und hatte das andere Ufer erreicht. Der Weihnachtsmarkt war in vollem Gange. Es roch nach gebrannten Mandeln, Schaschlik und Fischbrötchen. Sie bekam Lust auf einen Glühwein, der täte gut bei dieser feuchten Kälte. Seit ihrer Kindheit war sie jedes Jahr einmal über den Weihnachtsmarkt gegangen. Anfangs mit ihren Eltern, dann mit Silke. Ach Gott, Silke. Silke tat ihr leid. Sie war eigentlich ein gutes Mädchen, eine gute Freundin. Hoffentlich fängt sie nicht wieder mit ihrer Magersucht an. Wie sollte sie ihr nur alles erklären. Sie würde ihr ja alles erklären, wenn es sich nur erklären ließ.

Thea faßte ihren Pappbecher mit Glühwein und nahm einen tiefen Schluck. Das Karussell für die ganz Kleinen sonderte Weihnachtslieder ab. Sie suchte die Bude mit den Duftkerzen. Vielleicht sollte sie für Silke eine Zimtkerze kaufen.

Neu war das Ein-Mann-Kasperltheater. Der Spieler war ganz unter seinem Gestell verschwunden, das rings mit Tüchern verhängt war. Es enthielt alles, was ein Kasperltheater braucht: oben eine Bühne und einen Vorhang. Der Typ trug alles auf seinen Schultern, kam mit seinen Händen und Puppen von unten herauf, und der Kasper rief: »Seid ihr alle da?« »Jaa, Jaa« riefen ein paar Kinder, die stehengeblieben waren. Und einige Leute drehten sich um, weil eine gut gelaunte Dame, eher ein großes Mädchen, plötzlich wie ein Kind »Jaa« geschrieen hatte.

Jedes Jahr wurde der Weihnachtsmarkt größer. Inzwischen zog er sich schon vom Römer über den Platz vor der Paulskirche bis hoch auf den Liebfrauenberg. Ein Weihnachtsmann mit einem echten Esel machte die kleinen Kinder und deren Muttis an, damit sie sich mit ihm fotografieren ließen. Halbedelsteine und Hampelmänner, Fossilien und Mineralien, pädagogisch wertvolles Holzspielzeug aus den Waldorf-Werkstätten, daneben Keramik aus Portugal, alpenländisches Magenbrot und eine Bude mit scheußlichen lila Nilpferden aus Stoff, die wahrscheinlich irgendwo in Asien billig zusammengenäht worden waren. Thea mußte an Pogo denken. Der arme Pogo. Die arme Silke. Aber Silke hatte es kapiert. Auch Silke war Mose. Sie hatte Silke gern. Wenn sie es geschafft hatte, Mose zu werden, und wenn Silke Mose werden konnte, dann hatten sie gemeinsam einen wichtigen Schritt getan. Dann würde Silke auch verstehen, was sie mit ihrem Ring gemacht hatte. Thea fühlte sich leicht und wie von einem Gewicht befreit. Es kam nicht nur darauf an, etwas zu denken, um es verstehen zu können, mußte man es auch innerlich ausführen – und äußerlich. Was sie schon lange mit dem Hirn verstanden hatte, gehörte erst seit einer Viertelstunde wirklich ihr, seit sie in der Mitte des Eisernen Stegs etwas verloren und etwas gewonnen hatte. Jetzt war sie am anderen Ufer.

Thea hatte inzwischen ihren Glühwein ausgetrunken und war auf dem Liebfrauenberg angekommen. Ein Alter mit einem roten Gesicht und einem Blindenabzeichen hatte »Hallo, Hallo« gerufen, »können Sie mir helfen?« Alles machte um ihn einen Bogen. Der Mann hatte mit dem Feingefühl des Blinden bemerkt, daß Thea stehengeblieben war, und sich direkt an sie gewandt. »Können Sie mich zum Eingang der Kirche führen? Bitte!« Es war ein Mann, mit einem weißen Vollbart, der um die Mundwinkel vom Tabaksabber gelb gefärbt war, ein munterer Knabe, der nach Rotwein roch. »Da hab' ich nämlich meinen Platz.« Thea nahm ihn bei der Hand. Sie liebte ihn. Sie liebte alle. Tatsächlich hatte er sich direkt neben dem Portal ein Lager aus Wellpappe gemacht. Er bedankte sich höflich bei Thea, indem er ihren Arm tätschelte, ließ sich auf seinen Platz nieder, und stellte einen leeren Plastikbecher vor sich auf.

»Auf Wiedersehen«, sagte sie zu dem Blinden und mußte im selben Moment über sich lächeln. »Auf Wiedersehen«, rief dieser fröhlich, »und nochmals vielen Dank!«

Nun stand sie vor dem Kirchenportal. Über dem Eingang war ein altes Kruzifix aus dem Mittelalter zu sehen. War es Zufall, daß das Pluszeichen ein Kreuz war? Wie lange war sie nicht in einer Kirche gewesen? Sie trat ein. Drinnen war es wärmer, aber die Luft schien verbraucht. Vielleicht von den vielen Wachslichtern, die in einer Ecke brannten.

Hier roch es wie früher. Es war dieser bestimmte katholische Geruch, aus menschlichen Ausdünstungen und Weihrauch, der nur zustande kam, wenn eine Kirche wirklich benutzt wurde. Am hinteren Pfeiler war auf einem Schild zu lesen: »Vor Taschendieben wird gewarnt.«

Sie erinnerte sich an ihren Weißen Sonntag. Sie hatte ein weißes Kleid angehabt, das alle Tanten süß fanden. Sie erinnerte sich an das Gesangbuch mit dem weißen Kunststoff-Einband und den Rosenkranz mit weißen Perlen. Außerdem hatte sie ein winziges weißes Handtäschchen für das Taschentuch, das man am Armgelenk tragen konnte, und eine Kerze mit einem weißen Spitzentuch, das über die Hand fiel. Es war ein schönes Fest gewesen. Onkel Robert war so voll, daß er sein Gebiß verlor, als er in die Toilette kotzte.

Das war lange her.

Sie setzte sich in eine der hinteren Bänke.

Thea blieb wahrscheinlich länger als zwei Stunden dort sitzen. Sie saß einfach nur da und fühlte sich erleichtert. Sie achtete nicht auf die Menschen, die ab und zu hereinkamen, sich in die hinteren Bänke knieten oder setzten, umständlich ihre Plastiktüten verstauten, um sie bald darauf wieder zusammenzupacken und zu verschwinden. Die südländischen Frauen machten einen Knicks, bekreuzigten sich und führten die Hand mit dem angewinkelten Zeigefinger zu den Lippen. Thea hätte gerne gewußt, was das zu bedeuten hat. Ein beleibter Kapuziner machte sich bei den Kerzen zu schaffen. Eine mittelalte dunkelhaarige Frau näherte sich ihm, bekreuzigte sich – Hand an den Mund – und berührte nach einem fragenden Blick und der Erlaubnis, die der Kapuziner erteilte, dessen Strick wie eine Reliquie.

Die Geräusche vom Weihnachtsmarkt drangen nur sehr gedämpft durch die dicken Mauern. Draußen wurde es langsam dämmrig.

Eine Frau in Nonnentracht wechselte die Blumen. Im Seitenschiff waren zwei ältere Männer damit beschäftigt, aus fertigen Versatzstücken das Untergestell für die Weihnachtskrippe aufzubauen. Einer der Beichtstühle war in Betrieb. Immer wenn ein elektrisches Licht aufleuchtete, war der nächste dran. Schließlich leuchtete die Lampe ohne Unterbrechung. Beichten war außer Mode gekommen. Nach einer Zeit stieg ein bäriger Kapuziner mit gepflegtem Bart aus dem Stuhl, wischte sich die kahle Stirn und verschwand in der Sakristei. Alle diese Geschäftigkeiten unterstützten die Stille der Kirche. Jedesmal, wenn die ledergepolsterten Türen aufgingen und mit einem dumpfen Wumm-Ton zurückschwangen, schwoll der Lärm von draußen für ein, zwei Sekunden an. Hier war drinnen.

Alte Kirchen dehnen die Zeit. Wenn ihre Steine anfangen

zu reden, wird alles andere ruhiger und kleiner. Vorne, bei den Altären erschien ein Küster und fing an, die Kerzen an den Altären anzuzünden.

Immer mehr Leute betraten die Kirche. Glocken fingen an zu läuten. Thea kannte das Läuten von draußen. Es gehörte zu den Geräuschen der Stadt. Du gehst Jeans kaufen, und es läutet. Du kommst aus dem Kino – es läutet. Nie hatte sie sich Gedanken gemacht, warum es gerade wohl läutete. Es bimmelte halt. Abends läutete es öfter. Nun saß sie im Bauch der Kirche und hörte die Glocken von drinnen. Obwohl es draußen auf dem Platz sicher lauter zu hören war, hatte Thea das Gefühl, daß sie es hier richtiger hörte. Sie saß in der Kirche, die läutete. So waren es ihre Töne, die über den Fluß und über die Dächer hin und her schwangen. Eine Zeitlang verfolgte sie, wie die kleineren, helleren Schläge mit ihrem Rhythmus die großen überholten, wie sich durch das regelmäßige Schwingen der Takt in immer neuen Passagen verschob. Ein herrliches Konzert. Dann wurde alles langsam und schwang aus. Als der letzte, tiefe Ton verklang, war sekundenlang nicht klar, ob es wirklich der letzte war. Thea wartete, ob nicht noch einer käme. Aber es kam – nichts. Es war still, still und geschäftig zugleich. Sie saß hier schon so lange, daß das gelöste Gefühl der Gegenwart inzwischen den ganzen Raum erfüllte. Es schloß alle ein, die jetzt hereinkamen. Thea betrachtete sie mit freundlichen Augen. Ihr Kopf war ruhig und klar.

40

Oder würde Thea doch noch einmal erscheinen? Zunächst war sich Ringler ziemlich sicher gewesen, daß nach der »Stunde der Wahrheit« keine weiteren Lektionen mehr stattfinden könnten. Inzwischen aber zweifelte er an seinem Pessimismus. Gut, sie hatte einen starken Abgang inszeniert. »Besten Dank, Herr Ringler, für diese eindrucksvolle Lektion!« Immer wieder klangen diese letzten Worte in seinem Ohr. Aber es war noch so viel offen.

Alle Kapitel, die er mit ihr – und mit Silke natürlich – durchgegangen war, hatten immer nur Vorfragen behandelt. Aber Theas erste Frage war noch nicht beantwortet. Thea war ja schließlich erschienen, um Aufklärung über die Briefe, besser gesagt, über die Texte zu bekommen, die er ihr geschickt hatte.

Daß er es war, der diese Texte geschickt hatte, war sowieso klar. Aber was sie zu bedeuten hatten, das hatte er versprochen aufzuklären. Und genau das war bisher nicht geschehen. Die Hauptfrage war noch offen.

Thea fühlte sich erwählt, daran war er schuld, denn er hatte wie ein Roßtäuscher oder wie eines der Schlitzohren, die in Sizilien Gipsmadonnen dazu brachten, blutige Tränen zu weinen, eine Ausnahmesituation ausgenutzt.

Wenigstens eine gewisse Zeit hatte Thea glauben können, daß der Ring, den er auf der Foire de Brocante in Isle-sur-la-Sorgue gekauft, und den er im richtigen Moment, auf den Befehl »Gib mir den Ring!« aus der Tasche gezogen hatte, in Wahrheit eine offenbarte Materie sei, *ihr* Ring, den ihr der Himmel als Unterpfand der Erwählung gegeben hatte.

Im Unterschied zu den sizilianischen Schlitzohren hatte er

aber nicht betrügen wollen, sondern aufklären. Thea sollte erkennen, was mit ihr geschehen war, deswegen hatte er ihr Texte zugespielt, in denen es um die Erwählung ging. Um den Ring als Zeichen der Erwählung, um die Frage: Gibt es nur einen Ring oder gibt es viele? »Ein Vater hatte drei Söhne...«

»Ein Lehrer hat viele Schüler«, murmelte Wolfgang Ringler. »Und Schülerinnen.«

Waren alle erwählt? Warum kümmerte er sich denn so intensiv um die Aufklärung dieser einen Schülerin? Warum war er Silke nichts schuldig?

Wenn es nur nach seiner Theorie ginge, dann war jeder Mensch erwählt. Jeder Mensch besitzt den wahren Ring, wenn er Ja sagt zur Gegenwart von »Ich bin da«. Wenn es nur um diese Lektion ginge, dann wäre sie schnell erteilt.

»Ein Vater hatte soviel Ringe wie Söhne« – »und Töchter«, beeilte sich Ringler zu ergänzen. Er war ja jetzt Ehrenfeminist. Die Erwählung war kein exklusives Privileg. Nur wer »Ich bin da« keine Antwort gab, war nicht erwählt.

Nun käme ein Kapitel Religionsgeschichte. Er würde nur zeigen müssen, daß der Gedanke der Erwählung, der Gedanke, daß Gott nur die Kinder Israels liebt, zunächst nötig war, weil dieses Volk tatsächlich einzig war. Es war das einzige, weil es das erste war, das die Aufklärung geleistet hatte: Ein selbstgemachter Gott ist kein Gott. Und es mußte sich abgrenzen, um diese Einsicht zu verteidigen. Ringler war stolz auf den Ausdruck »jüdische Aufklärung«, den er erfunden hatte und mit dem er überall hausieren ging. Der Gedanke der Erwählung sorgte dafür, daß die jüdische Aufklärung nicht unterging. Bei Aufklärung denkt jeder an Religionskritik. Vollkommen richtig! Der Monotheismus der jüdischen Aufklärung war die Religion der Religionskritiker.

Außerdem hing der Gedanke der Erwählung selbst eng zusammen mit dem Kerngedanken: Ein selbstgemachter Gott ist kein Gott. Das Volk Israel hat sich seine Erwählung durch »Ich bin da« nicht verdient, im Gegenteil. Es war immer untreu wie die Braut bei Ezechiel. Das sagen jedenfalls alle Propheten. Nicht weil das Volk so vortrefflich war, wird es erwählt und geliebt, es wird grundlos geliebt.

Ein selbstgemachter Gott ist ein kalkulierbarer Gott. Ein Gott der aufgehenden Rechnungen. Nur bei selbstgemachten Göttern gibt es eine »vernünftige« Antwort auf die Frage, wie die Geschäfte stehen, zwischen Mensch und Gott. Deshalb war die Erwählung, die *grundlose* Erwählung, das Zeichen von »Ich bin da«, der sagt: »Meine Gedanken sind nicht eure Gedanken und meine Wege sind nicht eure Wege.« Die Erwählung ist ein Zeichen, eine Aus-Zeichnung, kein Privileg. Gott ist nicht kalkulierbar. Er liebt sein Volk grundlos. Liebe ist nicht kalkulierbar. Weil Gott sein Volk ohne Grund erwählt, ist er anders als die Götter der Tauschgeschäfte.

Ringler stockte in seinen Gedanken. Er hatte in dieser Sekunde ein Gefühl im Kopf, das er von früher kannte. In der Pubertät war ihm oft das Blut in den Kopf geschossen, zu oft, nach seinem Geschmack. Schon der Gedanke, rot zu werden, hatte genügt, um ihn rot anlaufen zu lassen. »Ich glaube, ich werde rot.« Das war schon lange nicht mehr passiert. Er stand auf, um das seltene Phänomen vor dem Spiegel zu studieren. Er hatte tatsächlich eine heiße, rote Birne.

»Grundlos – wenn ich nicht weiß, warum ich das alles unbedingt Thea erklären muß, dann ist klar, was los ist.« Er sprach das Wort nicht aus.

Er hatte Thea erwählt, grundlos erwählt. Und grundlose Erwählung war Liebe.

»Thea« hieß auf griechisch »Göttin«. Ob Thea das überhaupt wußte? Eigentlich hieß sie ja »Dorothea«, das hieß »Gottesgeschenk«. »Es lebe der kleine Unterschied«, murmelte Wolfgang Ringler vor sich hin. In letzter Zeit sprach er öfter mit sich selber. Ein Geschenk ist kein Geschäft. Das ist die Wahrheit.

41

Ringlers Rollenspiel zum Konsumterror hatte Spaß gemacht. Sankerl war begeistert. Von der Hilfsorganisation »Misereor« hatte er sich eine fertig ausgearbeitete Arbeitsmappe mit den neuesten Zahlen zur Ausbeutung der dritten Welt schicken lassen. Dieses Material baute er zu einem pompösen Unterrichtsentwurf aus. In diesem schriftlichen Entwurf von fast dreißig Seiten DIN A 4 waren alle Zutaten drin, die zu Sankerls Rezeptur gehörten. Die didaktisch-methodische Ausarbeitung bekannte sich zunächst kraftvoll zum Schülerbezug. Alles war »vom Schüler her gedacht«. Sodann waren kognitive und emotionale Lernziele, Global-, Grob- und Feinziele in auf- und absteigender Reihenfolge aufgeführt. Des weiteren enthielt der Entwurf den interaktiven Transfer, themenzentrierte Interaktion (kurz: TZI) und Rollenspiel, schließlich war die kommunikative Kompetenz der Schülerinnen und Schüler operationalisiert und taxonomisch erfaßt.

Ungefähr zehn Vokabeln brauchte man, um in der wissenschaftlichen Pädagogik Eindruck zu machen. Man konnte sie beliebig kombinieren. Lernziel war entweder die taxonomisch transparente Kompetenz bei interaktiver Operationalisierung projektbezogener Handlungs- und Praxisorientierung, oder die Ausbildung der kognitiven Kompetenz bei gleichzeitiger Operationalisierung ihrer emotionalen Taxonomie. Wenn Ringler selber nicht genau wußte, was eine emotionale Taxonomie war, so konnte er ziemlich sicher sein, daß Sankerl es erst recht nicht wußte.

Seit der neue Kultusminister die »andere Schule« befohlen hatte, war vor allem der Begriff »Projekt« wichtig. Statt

Unterrichtsstunden fanden nur noch Projekte statt, und zwar interdisziplinär. Dem Kultusminister war nämlich aufgefallen, daß alles mit allem irgendwie zusammenhing und daß man die großen Zusammenhänge des Lebens nicht einfach »zerfächern« durfte. Das Zerfächern mußte aufhören. Statt dessen kam es darauf an, durch geeignete Projekte die großen Zusammenhänge des Lebens sichtbar zu machen.

Ringler hatte das Projekt: »Eine Welt« über einen kleinen Kaffeevertrieb aufgezogen. Kolumbianischer Kaffee mit einem fairen Preis für die indianischen Kooperativen. Misereor sollte dann die direkte Vermarktung übernehmen.

Das Projekt »Eine Welt« war nicht nur interdisziplinär, sondern auch interkulturell. Ringler hatte eigens bei der Stadt Frankfurt, die ein »Amt für multikulturelle Angelegenheiten« unterhielt, einen Projektzuschuß beantragt, hatte aber nur Papier, einen freundlichen Brief und einen Klassensatz Prospekte bekommen.

Die Handlungsorientierung und den Schülerbezug hatte der Studienreferendar Ringler eigens in seinem schriftlichen Entwurf theoretisch begründet. Handlungsorientierung mußte sein. Er wollte seinen Unterricht »von unten nach oben und nicht von oben nach unten« organisieren. Deshalb fing die Stunde mit einem gemeinsamen Kaffeekochen an, mit kolumbianischem Kaffee aus dem »Eine-Welt-Laden«. Dann mußte jeder Schüler eine Kaffeebohne in die Hand nehmen, das war der emotionale Transfer: Die Schüler – nein – die Schülerinnen und Schüler bekamen jeder/jede eine Kaffeebohne in die Hand, um sie zu fühlen und daran zu riechen. Das war der haptisch-olfaktorische Einstieg. Dazu hatte Ringler im Entwurf ein eigenes Kapitel über Sinnlichkeit und ganzheitliches Lernen, über das Dreieck: Kopf – Hand – Bauch verfaßt. Es folgte eine Meditation. Die Schülerinnen und Schüler schlossen die Augen und übten zunächst zur Einstimmung ein wenig Zwerchfellatmen. Bevor die ersten einschliefen, sprach Ringler mit sanft-sonorer Stimme: »Wir stellen uns vor, die Kaffeebohne könnte erzählen.« Pause – rhythmisches, langsames Atmen. »Sie erzählt uns von einem anderen Land, weit über dem Atlantik.« Pause – »Von einem Land mit großen Bergen und arbeitsamen Menschen. Viele der Hügel sind überzogen mit Kaffeepflanzen. Doch dieses Land gehört nur wenigen Großgrundbesitzern, die in Nordamerika wohnen. Die Arbeit, das Pflanzen, Düngen, Hacken, das Ernten und Pflücken wird von armen Indios geleistet, die für ein paar Pesos den ganzen Tag schwer arbeiten müssen. Das verdiente Geld müssen sie in dem Lebensmittelladen ausgeben, der ebenfalls dem Landbesitzer gehört.« Pause – dann hatte Ringler die Schülerinnen und Schüler aufgefordert, noch einmal an der Bohne zu riechen. »Riecht ihr den Schweiß der Armen, riecht ihr den Hunger?«

Nach dieser emotionalen war die kognitive Phase gefolgt: Ringler hatte die Misereor-Zahlen mit dem Overhead-Projektor an die Wand geschmissen und den ungerechten Fluß von Waren und billigen Rohstoffen von der Nord- in die Südhälfte des Globus klargelegt.

Das eigentliche Rollenspiel war dann die Krönung. Es hatte den Schülerinnen und Schülern wirklich Spaß gemacht. Dabei hatten sie den ewigen Werbespot von »Jacobs Krönung« nachgespielt. Alle hatten, wie geplant, die »Krönung« mit ekelverzerrten Mienen ausgespuckt und zum Teil hysterisch gekreischt: »Diese Brühe schmeckt nach Schweiß und Ausbeutung!«, während die Mienen sich beim direkt vermarkteten Indio-Kaffee verzückt und verklärt hatten: »Oh, da schmeckt man doch die Gerechtigkeit! Jetzt können wir Weihnachten feiern!«

In der Nachbesprechung der Stunde hatte Sankerl, der, wie gesagt, »total einverstanden« war, einen Moment lang gezweifelt: »Sind Sie sicher, Herr Ringler, daß das am Schluß nicht ironisch war?«

»Wie meinen Sie das?« hatte der Referendar zurückgefragt und wollte sich gar nicht vorstellen können, wie man auf so eine Idee auch nur kommen könnte. »Nein, das kann ich mir nicht vorstellen, daß meine Schülerinnen und Schüler so zynisch sein könnten.«

Hinterher aber war Ringler nicht wohl. Er hatte ein flaues Gefühl, weil er die Arbeit von Misereor eigentlich nicht schlecht fand, weil er lieber bloß Sankerl und nicht unbedingt Misereor hatte lächerlich machen wollen. Sein sportliches Abstandstraining führte manchmal in eine Zone eisiger Kälte. Er mußte aufpassen, daß er nicht abstürzte, daß er nicht eines Tages in einem lichtlosen Loch landete, weitab von jeder Menschenseele.

Dann aber beruhigte er sich. Die Kritik am weihnachtlichen Konsumterror war eine Kritik, zu der man auf Abstand gehen mußte, eine Kritik, die direkt aus der Mitte des Kanals kam. Sie war kostenlos und folgenlos. Außer, daß sie den Kritikern ein billiges Gefühl der Überlegenheit verschaffte. Gemütswirtschaft nannte er das bei sich, Gemütswirtschaft und Seelenwirtschaft. Ringler dachte an seine Formel: »Drinnen und draußen zugleich«. Aber er mußte sich hüten. Am Ende wußte man gar nicht mehr, wo man hingehörte.

Es hatte geklingelt.

Das Schwerste kommt noch, dachte Ringler, während er aufstand und zur Tür ging. Weihnachten, das ist »Fleischwerdung«, eine ziemlich einzigartige Sache.

42

Es war Silke. Das hatte ihm jetzt gerade noch gefehlt. Sie hatte rote Flecken im Gesicht, das verheult aussah. Ihr Blick hatte etwas Bedrohliches.

»Silke!«

Ringlers Stimme klang erstaunt.

»Komm rein. Weißt du, wieviel Uhr es ist?«

»Du, Wolfgang, entschuldige. Ich muß mit dir reden!«

Der Studienreferendar Ringler hatte das vage Gefühl, daß ihm etwas Unangenehmes bevorstand.

»Willst du Tee?«

»Nein danke.«

»Dann mach' ich mir einen.«

Er mußte Zeit gewinnen zum Überlegen und wandte sich zur Küche.

»Ich möchte mit dir schlafen.«

Silke war ihm gefolgt und stand direkt hinter ihm. Er drehte sich langsam um. Nun stand sie direkt vor ihm. Er atmete tief durch. Sie blickte ihn mit einer leidenden Entschlossenheit an, mit der sie verriet, daß es ihr selbst peinlich war auszuführen, was sie offenbar beschlossen hatte. Sie bewegte leicht den Kopf so, daß ihr rotes Haar sich über die Schulter verteilen konnte, legte ihn schräg nach hinten, schloß zwei Drittel der Augenlider und öffnete die Lippen einen Spalt weit. Das hieß in der Kinosprache: Küß mich! Dann hob sie langsam die Arme nach oben, legte sie in einem großen Ring um Ringlers Hals und zog ihn an sich.

Er küßte sie nicht.

Ohgott! dachte er, und er dachte, wie entsetzlich es für ihn wäre, an ihrer Stelle zu sein und abgewiesen zu werden.

Was mußte es sie gekostet haben, diesen Akt zu bringen! Er konnte sie nicht abweisen.

Er beugte sich so zu ihr, daß ihr Kopf auf seiner Schulter zu liegen kam, und blickte aus der kurzen Distanz auf die kupfernen Haare direkt vor seiner Nase. Statt zu überlegen, was er nun mit dieser Situation beginnen sollte, erwischte er sich bei dem Gedanken, wieviel rotes Pigment aus Silkes rotem Haar entfernt werden müßte, damit aus dem roten Haar goldenes Haar würde. Währenddessen tätschelte er freundschaftlich ihren Rücken. So standen sie einige Sekunden still, in denen Wolfgang Ringler das Leben komisch vorkam. Was für ein Leben, in dem man in solchen Momenten nichts anderes tun wollte, als über Haarfarben nachzudenken. Wenn er über sein Leben selbst zu bestimmen hätte, dann würde er solche Sekunden um keinen Preis weglassen. Und er war geradezu glücklich, daß er nicht selbst über sein Leben zu bestimmen hatte. Jedenfalls nicht ganz. So etwas kannst du nicht erfinden.

Thea hatte dunkles Haar.

Er faßte Silke vorsichtig mit dem rechten Arm um die Hüfte, führte sie zurück ins Zimmer, wo das Sofa stand, auf das er sie sanft niederließ, und entsprach damit so ziemlich ihren Erwartungen.

»Weißt du«, sagte er, »ich bin Priester.«

Mit diesem Satz entsprach er nicht ihren Erwartungen.

»Du weißt, was das bedeutet!«

Silke starrte ihn entgeistert an. Sie schüttelte den Kopf, als wenn sie sich aus einem Traum wecken müßte, schaute ihn wieder an:

»Was?« Sie suchte nach einem Wort.

»Ich bin Priester und habe versprochen, im Zölibat zu leben.«

»Duu?«

»Ja ich.«

»Du willst mich veräppeln! Wenn du nicht mit mir schlafen willst, dann sag es einfach und mach nicht solche Dinger!«

»Nein wirklich, es stimmt!«

»Du bist doch kein Priester! Nie im Leben! Priester sind anders. Sie haben einen Priesterkragen oder doch wenigstens ein Abzeichen. Komm sag, daß es nicht stimmt!«

»Paß auf. Ich bin Jesuit. Jesuiten sind nicht verpflichtet, Pfarrer oder Kaplan zu sein, Jesuiten können alles sein. Bei uns gibt es Physiker, Mathematiker, Paläontologen, Betriebswirte, und ich bin eben Lehrer. Nach dem Examen werde ich an einem Jesuitenkolleg, bei einer unserer Privatschulen, einsteigen. Erst einmal mache ich aber ein ganz normales Lehrerexamen.«

»Duu bist Priester? Ich fass' es nicht!« Silke hatte ihr Gesicht mit den Händen bedeckt. Dann musterte sie Ringler von oben bis unten.

»Und wieso weiß das keiner? Ein heimlicher Priester ... Das gibt's doch nicht.«

»Ich habe das nicht geheimgehalten. Es hat mich bloß keiner gefragt. Die Schulbehörde weiß es, die Jesuiten wissen es, der Bischof weiß es, meine Eltern und Verwandten wissen es.«

»Nur keiner von deinen Schülern weiß es.«

»Ihr habt mich eben nie gefragt. Und ehrlich gesagt, ich wollte es von mir aus bewußt nicht an die große Glocke hängen. Es gibt soviel Vorurteile gegenüber den Priestern, den Jesuiten und überhaupt gegenüber der Kirche, da hab' ich mir gedacht, ich mache am Anfang meines Lehrerdaseins ein Experiment. Da sollte es nur darauf ankommen, was ich rede und was ich tue, und nicht darauf, was für ein Etikett an mir klebt. Niemand soll mir glauben, nur weil ich Priester bin. Wenn es dann später einmal alle wissen, dann könnte ich den Unterschied sehen.«

»Mein Gott, ist das peinlich!«

Silke hatte die Hände wieder vor ihr Gesicht geschlagen.

Ringler legte begütigend den Arm um ihre Schultern.

»Nimm den Arm da weg!« Das war fast geschrieen.

»Das braucht doch dir nicht peinlich zu sein. Die Schuld an dem Mißverständnis muß ich schon auf mich nehmen. Das volle Risiko liegt bei mir. Du, du bist ja wirklich ein hübsches Mädchen, und ich weiß nicht – unter anderen Umständen, allein schon deine Haarfarbe...«

»Hör auf! Hör bloß auf. Das ist jetzt obergemein. Erst schnallst du dir einen Keuschheitsgürtel um und dann machst du mir Komplimente, das macht doch alles nur viel schlimmer!«

»Du hast recht!«

»Zölibat – so ein Schwachsinn! Die Pfarrer, meinst du denn wirklich, die halten sich daran? Das sind doch alles Wichser!«

»Jetzt wirst du aber gemein!«

»Entschuldige, ach!«

Silke waren jetzt die Tränen in die Augen geschossen. Sie saß auf dem Sofa und hatte die Arme nach unten fallen lassen. Das Wasser floß ihr ziemlich heftig aus den Augen. Es tropfte auf ihre angezogenen Knie und machte dort einen dunklen Fleck.

Wenn Ringler sich später an diese Szene erinnerte, war ihm unklar, wie lange sie dann einfach schweigend dagesessen waren. Jedenfalls war ihm alles, was er eventuell hätte sagen können, abgeschmackt vorgekommen. Es war wahrscheinlich ziemlich lange. Vielleicht war es nach der Uhr auch nur kurz, und es war ihm nur lange vorgekommen. Es gibt Momente, in denen man das Nachher herbeisehnt. Während man dasitzt, ist man schon mit der Konstruktion der Erinnerung an diese Gegenwart beschäftigt, die doch noch in der Mache ist, noch keine Spur von vergangen. Wegen dieser Zeitverdoppelung werden die Sekunden schwer.

»Du bist also Priester.«

Silke war die erste, die etwas sagte. An der Art, wie sie aus ihrer Lähmung ausstieg, war zu merken, daß sie einen Einfall gehabt hatte.

»Wenn du Priester bist, dann, dann könnte ich doch bei dir beichten.«

Ringler runzelte die Stirn.

»Wenn man Priestern etwas beichtet, dann ist es doch so, daß sie es unter keinen Umständen weitersagen.«

Ringler machte nur »Hmm«. Das war eine notgedrungene Zustimmung. Wer A sagt, muß auch B sagen, aber der Gedanke gefiel ihm nicht, ganz und gar nicht. Er war mißtrauisch gegenüber dem, was jetzt kommen würde. Er hatte etwas gegen Seelenstriptease. Für ihn war das ein klassischer Schwindel. Unter der Fahne der Entblößung wurde meist nur eine Wirklichkeit nach Wunsch zurechtgezimmert. Er war einfach nicht naiv genug, um diese Art von Intimität mit der Wahrheit zu verwechseln. Wahrscheinlich bestand bei Silke die Gefahr, daß sie unter Beichte diese Art psychoanalytischer Entblößung verstand. Dann hätte er auch gleich mit Silke schlafen können.

Ohgottogott! Er stöhnte innerlich.

Aber Silke war nicht zu bremsen. Nach einer Viertelstunde wußte er alles, was Silke wußte. Sie war in ihn verknallt, weil sie eifersüchtig auf Thea war. Thea war wütend auf ihn. Silke war jetzt geradezu erleichtert, daß Wolfgang Priester war, denn dann mußte sie ja nicht mehr eifersüchtig auf Thea sein. Das Zölibat galt ja nicht nur für sie, sondern auch für Thea beziehungsweise für ihn und Thea, weil sie ja gedacht hatte, er interessiert sich für Thea, wenn auch Thea auf ihn wütend ...

»Es heißt nicht ›das Zölibat‹, es heißt ›*der* Zölibat‹.« Ringler suchte nach einer Möglichkeit, diese »Beichte« abzubrechen, aber Silke hatte sich warm geredet und offenbar fand sie an der neuen Situation immer mehr Geschmack. Das Beichtgeheimnis garantierte ihr eine exklusive Beziehung zu Wolfgang. Eine Zweierbeziehung geradezu. Wenn er schon Priester war …

Und die Sache mit den Ringen mußte sie unbedingt loswerden. Wie sie und Thea bei Frau Schwellhofer waren, wie Thea ausgeflippt war, und: »Stell dir vor, sie behauptet, diesen Ring, den sie doch so unbedingt und so schnell wie möglich haben mußte, verloren zu haben«, daß sie ihr das nicht abnimmt, »… *verloren*, diesen Ring, mit dem sie sonst das Theater gemacht hat? Nie im Leben!«, daß sie das im Gefühl hat, wenn Thea ihr etwas nicht erzählt: »Sie hat was gemacht mit dem Ring!« Beziehungsweise wenn Thea ihr nicht alles erzählt. Früher hatten sie sich immer alles erzählt, weil sie so gute Freundinnen waren, und jetzt hat sie das Gefühl, daß sie das Wichtigste für sich behält. Und dann hatte sie *ihm* alles erzählt. Und dann war sie fertig.

Ja, das war es, was sie ihm hatte beichten wollen. Sie blickte Wolfgang Ringler gespannt an. Was würde er dazu sagen?

»Tust du mir einen Gefallen?«

»Natürlich!«

»Laß uns Schluß machen für heute, ich habe wahnsinnige Kopfschmerzen.«

43

Das ändert natürlich alles. Sollte sie Thea gleich alles erzählen? Silke zögerte. Sie mußte Thea ja nicht auf die Nase binden, was den Wolfgang dazu gebracht hatte, ihr zu gestehen, daß er Priester ist. Peinlich, peinlich! Aber eigentlich konnte sich Thea nicht beschweren. Sie interessierte sich ja angeblich nicht für diesen »miesen Typen« und lehnte jede Art von echter Unzucht ab. »Von dem lasse ich mich nicht anfassen!« Thea war ihre Freundin, und sie hatten sich immer alles erzählt. Aber sie hatte sich darüber geärgert, daß Thea ihr nicht mehr alles erzählte. Wenn *die* ihr nicht alles erzählte, war sie auch nicht verpflichtet, *ihr* alles zu erzählen. Außerdem war es ihr doch ein bißchen peinlich, daß sie Ringler alles erzählt hatte. Und wenn sie jetzt Thea alles erzählte, dann war ihre exklusive Beziehung zu Wolfgang, ihre Zweierbeziehung auf zölibatärer Basis futsch. Alles erzählen, das kann man nur einer oder einem. Man kann nicht allen alles erzählen.

Sie schüttelte immer noch den Kopf, während sie nach Hause ging. Wolfgang Ringler ein Priester, ein Jesuit! Das gibt's nicht.

In dieser Nacht schlief sie erst gegen Morgen ein.

So reizvoll es war, die Sache für sich zu behalten, so sehr ging es doch über Silkes Kräfte. Außerdem *mußte* Thea es doch erfahren. Damit das – damit *der* Zölibat auch für Thea und Ringler galt, mußte es Thea wissen. Da ging kein Weg daran vorbei. Der Zölibat war schon eine eigenartige Sache. Plötzlich stand eine gläserne Wand zwischen ihr und dem Mann. Normalerweise ist eine andere Frau der Grund, weswegen du einen Mann nicht kriegst. Aber die gläserne

Wand galt auch für die anderen Frauen. Das war irgendwie nicht schlecht. Originelle Sache dieser Zölibat, der Typ voll unter Dampf, aber hinter Panzerglas. Der Zölibat hatte etwas von einer Peep-Show für Frauen.

Thea *mußte* davon wissen! Daß Thea von der gläsernen Wand, die ja auch für sie, ja eigentlich hauptsächlich für sie galt, daß sie davon nichts wissen sollte, das konnte nicht so bleiben. Thea mußte es wissen. Außerdem, wenn sie es nicht sagte, würde Wolfgang ihr es wahrscheinlich selber sagen, nachdem es nun einmal heraus war.

Wolfgang Ringler stand unter einem neuen Vorzeichen. Er war ein Mann der anderen Art, Mann und doch kein Mann. Eine Art Eunuch, nein, ein Eunuch, der echt kastriert war, den drückten keine Hormone. Ein Eunuch war er nicht. Was muß das für eine Energie ergeben; auf der einen Seite hat er den vollen Trieb, normale Samenproduktion und so, auf der anderen Seite ein knallhartes Verbot: keine Frau.

Wenn nicht ich, dann niemand! Damit könnte sie leben. Wolfgang sah auch nicht so aus, als würde er sich jeden Tag selbst befriedigen. Silke fand das wahnsinnig interessant. Zu so einem Mann könnte sie irgendwie eine unheimliche Nähe aufbauen. Gerade weil klar war, daß bettmäßig nichts läuft, könnte sie ihm alles erzählen. Ja, eigentlich war Wolfgang im Zölibat wesentlich attraktiver als Wolfgang ohne Zölibat. Je mehr sie darüber nachdachte, um so mehr war es ihr recht, daß sie nicht miteinander geschlafen hatten. Für Silke wäre es das erste Mal gewesen. Im Grunde fürchtete sie sich noch immer davor. Das sollte ja angeblich wehtun, da floß Blut. Mit Sebastian könnte sie das sofort haben. Solange das nicht gelaufen war, war sie nicht erwachsen. Deshalb hatte sie sich Wolfgang Ringler verordnet. Sie wollte erwachsen sein, und sie wollte mit Wolfgang zusammen sein. Dafür hätte sie den Sex in Kauf genommen. Sie war nicht traurig, daß es nicht dazu gekommen war. In Silkes Augen war am Ende der Zölibat besser als Blut.

Sie hatte sich die Mitteilung für den Nachhauseweg von der Schule aufgehoben. In der Pause hatte sie Thea, die heute besonders munter und aufgekratzt schien, nur sehr bedeutungsvoll zugeflüstert: »Nachher muß ich dir was Wichtiges sagen!«

»Mach's nicht so spannend. Was gibt's denn?«

»Es ist was mit Wolfgang.«

»Was für ein Wolfgang?«

»Uuh«, Silke stöhnte künstlich und verdrehte die Augen. »Tu doch nicht so.«

»Wenn du Herrn Ringler meinst, dann kann es nicht sehr wichtig sein. Gib mal 'nen Schluck von deiner Cola.«

Das letzte sagte Thea zu Friedrich. Sie nahm einen Schluck, spuckte den letzten Tropfen den fünf Leuten, die gerade um sie herum standen, vor die Füße:

»Iigitt! Da ist ja Kaffee drin, daran habe ich gerade nicht gedacht. Das schmeckt nach dem Schweiß der Unterdrückten.«

Alles lachte. Ihr Bewußtseinswandel zugunsten der dritten Welt war ein Heidenspaß gewesen. Sie hatten Ringler vorher fest versprechen müssen, nicht zu lachen.

»Ringler muß uns übrigens noch einen ausgeben.«

44

Die Allerheiligenlitanei drang nicht nur in Wolfgang Ringlers Ohr, sie erfaßte ihn ganz und hüllte ihn ein von allen Seiten. Er war umhüllt von der Gemeinschaft der Heiligen. Innerlich sang er mit den Alumnen mit, denn er war ein Alumne. In die Albe, das schneeweiße Gewand, gekleidet, lag er hingestreckt vor den Stufen des Hochaltars. Obwohl seine Hände, in der Haltung des Gekreuzigten, seitwärts frei ausgestreckt waren, fühlte er sich unfähig zur Bewegung, gefesselt, gelähmt. Er war Isaak, zum Opfer gebunden, ausgestreckt auf dem Berg Morija.

Sancta Perpetua – ora pro nobis, Sancta Felicitas – ora pro nobis, Sancta Anastasia – ora pro nobis. Der Vorsänger rief auf den zwei Tönen des gregorianischen Gesangs die Namen der Heiligen, und der Chor der Alumnen antwortete im Wechselgesang. Bitte für uns. Ora pro nobis. Bitte für uns. Solange der Wechselgesang der Litanei dauerte, würde das Opfermesser ihn nicht töten. Der Engel JHWHs hatte seinen Ruf gerufen: »Strecke deine Hand nicht aus nach diesem Burschen!« Sein Engel, sein Abstandshalter, sein Ruf vermischte sich mit dem Chor der Alumnen. Er befand sich mitten im sakralen Zeichensystem, umgeben von lauter Abstandshaltern. Sein Kopf lag auf einem rauhen Teppich, der nach Staub und nach Weihrauch roch. Weihrauch, Abstandswolke für die Nase, liturgische Gewänder, Abstandsgewebe, die ganze Kathedrale mit ihrem vollen Orgelwerk, dessen tiefste Pfeifen kaum mehr zu hören, aber über die zitternde Luft um so mehr zu spüren waren, Abstandspfeiler und Gewölbe. Die Architektur aus dem zwölften Jahrhundert hatte das himmlische Jerusalem erbaut, den Dom mit sieben Türmen. Er erhob sich auf einem steilen Kalkfelsen über spiegelndem Wasser. Sein Bauplan war die Apokalypse, das letzte Buch im Buch der Bücher, in dem die Wirklichkeiten zerrissen waren. Die Kleider der Heiligen waren weiß wie die Albe, denn sie waren im Blut des Lammes gewaschen, das Lamm, sonst Opfertier, saß auf dem Thron, und das Weib, das der Schlange den Kopf zertrat, hatte den Mond zu seinen Füßen und eine Krone von zwölf Sternen um das Haupt. Auf Abstand hielten die lateinischen Gebete, die liturgischen Gesten und Gesänge.

Dann stand der Referendar Wolfgang Ringler vor der Gestalt im Ornat, zwei Cherubinen nahmen ihr die Bischofsmitra vom Kopf und den Hirtenstab aus der Hand. Sie streckte die Arme aus und legte ihm die Hände auf den Kopf. Auf diese Weise hielt sie zugleich Abstand und faßte ihn an. »Ich bin mit Abstand berührt«, dachte Wolfgang Ringler.

Dann sprach die Stimme: »Du bist mit Abstand der Beste. Du bist Priester nach der Ordnung des Melchisedek, trage diese Hörner des Mose als immerwährende Abstandshalter.«

Es war Theas Stimme, die da sprach, und es waren Theas Hände, die seinen Kopf berührten, um ihn auf Abstand zu halten, ihm die Hörner des Mose aufzusetzen. Theas Hände, die ihn berührten, blieben dort lange liegen, und dann geschah nichts mehr, nichts, alles blieb stehen, nichts veränderte sich mehr, bis alles in ein großes Rauschen überging.

Frische Luft drang durch das weit offen stehende Fenster. Es rauschte schon eine ganze Weile. Draußen ging ein Platzregen nieder, einer von der Sorte, die alles blitzblank wäscht. Ringler war eine Zeitlang versucht, sich wieder in seinen Traum zurücksinken zu lassen. Er hatte sich in der Grenzgängerei zwischen Wachen und Träumen eine gewisse

Technik erworben. Er brauchte nur einen kleinen willentlichen Schubs und er kehrte zurück in das Land, in dem er soeben Priester geworden war, geweiht durch Handauflegung der Bischöfin Thea der Göttlichen, Priester nach der Ordnung des Melchisedek.

Offenbar hatte es ein Gewitter gegeben, ein Wintergewitter. »Sachen gibt's, die gibt's gar nicht.« Ringler brummelte sich halbwach und setzte sich auf im Bett. Über den Taunusbergen rumpelte es noch. »Alles verrückt, total verrückt!« Der Wolkenbruch mäßigte sich zu einem ergiebigen Landregen. Ein Morgenvogel sang seine Amselstrophen gegen das sanftere Rauschen. Der Föhn hatte ihn zu einem falschen Frühling verleitet. Auch die Amsel hatte sich vertan, mitten im Dezember. Und Ringler entschloß sich, ganz aufzuwachen.

Je mehr ihm sein frischer Traum durch den immer klareren Kopf ging, desto mehr hatte er Lust, ihn aufzuschreiben. Thea, die Göttliche, war es, die ihn zum Priester geweiht hatte. Thea, die Bischöfin des Abstands, hatte über ihn den Zölibat verhängt.

»Originell«, dachte Ringler. »Das kommt davon, das kann nur einem Ehrenfeministen passieren.«

Bevor er in sein Standardgrinsen verfallen konnte, fiel ihm Silke ein. Diese Geschichte war nicht lustig. Vielleicht war das der Wink des Himmels, tatsächlich noch Priester zu werden, dann hätte er nicht einmal so fürchterlich gelogen.

»Teufel nochmal, der Himmel winkt nicht!« Schon wieder hatte *sich etwas ergeben*, hatte er getan, was er eigentlich nicht wollte. Warum war er nicht tatsächlich Priester geworden? Warum war er nicht konsequent geblieben? Dann hätte er Silke nicht belogen. Blöde Sache, saublöd! Jetzt müßte er irgendwann bei *ihr* »beichten«. Wie er sich kannte, würde er das so lange aufschieben, wie es irgend ging.

45

JHWH war in kein Kalb zu bannen. JHWH war auch durch Schrift nicht festzuhalten. Schreiben konnten nur Menschen. Es war ein mieser Trick, Menschenschrift für Gottes Schrift auszugeben, Unzucht, Betrug. Ringler hatte ein Beispiel erzählt: Auf einem mittelalterlichen Altarbild war eine Taube zu sehen, von der ein feiner Strahl zum Ohr eines Schreibers lief, der, mit einem Gänsekiel in der Hand, offenbar aufschrieb, was ihm diktiert wurde. Der Schreiber war der Evangelist Lukas. Das konnte man an dem Stiersymbol sehen, das neben ihm abgebildet war. Die Taube war das Symbol für den Heiligen Geist, für Gott. Aber Gott diktiert nicht! Gott ist da, aber er diktiert nicht. »Das ist die Wahrheit!« Diesen Satz hatte Thea sich angewöhnt, immer dann zu sagen, wenn sie von etwas überzeugt war, das man nicht beweisen konnte.

Thea hatte sich einen Tag vor den Weihnachtsferien mit »Monsignore« im Museum verabredet. Plötzlich hatte Ringler in der Schule diesen Spitznamen weg. Es war Thea, die angefangen hatte, ihn so zu nennen. Überhaupt hatte sie sich für den Umgang mit Ringler eine leicht spöttische Art zurechtgelegt. Ironische Distanz war immer richtig, wenn man nicht so recht wußte, was man von jemandem zu halten hatte. Irgend etwas, das spürte Thea, war bei ihm faul. Es handelte sich aber um eine attraktive Fäulnis. Sie hatte gerade gelesen, daß faule Äpfel Schiller zum Dichten angeregt hatten. Ringlers Fäulnis regte sie zum Denken an. Sie hatte, seit sie über den Eisernen Steg gegangen war, aufgehört, ihn zu hassen. Sie versuchte sogar, sich in seine Lage zu versetzen. Wenn sie beide schon derselben Gedankenspur folgten, warum sollte *sie* immer denken, was *er* sprach, warum sollte *er* nicht einmal denken, was *sie* sprach. Selbstgemachte Gedanken sind die einzigen, die wirklich überzeugen, dachte Thea. Auch wenn ein anderer sie ausspricht, müssen sie auf jeden Fall selbstgemacht sein. Auch Hinterherdenken ist Selberdenken. Auch Nachdenken ist Denken. Sie war Ringler nicht mehr böse, daß er vor ihr her gedacht hatte. Im Gegenteil. Je intensiver sie über das Hinterherdenken nachdachte, und dem Nachdenken hinterherdachte, desto sympathischer kam es ihr vor. Vordenken war faszinierend und Hinterherdenken war faszinierend. War es nicht wie ein Experiment zur Kontrolle? Wenn du alleine etwas denkst, dann hast du vielleicht gesponnen, vielleicht stimmt dein Kopf nicht. Wenn aber zwei dieselbe Spur entlang denken, dann stimmt es vielleicht. Vielleicht ist es die Wahrheit. Vielleicht ist die Wahrheit für zwei überhaupt die Wahrheit? Hinterherdenken war schon eine sehr spezielle Art von Nachdenken! Eigentlich war es ein Wunder, daß in zwei verschiedenen Hirnen dasselbe gedacht wurde, ein Wunder oder die Wahrheit. Ringler war ein wunderbarer Wahrheitspartner.

Nachdenken, nachdenken. Es gab noch eine andere Art von Nachdenken. Wenn du denkst, daß du denkst, was denkst du dann überhaupt? Ich denke, daß ich denke, das ist wie mit dem Nichts. Wenn jeder normale Gedanke *etwas* denkt, zum Beispiel einen Ring, dann ist der Ring rausgefallen, wenn ich denke, daß ich an den Ring denke, dann denke ich meine eigene Bewegung im Kopf. Ich denke, daß ich denke, daß ich denke, daß ich denke, – das ist wie einen Spiegel spiegeln. Auf diese Weise entstand eine falsche Unendlichkeit, ein tiefer Raum, eine tiefe Flucht in die Kälte, eingezwängt zwischen zwei Glasflächen ...

Du darfst dich nicht in den Spiegel stürzen. Nachdenken

nachdenken. Man mußte die Probe machen: Was hatte sie soeben gedacht? »Selbstgemachte Gedanken sind die einzigen, die überzeugen.« Wenn das stimmte, dann war Gott undenkbar – denn ein selbstgemachter Gott – und so weiter und so weiter ...

So gesehen, war es richtig, war es vielleicht sogar sehr gut, Ringler zu haben, einen, dem sie hinterherdenken konnte und bei dem sie ihre eigenen Gedanken traf, mit dem sie um die Wette denken konnte und den sie eines Tages überholen würde, dann würde *sie* vordenken und *er* würde hinterherdenken. Es war wunderbar, dieselben Gedanken in zwei Hirnen zu denken, und noch wunderbarer war es, wenn jeder seins beim anderen erkannte.

Vielleicht gab es keinen direkten Weg zu Gott, vielleicht brauchte man immer einen anderen Menschen? Ihr anderer Mensch war offenbar Wolfgang Ringler. Ihr war klar, daß er sich für sie interessierte. Für die Gefühle, die sie ihm entgegenbrachte, hatte sie derzeit keinen Namen. Sie wußte nur, daß es ziemlich penetrante Gefühle waren. Genauer gesagt, sie waren schwer zu verscheuchen.

Wenn er ihr nur nicht verlorenging. Sie überfiel die unbegründete Angst, Wolfgang Ringler könnte plötzlich in ein tiefes Loch fallen, von der Oberfläche verschluckt werden, einfach weg sein, als hätte es ihn nie gegeben. Dort wäre er dann allein, ganz allein, und sie wäre auch allein. Aber sie würde ihn suchen. Würde sie ihn auch finden?

Daß er sich jetzt als Priester ausgab, stimmte irgendwie nicht. Da war etwas faul. Da konnte Silke noch so hektisch auf sie einreden: Wie sie es erst auch nicht geglaubt hätte, und daß sie es jetzt aber ganz sicher wüßte. »Woher?« hatte Thea gefragt. »Ich weiß es eben«, hatte Silke geantwortet, war aber dabei leicht rot geworden. »Monsignore« – ihm selber schien der Name zu gefallen.

46

Monsignore war pünktlich, Thea war pünktlich, Silke war pünktlich. Von der letzten Lektion redete keiner. Monsignore hielt sich nicht lange mit Vorreden auf, tat sehr konzentriert und sachlich.

»Paßt auf, ich habe heute nicht viel Zeit. Ich muß noch packen.«

»Willst du verreisen?« Silke war wieder mal gar nicht neugierig.

»So ist es.«

Ringler legte Tempo vor, vor allem, weil er bestimmte Gespräche, die nur geführt werden können, wenn der Mensch viel Zeit hat, unbedingt vermeiden wollte.

»Es dauert auch nicht lange. Es geht nur um zwei Bilder.«

Mit langen Schritten, immer ein paar Meter vor den Mädchen, ging er voran, die großen Treppen hoch, immer zwei Stufen auf einmal, quer durch das neunzehnte Jahrhundert, in dem zwei gelangweilte Museumswächter drei Besucher davon abhielten, Bilder zu stehlen, blieb im frühen zwanzigsten Jahrhundert stehen, schnaufend vor einem weißen Quadrat und legte sofort los, als die beiden, die sich dem Tempo halb widerwillig, halb amüsiert angeschlossen hatten, da waren:

»Mißlungen!«

Thea, die ihre Antennen voll ausgefahren hatte, und bei aller äußerlichen Lässigkeit innerlich sehr gespannt war, hatte einen guten Start. Sie konterte sofort:

»Okay, kapiert! Wo ist das zweite Bild?«

Wer so schnell kapierte, war in der Gedankenspur so

dicht dahinter, daß er schon fast zum Überholen ansetzte. Dabei verließ sich Thea ein bißchen darauf, daß Silke bremste, und sie hatte sich auch nicht verrechnet.

»Moment mal, was heißt hier ›okay‹? Wieso mißlungen? Ich sehe nur ein weißes Quadrat.«

»Und? Was zeigt es?«

Thea war es, die in dem Examinierton fragte, den sonst die Lehrer anschlagen, die sowieso schon immer alles wissen. Sie war mit Monsignore auf gleicher Höhe und war im Begriff, die Spitze zu übernehmen.

»Nichts.« Silke sprach's, und mit leichter Verzögerung leuchtete der Verstehensblitz aus ihren Augen, und mit dem folgenden »nichtsnichtsnichts« hörte man förmlich den Groschen fallen. Sie lächelte, schaute, um sich zu vergewissern, erst Thea an, dann Ringler, hatte kapiert, hatte auch das Tempospiel kapiert und spielte sofort mit.

»Nichts – natürlich – nichtsnichtsnichts – kapiert! Wo ist das zweite Bild?«

Intelligente Menschen brauchen, wenn es denn darauf ankommt, nur wenig Worte.

»Ja, aber« – jetzt ging es sogar Monsignore zu schnell. »Ja aber ist auch klar, daß es trotzdem ein Bild ist? Es ist sogar berühmt. Das ›weiße Quadrat‹ von Malewitsch. Es ist auf Leinwand gemalt, hängt an der Wand und ist hoch versichert.«

»Das, Monsignore, haben wir bereits gewußt!«

Thea betonte jedes Wort sehr arrogant und selbstbewußt wie jemand, der die Führung übernommen hat.

»Wenn das Nichts gezeigt werden soll, dann ist ein Etwas nötig, in diesem Fall das besagte Bild, über dessen Existenz Sie, Monsignore, uns nicht eigens durch die Erwähnung einer hohen Versicherungssumme versichern müssen. Das, Monsignore, wissen wir bereits seit einiger Zeit. Und daher ist es auch, wie Sie zu scherzen belieben, ›mißlungen‹, denn statt wirklich nichts zu zeigen, zeigt Herr Malewitsch uns ein Bild. Haben wir Ihre Intention getroffen, Monsignore?«

Ringler ging gerne auf diesen Ton in Stelzdeutsch ein. Stelzdeutsch war ein Abstandston, der ihm im Moment außerordentlich recht war.

»Exakt, gnädiges Fräulein.«

»Erlauben Sie hinzuzufügen, daß dieses Bild sowohl in Ihrem Sinne mißlungen, wie auch perfekt ist. Es ist sozusagen perfekt mißlungen. Aber, Monsignore, auch unsere Zeit ist gemessen, wollen Sie die Güte haben, uns mit dem zweiten Bild Ihrer Wahl bekanntzumachen.«

Thea war gut drauf.

»Es gibt übrigens auch noch ein schwarzes Quadrat. Das ist sogar noch berühmter.«

»Ist das Nichts nun schwarz oder weiß?«

Auch Silke war gut drauf.

»Darüber wissen wir...« Monsignore drehte sich den beiden Frauen zu, grinste und hob die Arme wie ein Dirigent und gab, indem er auf jede von beiden zeigte, den Einsatz, und beide sprachen wie aus einem Munde lachend: »Nichts!«

Alle waren vergnügt und setzten sich, diesmal allerdings in normalem Tempo, wieder in Bewegung. Das zweite Bild hing gleich im Nachbarraum. Es war ebenfalls weiß, aber nicht ganz. Über die gleichmäßige, glatt bestrichene Fläche verlief von der linken unteren Ecke diagonal bis zur rechten oberen Ecke ein Doppelstrich.

»Was ist das?«

Thea überlegte angestrengt, was Monsignore wohl hören wollte. Auf dem Bild war nicht nichts, es waren vielmehr zwei Striche zu sehen. Ihr Ehrgeiz war, schneller zu sein, nicht bloß die Pointe zu verstehen, sondern gleich noch eins draufzusetzen. Sie wollte ihn überholen.

Thea dachte im Schnellgang: Der diagonale Doppelstrich sorgte dafür, daß zu jeder Ecke des Quadrats hin ein Dreieck entstand. Sie erinnerte sich an ein früheres Streitgespräch mit Ringler:

»Ein Dreieck hat drei Winkel« – analytischer Satz ... ein Kreis ist rund ... Meint er das?

Das half ihr nicht weiter. Vielleicht meint er etwas anderes? Dadurch, daß die Diagonale ein Doppelstrich war, berührten sich die beiden Dreiecke nicht. Sie dachte sich Titel aus. Wie wäre es mit: »Drei Flächen«? Jedes der beiden Dreiecke war eine Fläche, und der dünne Zwischenraum zwischen den Linien des Doppelstrichs war ja schließlich auch eine Fläche. Wie wäre es mit: »Unberührbar«? Der Abstand zwischen dem Doppelstrich sorgte dafür, daß die beiden Dreiecke sich nicht berührten ... »Abstand«, Ringler hatte es doch immer mit dem Abstand ... Während sie noch dachte, sprach Silke:

»Das ist schon mal mehr als nichts.«

»Richtig. Wenn es aber *etwas* ist, dann muß man auch sagen können, *was* es ist.«

»Zwei Diagonalen?«

»Kann man sagen.« Monsignore widersprach nicht, stimmte aber auch nicht zu.

»Es sind zwei Striche!« Thea erinnerte sich daran, daß sie es war, die sich beim vorigen Streit darauf versteift hatte, das Zeichen als Ding zu betrachten, als das, was es *ist*, und nicht als das, was es bedeutet.

»Woher wollt ihr wissen, daß das Bild überhaupt etwas bedeutet?«

»Sonst hinge es doch nicht hier, sonst wäre es total bedeutungslos.«

Silke hatte angefangen, nach Bedeutungen zu suchen, das setzte natürlich logisch voraus, daß es eine Bedeutung gab.

»Von nichts kommt nichts!«

»*Das* glaube ich nun gerade nicht!«

Thea hatte das mit einer solchen Betonung gesagt, daß Silke nicht sofort dagegenhielt.

»Ich sehe nur zwei Striche.«

»Und was sollen sie bedeuten? Das Nichts können sie nicht bedeuten, denn zwei Striche sind mehr als nichts.«

»Das hast du schon mal gesagt.«

»Wenn sie also mehr als nichts, also *etwas* sind, dann müssen sie auch etwas bedeuten.«

»Warum?«

»Weil alles, was im Museum hängt, etwas bedeutet.«

»Ich sehe nur zwei Striche.«

»Das hat du auch schon mal gesagt.«

»Es ist ein Skifahrer.«

In der kleinen Verblüffungspause, die jetzt entstand, ärgerte sich Thea darüber, daß Ringlers Lösung nicht vorherzusehen gewesen war. Das war unfair. Deshalb sagte sie in ihrem ironischen Ton besonders spitz gestelzt:

»Natürlich, Monsignore, daß ich darauf nicht gleich gekommen bin. Jetzt, wo Sie es sagen, fällt es mir wie Schuppen von den Augen. Natürlich, das Bild stellt ein Schneefeld dar, durch das ein Skifahrer exakt von rechts oben nach links unten hindurchgefahren ist. Das beantwortet natürlich auch die Frage unserer Freundin –«, Thea wandte sich schauspielerisch Silke zu, »die sich gewundert hat, daß dieses Bild hier im Museum hängt. Natürlich ist das Kunst, so genau von einer Ecke in die andere zu fahren. Kunst kommt, wie Monsignore ja immer zu betonen belieben, von Können. Nicht wahr, Monsignore, ›Kunst kommt von Können‹.« Sie wandte dem freundlich grinsenden Wolfgang Ringler sehr herablassend ihre Vorderseite zu. »Und das muß schon ein Könner, ein außerordentlich fortgeschrittener Skifahrer gewesen sein, der seine Spur so genau und so gerade von einer Ecke in die andere zu ziehen in der Lage ist.«

»Es ist ein Pascha.«

Offenbar wollte Wolfgang Ringler seinen Vorsprung halten.

»*Du* bist ein Pascha!« Silke wollte weiter blödeln, und es gefiel ihr, zusammen mit ihrer Freundin Thea den Monsignore zu attackieren. Der aber balancierte auf der Schwebe zwischen Ernst und Unernst und betonte etwas deutlicher:

»Ein Pas-cha, ›Pas-cha‹ heißt auf hebräisch Vorübergang. Jeder Vorübergang, jede Bewegung hinterläßt eine *Spur*. Wer die Spur nur als Strich sieht, der hat vergessen, daß der Strich *gezogen* worden ist.«

Ringler wurde plötzlich feierlich. Und weil der Übergang von der halben Blödelei zum ganzen Ernst recht unvermittelt war, wurde er auch etwas verlegen. Aus seiner unförmig ausgebeulten Hosentasche zog er ein kleines Buch, schwarz mit roten Ecken, ein Notizbuch mit leeren, weißen Blättern. Sorgfältig löste er zwei davon vom Bindungsfaden.

»Ich wollte euch noch ein Weihnachtsgeschenk machen.«

Er legte die beiden Blätter auf den Boden und machte mit einem Bleistiftstummel, den er ebenfalls aus seiner Hosentasche hervorgekramt hatte, einen diagonalen Strich quer über jedes Blatt, das er dann mit den langsam und feierlich gesprochenen Worten: »Das ist kein Strich!« überreichte, erst Silke ein Blatt, dann Thea ein Blatt, drehte sich auf dem Absatz um, nahm seinen Sturmschritt auf und rief den Mädchen im Verschwinden zu: »Fröhliche Weihnachten!«

Thea und Silke schauten sich an. Silke kicherte. »Jetzt spinnt er wirklich!«

Schon fast an der Treppe drehte sich Monsignore noch einmal um und rief durch den ganzen Saal: »Kommentar, Johannes eins vierzehn!«

47

»Gehen wir zu dir oder gehen wir zu mir?«

»Du wohnst näher. Aber habt ihr überhaupt eine Bibel zu Hause?«

»Na hör mal!«

Wenige Minuten später betraten die Freundinnen Silkes Zimmer. Die Bibel prangte sogar mitten auf dem Brett über Silkes Bett, wo sonst keine Bücher standen.

»Sag mal, war das nicht Pogos Platz?«

»Du merkst aber auch alles!«

»Sehr sinnreich! Die Schrift ersetzt den Götzen.«

»Ge - nau!« Silke war immer noch gut gelaunt. »Sehr sinnreich!«

Es war ein bißchen wie in alten Zeiten, als sie sich immer auf Anhieb verstanden hatten.

»Also Johannes eins vierzehn – das ist im Neuen Testament, warte, das hab' ich sofort, Matthäus, Markus, Lukas, Johannes, voilà!«

Beide beugten sich zusammen über die Stelle im Johannesprolog, dem ersten Kapitel des Johannesevangeliums, Thea las laut:

»Und das Wort ist Fleisch geworden und hat unter uns gewohnt, und wir haben seine Herrlichkeit gesehen, die Herrlichkeit des einzigen Sohnes vom Vater, voll Gnade und Wahrheit.«

Die Mädchen schauten sich an. Thea dachte laut:

»Die Schrift ersetzt das Kalb, – das Wort wird Fleisch – wenn das Wort im Fleisch verschwindet, dann ist es kein

Zeichen mehr, das etwas bedeutet, dann *ist* es das, was es bedeutet. Mensch –«, Thea strahlte Silke an, »dann ist mein Problem verschwunden!«

»Erklär!«

»Die Schrift ersetzt das Kalb, das war schon mal ein Fortschritt, Moses Lektion für Aaron und das Volk – das hatten wir ja schon: der Schrift sieht jeder sofort an, daß sie etwas bedeutet, dem Kalb nicht. Beim Kalb sagt jeder: ›Was ist das für ein Kalb?‹ Bei der Schrift fragt jeder, was bedeutet sie. Jeder will wissen, was die Schrift bedeutet, nicht das, was die Schrift ist. Jeder weiß, daß die Schrift nicht sich selber meint, sondern etwas anderes bedeutet. Okay?«

»Okay, das hatten wir ja schon.«

Und mein Problem war doch, daß die jüdischen Priester oder wer immer die Schrift geschrieben hat, welche die Anwesenheit von ›Ich bin da‹ bedeuten sollte, daß die das Problem Aarons nicht wirklich losgeworden sind, der das goldene Kalb hat gießen lassen.«

»Kannst du das noch mal genauer ...«

»Das hatten wir doch auch schon: Ich mache mir die Idee vom nicht selbstgemachten Gott, ich mache sie selber, verstehst du? Selber! Ich mache kein Ding, sondern ein Ding, das bedeutet, verstehst du? Die Schrift ist *›das Ding, das bedeutet‹*. Und wenn ich ›das Ding, das bedeutet‹ mache, dann mache ich damit auch die Bedeutung. Verstehst du? Und dann lasse ich mir von diesem selbstgemachten ›nicht selbstgemachten‹ Gott alles diktieren: die Zehn Gebote, die Reinheitsvorschriften, wieviel Schritte du am Sabbat gehen darfst und so weiter und so weiter. Dann mache ich zwar kein goldenes Kalb mehr, aber eine goldene Bundeslade, in der die Heilige Schrift verborgen ist und die mir die Anwesenheit von ›Ich bin da‹ garantiert.«

»Ziemlich kompliziert, aber ich glaube, ich hab's verstanden.«

»Statt um das goldene Kalb, wird jetzt um die Bundeslade herum getanzt. Wo ist da der Unterschied?«

»Du hast jedesmal ein Ding, was für ›Ich bin da‹ steht.«

»Genau! In diesem Sinn ist die Schrift auch ein ›Ding‹. Du hast zwei, das Ding und ›Ich bin da‹. Das Ding soll ›Ich bin da‹ vertreten, es soll ein Zeichen sein für ›Ich bin da‹. Verstehst du? Du hast zwei, zwei Pole: das Zeichen – sichtbar – und das Bezeichnete – unsichtbar. Was passiert natürlich?«

»Es kommt wieder zu der Verwechslung des Zeichens mit dem, was es bedeutet.«

»Genau! Du hast zwei, zwei Pole. So lange du zwei Pole hast, kannst du die Verwechslung nicht verhindern. Sie ist sogar vorprogrammiert, denn der eine Pol ist sichtbar, der andere unsichtbar.«

»Und jetzt?«

»Und jetzt? Jetzt gibt es keine zwei Pole mehr, jetzt gibt es nur noch einen!«

»Wie?«

»Na ja, das Wort ist Fleisch geworden.«

»Du meinst, es gibt keinen Unterschied mehr zwischen dem Wort, also dem Zeichen, und dem, was es bezeichnet?«

»Es *ist*, was es bedeutet!«

»Das Wort ist Fleisch geworden, verstehst du? Mein Problem war doch immer, daß du das Zeichen verwechseln kannst, mit dem, was es bedeutet. Das ist das alte Problem Aarons und auch noch das Problem der Priester, die die Schrift geschrieben haben. Und jetzt, ›Das Wort ist Fleisch geworden‹, jetzt kannst du nichts mehr verwechseln. Das geht jetzt nicht mehr.«

»Und was ist das? Was meint er damit?«

Silke hatte aus ihrer Jackentasche Ringlers Blatt Papier mit einem Strich geholt. Es war etwas zerknittert, und sie strich es glatt, so gut es ging. Es klopfte an die Tür und Frau Zeitler kam herein.

»Darf ich die Damen mal stören?«

Sie setzte einen Teller mit Plätzchen auf den Tisch.

»Frisch gebacken.«

»Danke, Mami!«

Silke war aufgesprungen und gab ihrer Mutter einen Kuß auf die Wange. Die war erstaunt. Das war lange nicht mehr vorgekommen. Silke hatte gerötete Wangen, genau wie Thea. Über was die beiden sich wohl unterhielten?

»Ich kann euch auch noch Tee machen.«

»Nein, bitte keinen Tee!« »Vielen Dank!« riefen beide gleichzeitig, lächelten sich an und verdrehten die Augen.

Ich war auch mal so, dachte Frau Zeitler bei sich, schüttelte lächelnd den Kopf und verließ das Zimmer.

»Spur oder Strich ...«

Silke und Thea knabberten Plätzchen, ließen sich aber nicht im geringsten ablenken. Auch Thea kramte ihr Blatt heraus und legte es neben das Blatt von Silke.

»Spur oder Strich?«

»Wenn du sagst ›Strich‹, dann hast du es nur mit diesem Ding zu tun.« Thea legte den Zettel auf ihre flache Hand.

»Es ist ein Strich, sonst nichts. Er bedeutet nichts.«

Sie fuhr mit dem Zeigefinger den Strich entlang und in derselben Richtung weiter durch die Luft.

»Wenn du aber sagst ›Spur‹, dann nimmst du den Strich als Zeichen, dann bedeutet er etwas.«

»Den Skifahrer.«

Thea war wieder mit dem Finger den Strich entlang gefahren und hatte seine Spur über das Blatt hinaus verlängert. Dann ließ sie die Hand in der Luft stehen und schnipste mit Mittelfinger und Daumen.

»Jaja«, Thea sprach langsam, wie man spricht, wenn die Gedanken noch nicht fertig sind.

»Jaja, *wenn* es den Skifahrer gibt ...«

»Warum soll es keinen Skifahrer geben? Es gibt viele Skifahrer.«

»Jaja, Skifahrer gibt es, aber ...«

»Aber?«

»Aber ›Ich bin da‹ gibt es nicht.«

»Waas? Aber, aber du sagst doch immer, es gibt ihn ...«

»Nein, nein, natürlich gibt es ihn, aber – das ist es ja – es gibt ihn, aber er ist kein Ding in der Welt! Verstehst du? Den Skifahrer kannst du sehen, ›Ich bin da‹ nicht. Wenn es die Spur eines Skifahrers ist, dann hast du beides. Du hast den Skifahrer und du hast die Spur.«

Thea schnipste wieder mit den Fingern ihrer rechten Hand und wedelte gleichzeitig mit dem Blatt in ihrer Linken.

»Beides sind ›Dinge in der Welt‹. Wenn da einer kommt und sagt, die Spur ist nur ein Strich, dann kannst du auf den Skifahrer zeigen und sagen: ›Siehst du nicht den Skifahrer, siehst du nicht, wie er einen Strich hinter sich her zieht, siehst du nicht, daß der Strich eine Spur ist?‹, dann ist alles klar.«

»Das kannst du bei ›Ich bin da‹ nicht.«

Sie ließ den rechten Arm sinken, mit dem sie noch immer in der Luft herumgefuchtelt hatte.

»›Ich bin da‹ ist, zeichenmäßig gesehen, ein Sonderfall.«

»Und deswegen weil ›Ich bin da‹ kein Skifahrer ist, sagen manche: ›Auf was ich nicht zeigen kann, das gibt es nicht. Die Spur ist nur ein Strich.‹«

»Genau!«

»Es müßte für ›Ich bin da‹ eine eigene Sorte Zeichen geben, verstehst du? Zeichen, die *anders* sind als alle anderen. Zeichen, denen man gleich ansieht, daß ›Ich bin da‹ ein Sonderfall ist.«

»Den es nur einmal gibt.«

»Genau!«

»Und der kein Ding in der Welt ist.«

»Genau!«

»Und den es deswegen überall gibt.«

»Genau!«

»Und auf den man nicht zeigen kann und sagen: ›Da siehst du, was mein Zeichen bedeutet‹.«

»Genau!«

»Uff!«

Thea und Silke schauten sich an, wie man sich anschaut, wenn man etwas geschafft hat. Silke war glücklich. So müßte man sich immer verstehen, dachte sie.

»Die Plätzchen sind gut.«

»Und wo ist das Fleisch?«

»Wie bitte?«

»Na ja, wo ist Jesus? Der Satz, ›Und das Wort ist Fleisch geworden‹, besteht doch auch nur aus Worten.«

»Stimmt. Mist!«

»Da müssen wir Wolfgang fragen, das muß er uns erklären.«

»Nix, das kriegen wir selber raus. Selberdenken macht schlau!«

»Vielleicht hält er uns wieder nur ein Bild vor die Nase. Dosso Dossi und so.«

»Dosso Dossi war nicht schlecht. Ein Bild erzählt eine Geschichte.« »Genau genommen erzählt das Bild die Geschichte von der Geschichte.«

»Wie meinst du das?«

»Also die erste Geschichte ist die von der verschwundenen Schrift. Madonna macht Buch auf und an der entscheidenden Stelle ist die Schrift verschwunden. Da war vorher Gottes Wort zu lesen ...«

»Die Wahrheit!«

»Genau!«

»Und jetzt ist sie verschwunden, die Schrift hat's nicht gebracht.«

»Genau!«

»Aber es gibt das Kind, verstehst du? Jesus auf dem Schoß der Madonna. Das Kind erzählt genau das, was die Schrift nicht gebracht hat. Es erzählt die zweite Geschichte.«

»Statt der Schrift hat die Madonna das Kind. Das Kind ist Fleisch.«

»Eigentlich müßten wir jetzt sagen, das Kind *ist* die zweite Geschichte.«

»Die erzählen wir.«

»Erstmal Johannes!«

»Johannes eins vierzehn.«

»Und das Wort ist Fleisch geworden.«

»Genau!«

Die Mädchen kauten angestrengt. Der Teller mit den Plätzchen war fast schon leer. Einige Sekunden war nur zu hören, wie Thea eine Makrone zerknurpselte. Dann zog sie die Stirn in Falten:

»Und das Wort ist Fleisch geworden – Und das Wort ist Fleisch *gewesen*!«

»Wieso?«

»Es ist genauso wieder verschwunden wie die Schrift, es ist nur mal vorbeigekommen, genau das meint Monsignore immer mit seinem Pas-cha, seinem ›Vorübergang‹, Pas-cha, Vorübergang des Fleisches.«

»Christi Himmelfahrt!«

»Wie bitte?«

»Na ja, die Himmelfahrt Christi, da wird doch erzählt, wie er wieder verschwindet.«

»Und jetzt ist er weg.«

»Laß mir noch was von dem Spritzgebackenen, das ist auch gleich weg.«

Thea nahm das letzte Spritzgebackene, biß die Hälfte ab

und steckte die andere Hälfte ihrer Freundin in den Mund. Mit den Lippen hielt sie das abgebrochene längliche Plätzchen wie eine Zigarre und sprach aus den Mundwinkeln weiter.

»Je nachdem!«

Silke blickte forschend und kauend auf Thea, die ihre Stirn ebenfalls forschend und kauend weiterhin in finstere Falten gezogen hatte.

»Je nachdem ...«

Sie tippte mit dem Zeigefinger auf ihr Papier.

»Spur oder Strich, Strich oder Spur ...«

»Es ist immer dasselbe, am Ende kommt eine neue Geschichte heraus. In der steht immer, wie etwas da war und wieder verschwunden ist.«

»›Und das Wort ist Fleisch geworden‹, die Geschichte von der Geschichte, die mehr war als eine Geschichte – schade, das wäre die Lösung gewesen. Ein Mensch und kein Zeichen. ›Ich bin da‹ als Mensch, das wäre das Beste, was dir passieren kann ... Schade!«

»Spur oder Strich ...«

»Spur oder Strich – das ist einmal *mit* Zeit und einmal *ohne* Zeit. Strich ist ohne Zeit, Spur ist mit Zeit. Machen wir's doch mal ganz genau: Wenn du einen Strich betrachtest, wie machst du das? Du heftest einen Blick auf den Anfang, also die Stelle, wo der Strich anfängt, und fährst die Linie mit den Augen ab bis zum Ende. Richtig?«

»Richtig.«

»Dafür brauchst du Zeit.«

»Richtig.«

»Du hast also genau genommen mit den Augen die Linie nachgezogen.«

»Richtig.«

»Du hast genau das gemacht, was derjenige gemacht hat, der die Linie gezogen hat.«

»Wenn du dir das klar machst, dann ist der Skifahrer immer da!«

»Wieso?«

»Es ist doch klar, daß du nicht wirklich verstehst, was du siehst, wenn du nur die Gegenwart nimmst. In der Gegenwart siehst du nur den Strich. Du *mußt* den Strich als Spur lesen, erst dann hast du ihn richtig verstanden. Wenn du ihn aber als Spur lesen willst, dann mußt du die Vergangenheit dazunehmen. Du mußt dir klar machen: Hier ist ein Skifahrer durchgezischt.«

»Wenn du richtig liest, also die Spur richtig liest, dann mußt du sagen: Die Spur ist die Gegenwart der Vergangenheit.«

»Eigentlich müßte ich also jeden Strich als Spur sehen?«

»Genau!«

»Na gut, aber Jesus ist weg und wir haben Spuren, Geschichten, die Geschichte vom Wort, was mehr war als die anderen Worte: Fleisch.«

»Das wär's gewesen. ›Ich bin da‹ als Mensch. Schade.«

»Wenn es keine Himmelfahrt gegeben hätte.«

»Wenn er da geblieben wäre, für immer.«

»Wie ›Ich bin da‹.«

»Vielleicht ist er da geblieben?«

48

Weg! Abhauen, einen Satz machen, nichts wie weg! Für Ringler wurde es Zeit, daß er wegkam: Skifahren. Seit Jahren war er nicht mehr Skifahren gewesen. Der Rummel hatte ihn abgestoßen, außerdem war es zu teuer geworden. Früher war er mit einer Pfadfindergruppe im Gebirge gewesen, das war etwas anderes, vor allem bezahlbar. Dann hatte er im Paznauntal einen Bauernhof gefunden, wo man in einer alten getäfelten Stube in Betten mit riesigen Federkissen schlief und wo die Stube noch mit einem Ofen geheizt wurde.

Es war zwar eine Illusion, daß er dort etwas anderes, etwas Besseres war als ein Tourist, als ein *Massentourist*, als ein kanalisiertes, abstandsloses Mitglied des Stammes TUI, ein Jedermann, ein Neckermann. Aber es war eine Illusion, die er sich genehmigt hatte. Urlaub im Kanal muß sein, sagte sich Wolfgang Ringler, ab und zu. Körperliche Anstrengung ist wichtig. Wenn er erst einmal oben war, auf dreitausend Metern, mußte er nur zweihundert Meter seitwärts weg von der Bergstation der Kabinenbahn, weg von der Piste, und es würde ihm gelingen, in der gleißenden Helle des ungefilterten Lichts einer Sonne, die durch keine Dreckluft mußte, die Warteschlange zu vergessen, in der er sich vorher eine halbe Stunde lang würde anstellen müssen.

Abstand muß sein. Doch manchmal mußte man sich durch die großen Kanäle zwängen, um überhaupt Abstand zu gewinnen. Er hatte zwischen Frankfurt und diese Gletscherberge schon mal satte vierhundert Kilometer gelegt, Autobahnkilometer zum größten Teil, Autobahnkanalkilometer.

Hier oben, das hatte er unterwegs schon beschlossen, hier oben endlich wäre er weg. Fast bis München war er dieses priesterliche Monsignoregefühl nicht losgeworden. Anfangs hatte ihm dieser neue Titel sogar Spaß gemacht, und er hatte sich vor dem Spiegel vorgestellt, wie er sich als Monsignore ausmachen würde, in einer lila Soutane oder mit einer schwarzen Pelerine mit lila Paspelierung oder in einer schwarzen Soutane mit lila Bauchbinde. Es hatte nicht funktioniert. Irgendwie paßte sein Kopf nicht zu diesem Outfit, der Kopf, der diese »Notlüge« abgesondert hatte – so nannte er beschönigend seinen Betrug. Er mußte weg. Der Boden wurde ihm zu heiß in Frankfurt. Gut, daß das Christkind immer noch und in immer kürzeren Abständen vor der Tür stand, ein Grund mehr abzuhauen.

Was für ein Teufel hatte ihn geritten, sich als Priester auszugeben, wo er doch beinahe tatsächlich Priester geworden wäre, wo er doch, wenn er seine Lieblings-Abstandsübung, den »Zeitschnitt«, auf sich selbst anwandte, gezwungen war zuzugeben, daß er, rückwärts betrachtet, vor zwanzig Jahren einer war, der in zwanzig Jahren Priester geworden sein müßte. »Aber ich bin es nicht geworden! Warum habe ich ihr nicht gesagt: ›Ich bin schwul‹ oder ›Ich habe Aids‹? Das hätte dieselbe Wirkung gehabt. Hinterher ist man immer schlauer.« Was hatte er überhaupt mit Silke zu schaffen? Diesem Gör, von dem er zugeben mußte, daß es eine interessante Haarfarbe hatte. Wegen ihr mußte er jetzt abhauen. Das Dümmste war, daß sie es sofort Thea erzählt hatte. »Monsignore!« Inzwischen konnte er das Wort nicht mehr hören.

Von der Bergstation bis zu dem Gletscher, den er sich zum Ziel gesetzt hatte, wo er, wenn er dort angekommen wäre, endlich *weg* wäre, hatte er noch eine gute Stunde durch den Tiefschnee zu queren. Langsam, mit ruhigen, regelmäßigen Halbtreppenschritten querte er schräg aufsteigend den steilen Hang. Es war früh am Morgen, so daß die Sonne den Harsch, der von der kalten Nacht noch hart durchgefroren war, nur zwei, drei Zentimeter tief angetaut hatte. Eigentlich ideale Bedingungen für eine Firnabfahrt den Steilhang hinunter. Seine guten Stahlkanten würden in der weichen obersten Schicht des Schnees genügend Halt finden und die Unterlage wäre noch hart genug, so daß er nicht einbräche. Einen Moment lang war Wolfgang Ringler versucht, sich der Schwerkraft zu überlassen, in die Tiefe zu sausen, dann dachte er aber an sein Ziel, den Punkt, den er erreichen mußte, um endlich *weg* zu sein, wo er den maximalen Abstand gewonnen haben würde.

Eigentlich verrückt! Nichts und niemand schrieb ihm vor, zu diesem Gletscher zu steigen. Verrückt! Aber wozu war er der Mann der bewußten Verrückungen? Und sein Beschluß lautete nun mal, erst dann, wenn er in das blaue Eis des Gletscherbruchs würde blicken können, erst dann wäre er *weg*. Es war, als ob er sich von diesem Platz die Lösung aller seiner Probleme erhoffte. »Der Berg ruft!« Ringler bemühte sich um den Originalton von Luis Trenker und merkte erst an der eigenen Stimme, die hier oben eigenartig klang, wie still es um ihn herum war.

Die Schreie der Kids von der Bergstation waren noch eine Zeitlang zu hören gewesen. Doch jetzt war es still. Still, bis auf das Knurpsen des Firnschnees, wenn er seine Stahlkanten einhackte, bis auf ein hohes Pfeifen des Windes an der Ohrmuschel vorbei, vermischt mit dem Geräusch des eigenen Blutes und dem dumpfen Pochen der Pumpe. Er wäre gern stehengeblieben, denn er war schon ziemlich außer Atem. Hier oben, auf fast dreitausend Metern, war die Luft dünn. Doch er konnte nicht stehenbleiben, das war zu gefährlich. Der Hang war wegen Lawinen gesperrt. Als Ringler das Schild gesehen hatte, war ihm die Gefahr sehr willkommen, denn um den entscheidenden Abstand zu gewinnen, um richtig *weg* zu sein, war es gut, etwas Verbotenes zu tun, etwas Gefährliches. Aber stehenbleiben war nicht möglich. Er würde einbrechen und ein Schneebrett lostreten, mindestens. Es waren noch etwa fünfzig Meter bis zum Grat. Wenn er erst dort oben wäre, dann würde er sich verschnaufen können. Sein Herzschlag im Ohr war schnell geworden. Sein Atem, den er zunächst dem Rhythmus seiner Schritte angepaßt hatte, den er dann auf zwei Züge pro Schritt verdoppelt hatte, ging nun hektisch, schnell und unregelmäßig. »Mir geht es gut, sehr gut!« Das sagte er wieder laut.

49

Silke sah gut aus. Mager war sie schon längst nicht mehr. Sie hatte das Gefühl, daß sie wieder zugenommen hatte. Je mehr es auf die Feiertage zuging, desto mehr hatte sie Plätzchen gegessen, Plätzchen, die sie allesamt nicht ausgekotzt hatte, wie sie überhaupt nichts mehr, rein gar nichts mehr ausgekotzt hatte. Ihre Schultern wirkten nicht mehr eckig, auch weil sie sie nicht mehr hochzog. Ihre Linie war abgerundet wie von einem Zeichner gezogen, der nach tausend Bewegungen den richtigen Strich im Handgelenk hat. Ihr Busen war weniger spitz, aber nicht unbedingt größer geworden. So, wie sie jetzt war, war sie genau richtig. Sie gefiel sich. Wer sich selbst gefällt – alte Bauernregel – gefällt auch anderen. Aber Ringler, der, dem sie alles erzählt hatte, dem sie so nahe gekommen war, bekam davon nichts mit. Er war weg.

»Ich gehe zu Thea!« rief sie ihrer Mutter beim Verlassen der Wohnung zu. Bei Thea traf sie irgendwie auch Ringler. Bei ihr konnte sie »ringlern«, so hatte sie diese verrückten Gespräche über Gott und die Welt genannt. Ringlern und Plätzchen essen. Komisch – je besser sie reinkam ins Ringlern, desto weniger kamen ihr diese Gedanken verrückt vor. Vielleicht waren die anderen verrückt, weil sie sich offenbar keinerlei Gedanken über Gott und die Welt machten. Wieso taten sie das nicht? Das Thema war wichtig, das würde vielleicht mancher zugeben. Es war das Wichtigste, aber kein Thema. Zu dick, zu privat. Darüber redete man nicht. Wenn in der Schule Gott und die Welt auftauchte, sangen alle im Chor: »Das muß jeder für sich selbst entscheiden!« und das war's dann meistens.

Religion, das war das Gift, weswegen in Nordirland, in Bosnien und im Libanon Kriege geführt wurden. Jede Partei glaubte, sie allein hätte die wahre Wahrheit und die anderen die falsche Wahrheit, und deswegen zerfleischten sie sich im Namen Gottes. Also war es besser, an nichts zu glauben. Erst wenn die Religion nicht mehr wichtig war, dann erst könnte es Frieden geben. Wer aber an das große Nichts glaubte, das Nichts, das anwesend war, ohne ein Ding in der Welt zu sein, der konnte eine Mehrzahl von Zeichen für diese Anwesenheit zulassen, ohne selber ungläubig zu sein. Es gab zweierlei Toleranz: Die Toleranz der Gleichgültigkeit und die Toleranz, die aus dem Glauben an die Vielfalt der Zeichen kam.

Ringler war der einzige Lehrer, der zurückfragte, *was* es denn war, das jeder für sich selbst entscheiden mußte, und ob es vielleicht Gründe gab, sich so oder anders zu entscheiden. Aber Ringler war weg, das war's dann.

Nicht ganz weg, denn als sie zu Thea kam, hatte diese eine Postkarte erhalten – von Ringler.

»Du kannst sie ruhig lesen.«

Silke nahm die Karte mit gemischten Gefühlen in die Hand, drehte sie herum, roch sogar daran, so, als ob man auf diese Weise ihre Herkunft ermitteln könnte.

»Österreichische Briefmarke.«

»Lies mal, was er schreibt.«

Silke las langsam und laut vor, was auf der Rückseite stand:

»Wenn ich schon selbst nicht da bin, so sollt Ihr wenigstens wissen, wie ›Ich bin da‹ da sein kann. Ihr seht es auf dem Bild.«

Die Karte war also an sie beide gerichtet. Das freute Silke. Sie drehte die Postkarte herum und schaute sich die Vorderseite an. Es war die farbige Wiedergabe eines mittelalterlichen Gemäldes, einer Art Flügelaltar.

»Der Meister spricht wieder mal in Bildern.«

Silke las halblaut vor, was auf der Rückseite klein in der linken oberen Ecke gedruckt war: »Hostienmühle, Kloster Doberan, Mecklenburg.«

Sie schaute Thea fragend an.

»Ist er jetzt in Österreich oder in Mecklenburg?«

»Ich hab' schon was rausgekriegt. Die Monster sind die vier Evangelisten.«

»Ich würde viel lieber rauskriegen, wo Monsignore sich rumtreibt.«

»Vielleicht ist er gen Himmel gefahren.«

»Oder zur Hölle.«

Thea gefiel es, Silke gegenüber noch immer die Feindselige zu spielen.

»Eher nach Österreich.«

»Zum Skifahren!«

»Genau!«

»Er ist der geheimnisvolle Skifahrer!«

»Hier guck mal...«

Thea zeigte unbeirrt auf die Gestalten am oberen Rand des Bildes. Nur eine hatte einen Menschenkopf, eine hatte eine Art Geier- oder Adlerschnabel, eine andere einen Ochsenkopf und die letzte etwas, was entfernte Ähnlichkeit mit einem Löwenkopf hatte.

»Das sind die ›vier Wesen‹ oder das Tetramorph, sie stammen aus der Apokalypse, dem letzten Buch der Bibel, der ›Geheimen Offenbarung des Johannes‹. Es sind die Symbole der vier Evangelisten. Lukas ist der Stier, Markus ist der Löwe, Johannes der Adler und Matthäus der Engel.«

»Woher weißt du das denn?«

»Lexikon, habe ich gerade nachgeschaut.«

Jeder der vier Monster-Evangelisten hatte eine bauchige Flasche in der Hand, mit der er etwas ausschüttete. Es war allerdings keine Flüssigkeit, es waren Buchstaben, Schrift.

Wenn es die vier Evangelisten waren, dann mußte die Schrift, die sie ausschütteten, ihr jeweiliges Evangelium sein. Die Buchstaben flossen zusammen in den Trichter einer Mühle. Die Mühle war vorne offen, so daß man ihren Mechanismus erkennen konnte. Er wurde angetrieben von je sechs Männern, die rechts und links vom Mühlenkasten an einer Kurbel drehten.

Unten spuckte die Mühle die Buchstaben wieder aus, ein Schriftband, auf dem stand in gotischer Schrift: »Et verbum caro factum est.« Während Silke sich noch Mühe gab, die Buchstaben zu entziffern, teilte Thea nicht ohne Stolz mit:

»Weiß ich auch schon, was das heißt.«

Daß sie wegen »caro« im Wörterbuch nachgeschaut hatte, brauchte sie Silke ja nicht auf die Nase zu binden. Triumphierend verkündete sie: »Und weißt du, was das ist? Johannes eins vierzehn: ›Und das Wort ist Fleisch geworden‹.«

Silke war beeindruckt.

»Toll!«

Unterhalb der Mühle standen vier Männer mit unterschiedlichen Kopfbedeckungen. Zwei Bischofsmützen, ein roter Hut und eine Art Papstkrone.

»Das müssen irgendwelche Kirchenväter sein. Zwei haben eine Mitra auf.«

Die vier hielten zusammen einen großen Kelch hoch, in dem das Schriftband aufgefangen wurde, das unten aus der Mühle floß.

Ringlers Postkarte war heute mit der Post zur normalen Zeit gekommen. Die Post kam um halb eins oder um eins. Thea hatte sie also schon drei Stunden im Besitz. Nahezu jede Minute dieser drei Stunden hatte sie benutzt, um herauszukriegen, was die Botschaft bedeutete. Zwischendurch hatte sie sich Tee gekocht.

»Seit wann trinkst du denn Tee?«

Ihre Mutter hatte sich gewundert.

»Seit heute.«

Vielleicht kamen ihr die richtigen Gedanken, wenn sie Tee trank? Tee schmeckte nach Wolfgang.

Hostienmühle ... Hostie ... Sie erinnerte sich, wie sie bei ihrer ersten Kommunion gespannt gewesen war, wie Gott schmeckt. Was man Kindern alles einreden kann? Damals, wie lange war das her? Zehn Jahre, eine Ewigkeit! Damals war sie ganz andächtig gewesen. Der Pfarrer im Kommunionunterricht war ein frommer Mann gewesen, der immer, wenn er vom Geheimnis sprach, feuchte Augen bekam. Das hatte sie damals sehr beeindruckt. Aber seit ihrer Erstkommunion war sie so gut wie gar nicht mehr in der Kirche gewesen. Diese ganze Kirchen- und Kinderwelt hatte sie mit der schönen Feier hinter sich gelassen. Eine Zeitlang hatte sie noch ihr schönes, weißes Gesangbuch mit dem Goldschnitt herumliegen gehabt, mal von einem Bücherbord auf das andere geräumt. Wo mochte es inzwischen wohl sein? Das war Kinderkram. Irgendwie schade, daß es Kinderkram war. In dem Alter, als alles darauf ankam, daß man ernstgenommen wurde und kein Kind mehr war, da war klar, daß sie den frommen Kram den Kindern überließ oder dieser bestimmten Sorte alter Weiber, die immer in die Kirche rannten. Das waren diese Omas, die bloß nicht ertragen konnten, bald tot zu sein, und die etwas dagegen unternehmen wollten. Die hatten bloß Schiß. Die konnten nicht leben und nicht sterben. Die konnten nicht leben, weil sie nicht sterben wollten. Und so sahen sie auch aus.

»Dafür habe ich noch Zeit«, hatte sie sich gesagt, und sie hatte keine Zeit mehr, in die Kirche zu gehen. Ihre Eltern hatten ja auch keine Zeit dafür. Warum hatten sie dann eigentlich ihre Tochter hingeschickt? Außerdem war es langweilig.

Als Opa gestorben war, bei der Totenmesse, war sie das letzte Mal zur Kommunion gegangen. Als sie den Gottesgeschmack der Hostie nach langer Zeit wieder auf der Zunge gefühlt hatte, war sie ganz traurig gewesen. »Schade, daß es Quatsch ist«, hatte sie gedacht, und sie hatte gewußt, daß sie jetzt endgültig kein Kind mehr war. Außerdem war Opa tot. Er war jetzt weg, für immer weg. Der Gedanke, daß er nicht wirklich tot sei, war ihr damals so willkommen, daß sie gerade deshalb den Verdacht schöpfte, daß er eine selbstgemachte Erfindung sei. Er war so tröstlich, daß sie argwöhnte, daß es dieser Trost sei, diese Droge, die die Menschen dazu gebracht hatte, sich etwas von Auferstehung und Himmel einzubilden. Daß der Kaplan nicht angeben konnte, wo genau der Himmel war, hatte sie in ihrem Verdacht bestärkt.

Ringler war auch weg, aber er schrieb wenigstens Postkarten. Eine Postkarte über Anwesenheit und Abwesenheit. Die Postkarte hatte sie auf Abstand gebracht. Genauer gesagt, auf Abstand zu ihrem Abstand. Sie betrachtete sich, wie sie früher naiv und gläubig sich diese Absurditäten hatte einreden lassen, erinnerte sich, wie sie dann mit einer leisen Trauer den Quatsch hinter sich gelassen hatte.

Und jetzt kam Ringler wieder mit diesem Zeug: »Hostienmühle«. Auf dem Bild sehen, »... wie ›Ich bin da‹ da sein kann«.

Priester war er nicht, da war sie sich ziemlich sicher, da konnte Silke noch so viel erzählen. Es war ihr unheimlich, daß Wolfgang, obwohl er doch weg war, auf eine so mächtige Weise anwesend war. Zum ersten Mal gestand sie sich den Wunsch ein, bei ihm zu sein.

»Also paß auf...«

Vielleicht gelang es ihr, Silke zu erklären, was sie sich eigentlich erst selbst erklären mußte.

»Johannes eins vierzehn ›Und das Wort ist Fleisch geworden‹, damit ist ja erstmal Jesus gemeint. Okay?«

»Okay.«

»Das wäre der Durchbruch, die Lösung von Ringlers Problem.«

»Kannst du nochmal...?«

»Also Wolfgangs – also Ringlers Problem war doch, daß jedes Zeichen für die Anwesenheit von ›Ich bin da‹, ob es nun ein Kalb oder ob es Schrift ist, ein Ding in der Welt ist, und damit verwechselt werden kann.«

»Womit?«

»Mit ›Ich bin da‹ selbst.«

»Okay, das hatten wir schon.«

»Und das Problem ist weg, wenn das Zeichen *ist*, was es bedeutet.«

»Und das Wort ist Fleisch geworden.«

»Genau!«

»Und wieder verschwunden: Himmelfahrt!«

»Das Wort ist Fleisch *gewesen* – außer Spesen nichts gewesen.«

»Ja schön wär's gewesen.«

»Und jetzt schau dir diese Mühle an. Die Monster, also die Evangelisten kippen oben Schrift in den Trichter und was kommt unten raus?«

»Wieder Schrift!«

»Und was sagt diese Schrift?«

»Und das Wort ist Fleisch geworden.«

»Und die fangen die Schrift mit dem Kelch auf.«

»Und?«

»Und – das weißt du natürlich wieder nicht, weil du evangelisch bist – im Kelch sind normalerweise die Hostien.«

»Wieso, bei uns gibt es schließlich auch das Abendmahl, gib nicht so an. So katholisch bist du auch wieder nicht. Jedenfalls habe ich noch nicht viel davon gemerkt!«

»Also bei uns.«

Thea wunderte sich eine Zehntelsekunde lang darüber, wie leicht ihr dieses »bei uns« – Abstandsabstand – über die Lippen ging, und Silke mußte natürlich fragen:

»Wer ist ›uns‹?«

»Na ja, bei Ringler halt, was Ringler wahrscheinlich meint...«

Sie hatte eigentlich Wolfgang Ringler mit ihrem Erstkommunionunterricht zusammengeworfen.

»Also jedenfalls heißt es ausdrücklich, daß die Hostie nicht Gott *bedeutet*, sondern Gott ist.«

»Ein Stück Brot ist also Gott!«

»Ja, Nein, also...«

»Du spinnst!«

Thea machte ein glücklich-unglückliches Gesicht, wie jemand, der sehr froh ist, aber nicht weiß, wie er den Grund dafür begreiflich machen soll. Sie lächelte und seufzte.

Silke nahm wieder die Postkarte in die Hand und roch schon wieder daran.

»Vielleicht gibt es in Österreich einen Ort, der Mecklenburg heißt?«

»Wenn du für ›Ich bin da‹ ein Zeichen hast, dann hast du auch das Problem, daß...«

Es war nicht klar, ob Thea laut dachte oder zu Silke sprach.

»Du hast also ein Zeichen für ›Ich bin da‹, wie soll das überhaupt gehen? ›Ich bin da‹ ist überall und er ist kein Ding in der Welt. Jedes Zeichen aber ist ein Ding in der Welt und es ist auch nicht überall. Es ist an einem bestimmten Ort. Zum Beispiel ein Ring an meinem Finger.«

»Den du verloren hast!«

»Der nicht mehr da ist.«

»Wenn ich aber das Brot esse, also die Hostie, dann heißt das doch, daß ›Ich bin da‹ in mir ist.«

»Das hast du doch schon immer gewußt: Er ist in mir drin, aber so, daß er nicht nur in mir drin ist.«

»Genau! Drinnen und draußen zugleich.«

»Es funktioniert nur, wenn es kein Zeichen ist. Wenn das Brot *ist*, was es bedeutet. Es ist... Ja das ist es: Es ist ein Zeichen für den Zusammenfall von Zeichen und Bedeutung.«

»Was?«

»Ein Zeichen für den Zusammenfall von Zeichen und Bedeutung!«

»Dann ist es also doch ein Zeichen!«

»Ja schon, aber es ist kein Zeichen wie andere Zeichen. Es ist ein Zeichenzeichen, ein Megazeichen, ein Zeichen für den Zusammenfall von Zeichen und Bedeutung.«

»Ein Zeichen, das kein Zeichen ist, das ist doch ein Widerspruch!«

»Es ist mehr als ein Zeichen.«

»JHWH ist eben zeichenmäßig ein Sonderfall.«

50

Dann war alles sehr schnell gegangen. Ein Gleiten in die Tiefe, schnell, schneller, das kurze, weiße Glück – da sein, fast schon am Ziel, ganz nahe, dann ein Riß, Übersturz, Abbruch und polternder Fall in das klaffende Weiß und Dunkel. Dann nichts mehr und Stille. Leise rieselte Schnee.

Er war nicht ganz ohne Bewußtsein. Eine rasend schmerzlose, panische Stille meldete sich mit Blutrauschen im Kopf im schnellen, dumpfen Herzton. Nichts war zu sehen. Den Kopf bewegen! Das ging. Atmen! Luft atmen! Er mußte sofort die weiße, kristalline Masse, die ihn am Atmen hinderte, wegschaffen, schnell, unbedingt schnell den Mund frei machen, rauskommen an die Luft, raus an die Luft. Atmen, nur atmen!

Ein Arm war beweglich, immerhin. Die Beine waren, sein ganzer Körper war in einer unnatürlichen Verrenkung festgeklemmt. Wenn er erst wieder frei atmen könnte! Luft, Luft! Mit der freien Hand den Schnee vom Mund wegschaffen, schnell! Und endlich wieder einziehen können, tief einziehen die Luft, den kalten, kostbaren Strom in die Lungen ziehen, die es nicht mehr lange aushalten würden. Die Brust war gepreßt von allen Seiten. Es gelang ihm, den linken Fuß, der noch durch die Skibindung festgehalten wurde, zu befreien. Als er merkte, wie ihm das Bewußtsein wegsakken wollte und dunkle Schatten und falsche Sterne ihn überreden wollten, sich fallen zu lassen, spannte er in einer Kraftanstrengung, einer Anspannung, wie er sie im Leben noch nie benötigt hatte, alles zusammen in eine windende Bewegung nach oben wie ein Falter, der sich aus der Puppe befreien muß. »Wo sind meine letzten Kräfte!« Und die zähe kalte Masse um ihn herum gab nach. Von allen Seiten war er umgeben von feinkörnigem, pulverigem Kristall ohne Struktur. Er fror nicht. Die kleine Höhle vor seinem Gesicht stürzte immer wieder ein. Ihr bißchen Sauerstoff war längst verbraucht. Immer noch, immer mehr Atemnot!

»Jetzt gilt's!« Viel Schnee konnte es nicht sein, der seinen Kopf bedeckte, denn über ihm schimmerte es hell. Nach einer zähen Zeit, die endlos schien, hatte er sich so weit herausgearbeitet, daß sein Kopf, sein Mund, endlich frei war und er endlich wieder voll durchatmen konnte. Endlich! Luft holen! Tief Luft atmen, minutenlang, kostbare, kalte, dünne, sauerstoffhaltige Luft.

Ruhig werden. »Ruhig werden!« Ringler sprach sich laut vor.

Was war das für ein Film? Wo war hier der Ausgang? Gab es eine Möglichkeit, dies alles für unwirklich zu erklären? Er versuchte, seinen alten Trick zu starten, den er immer anwandte, wenn er, halb schon aufgewacht, wieder zurückschlüpfte in die Welt der Träume. Hatte er nicht diese Szene schon einmal geträumt? Wie, wenn er sie jetzt träumte und dann aufwachen könnte, und alles wäre nur ein Alpdruck gewesen?

»Es ist kein Alpdruck, es ist ein Alpendruck.«

Auch Blödeln half nichts.

Rechts und links von ihm ragten grünblau schimmernde Eiswände überhängend nach oben. Nur ein schmales Loch gab den Himmel frei, ein kleines blaues Loch, das Loch, durch das er eingebrochen war. Die Gletscherspalte war im übrigen zugeweht von Schneewächten, die, wo sie dünn waren, bleiches Licht nach unten durchschimmern ließen. Vier Meter überhängendes Eis, das konnte kein Mensch überwinden.

Wolfgang Ringler war erschöpft. Für Minuten konnte er nicht mehr denken. Dann erst merkte er, wie kalt es war.

Ein mächtiges Gefühl stieg in ihm hoch, das alles überschwemmte: Angst.

Angst und sonst nichts. Keine Gedankenspielchen mehr, keine Spaziergänge zwischen den Wirklichkeiten – Jetzt gab es nur noch eine Frage: War's das oder war's das noch nicht. Tod oder Leben?

51

»Mir ist was Tolles eingefallen. Wenn ich das Wolfgang erzähle ...«

Silke war aufgewacht, aufgesprungen und ans Telefon getorkelt, damit ihre Eltern nicht aufwachten und sich beschwerten. Für sie selbst war es völlig normal, daß Thea nachts um drei Uhr anrief. Ringlern war eine außergewöhnliche Sache, und außergewöhnliche Sachen passen sehr gut zu außergewöhnlichen Zeiten.

»Du erinnerst dich doch an das Tauschprinzip?«

»Tauschprinzip?« Silke hatte natürlich geschlafen und mußte erst einmal zu sich kommen. Gut, daß sie einen leichten Schlaf hatte, leichter jedenfalls als ihre Mutter, die Schlaftabletten nahm.

»Na, das Tauschprinzip! Du hast ein Problem, kannst nichts mehr machen und machst dir, weil du nichts mehr machen kannst, einen Gott, einen Tauschpartner. Einen Gott. Der löst dann dein Problem – weißt du nicht mehr?« Thea sprach sehr schnell.

»Jaja, schon gut, ein selbstgemachter Gott ist kein Gott. Deswegen rufst du mich jetzt an. Okay, das mußte mir ja endlich mal mitgeteilt werden. Das ist die Wahrheit.«

Thea wußte, daß Silke ihr nicht wirklich böse war:

»Gut. Dann paß mal auf. Weihnachten, Karfreitag und Ostern, das ist alles dasselbe!«

»Aha.«

»Also der Reihe nach: Das Tauschprinzip, das ist doch die Vorstellung: Da gibt es einen Gott, dem bietest du etwas an, ein Opfer oder so. Da hast du auf der einen Seite den Gott, mit dem du das Geschäft machen willst, und auf der anderen Seite steht der Mensch.«

»Okay.«

»Der Mensch ist der eine Pol, und der Gott ist der andere Pol.«

»Muß wohl, da komm' ich gerade noch mit. Zu einem Tausch gehören ja mindestens zwei.«

»Sehr gut. Und jetzt paß auf: Johannes eins vierzehn!«

Thea machte eine effektvolle Pause. Doch Silke, die vor drei Minuten noch geschlafen hatte, wenn auch unruhig, brauchte noch Zeit.

»Na überleg doch mal. Johannes eins vierzehn: ›Und das Wort ist Fleisch geworden‹, das heißt doch, Gott ist Mensch geworden.«

»Jaja«, Silke erinnerte sich. »Zeichen und Bezeichnetes fallen zusammen.«

»Richtig! Das Zeichen ist der eine Pol und das Bezeichnete ist der andere. Das Wort *ist* das, was es bedeutet. Kurzschluß! Blitz! Der Stern von Bethlehem, die Nacht ist hell. Es gibt keine zwei Pole mehr. Und jetzt wende ich das auf das *Tauschprinzip* an. Wenn Gott Mensch geworden ist ...«

Thea machte eine Pause, um zu hören, ob Silke auf ihrer Gedankenspur war. Silke sprach die letzten Worte langsam nach:

»Wenn Gott Mensch geworden ist, dann gibt es kein ...«

»Genau!« Thea freute sich, daß Silke verstanden hatte, was sie hatte sagen wollen. Begeistert vollendete sie jetzt ihren Satz selbst:

»Dann gibt es kein Tauschgeschäft mehr. Genau! Wer soll da mit wem noch Geschäfte machen, wer soll wem noch opfern? Die zwei Pole berühren sich: Kurzschluß! Blitz – das ist das Licht von Ostern. Wenn das Wort, das Fleisch geworden ist, verstehst du? Also wenn Gott sich selbst opfert, dann gibt es keine Opfer mehr. Kurzschluß!«

»Du meinst...«

»Ich meine! Also ich weiß nicht, ob das stimmt, aber überleg doch mal! So hat der Johannes die Kreuzigung verstanden. Das Fleisch gewordene Wort, also Jesus, ist das Lamm, das geopfert wird, das ›Gotteslamm‹. In der Kreuzigung berühren sich die beiden Pole. Eine ungeheure Entladung von Energie. Leben und Tod berühren sich: Kurzschluß! Das ist das, was die immer mit ›Auferstehung‹ meinen. Das Ende aller Opfer! Wenn der Mensch gewordene Gott geopfert wird, wenn also Gott sich selbst opfert, geopfert wird, dann gibt es keine zwei Pole mehr! Verstehst du? Kurzschluß! Der Gott ist kein Tauschpartner mehr. Das ist das Ende des Tauschprinzips.«

»Fröhliche Ostern!«

»Fröhliche Weihnachten! Fröhliche Ostern!«

»Ich hab's immer gewußt: Das Christkind ist der Osterhase!«

»Das müssen wir unbedingt Wolfgang erzählen. Ich bin mal gespannt, ob der das genehmigt.«

»Da müssen wir erst mal rauskriegen, wo Monsignore sich rumtreibt.«

»Er ist in Galtür!«

»Wo?«

»In Galtür im Paznauntal!«

»Wie hast du das denn rausbekommen?«

»Die Postleitzahl war gut zu lesen auf der Karte.«

»Ich hätte gute Lust hinzufahren!«

»Spinn nicht!«

»Wollen wir?«

52

Ringler fing an zu singen. Er summte die Melodie von »Häschen in der Grube«. Eines seiner wichtigsten Werkzeuge beim Abstandhalten war die Ironie. Oft hatte es geholfen, sich lustig zu machen, sich über sich selbst lustig zu machen: »Armes Häschen, bist du krank, daß du nicht mehr hüpfen kannst.« Aber solche Werkzeuge halfen ihm nicht aus dieser Spalte. Es war unmöglich, hier herauszukommen.

Aber was heißt schon unmöglich? Bei Gott ist kein Ding unmöglich. Schade, daß er nicht an Wunder glaubte. Vielleicht passieren Wunder nur dem, der an sie glaubte. Ein Wunder wär' schon recht, genau das, was er jetzt brauchte. Er versuchte, sich durch lautes Sprechen selbst zu überzeugen: »Ich glaube an Wunder!«, während ihn der Gedanke überholte: Das sage ich nur, weil ich hier raus will, und nicht, weil ich es wirklich glaube. Es war nicht einfach. Man konnte sich nicht entschließen zu glauben. »Du kannst es nicht selber machen!« Entweder man glaubte oder man glaubte nicht.

Fauler Zauber, weg damit! Er mußte hier raus. Er mußte es wenigstens versuchen! Er merkte, wie die Glieder schmerzten beim Versuch sich zu bewegen. Aber er mußte sich bewegen. Nur so könnte er ein schnelles Erfrieren verhindern. Er schlug mit einem Arm um seine Schulter, um sich warm zu machen, während er mit dem anderen versuchte, sich an der Eiswand abzustützen. Seine Position war nicht fest. Sein Körper ruhte flach auf der weichen, nachgiebigen Masse aus Eisgrieß. Jede Bewegung war ein Risiko. Nach links vertiefte sich der Spalt noch einmal um drei, vier

Meter, während er sich nach rechts höhlenartig verengte. Über ihm hing bedrohlich eine gewaltige Masse aus lockerem, nur vom Wind leicht verpreßtem Schnee. Wenn er sich nach rechts bewegte, würde das alles über ihm einstürzen. Das wäre das endgültige Aus. Nach links ging es weiter in die Tiefe. »Schlechte Karten«, dachte sich Wolfgang Ringler. »Aber ich muß mich bewegen!«

Er legte sich flach auf den Bauch und schaute nach unten, dorthin wo der Spalt im tiefen Eis dunkler wurde. »Eine unglaubliche Farbe«, mußte er denken, »ein solches Blau gibt es gar nicht!« und er versuchte, sich dieses Blau einzuprägen, damit er es Thea beschreiben könnte. Das konnte Mut bringen, einfach so tun, als gäbe es noch einmal eine Chance, das alles zu erzählen: Futur zwei: »Ich werde in einer Gletscherspalte gelegen haben, dieses Erlebnis wird das entscheidende Erlebnis meines Lebens gewesen sein. Es war denkbar knapp. Ich hatte nur wenig Zeit. Bei über zwanzig Grad minus hast du nur wenig Zeit. Entweder du schaffst es, oder du schaffst es nicht.«

Der Versuch, alles das für vergangen zu erklären, alles zu einer Geschichte zu machen, einer Geschichte für Thea, zerriß ihm das Herz. Es war ausgedachter Versuch, eine Wirklichkeit im Kopf, die keine war, ein Selbstbetrug, ein Kartenhaus, ein selbstgemachter Selbstbetrug, der noch nicht einmal funktionierte, der in dem Augenblick aufhörte, in dem er an sich dachte, daran, daß er selbst der Herr der Geschichte war. Er konnte nicht beides sein, der Herr der Geschichte und der Held der Geschichte.

Während er wußte, daß er niemals mehr Gelegenheit haben würde, diese Geschichte zu erzählen, schoß ihm das Wasser in die Augen und doch mußte er, so, als befolgte er ein Gesetz, diese Geschichte weiter erzählen, mußte er weitererzählen gegen alle Realität. Er erzählte sie laut und schaute dabei nach oben auf das kleine blaue Loch, das winzige Stück Himmel, das er durch seinen Sturz gemacht hatte. Und quer durch seine verzweifelte Geschichte schoß panische Angst.

Verrücktheiten, magische Zauberwünsche fetzten vorbei: Wenn ein Vogel über dieses winzige Stück tief himmelblauen Himmel flöge, dann käme er hier heraus. Ein Vogel...

Der Gedanke war sofort zum Schrott geworfen: sentimentale Spinnereien! Und doch hielt er den Blick nach oben, den Kopf im Nacken, so daß das Tränensalz im Mund zu schmecken war. Sein Sturz war der Höhepunkt, der Wendepunkt und Höhepunkt seiner großen Geschichte. Er *wäre* der Wendepunkt und Höhepunkt.

Als er hier herausgekommen wäre, hätte sich alles geändert. Nie mehr würde er Versteck spielen. Der Abstand, den er aus der Eishöhle mitgebracht hätte, würde ausreichen für den Rest seines Lebens. Das alles hatte geschehen müssen, damit ihm die winzige, aber entscheidende Differenz einleuchtete, der Unterschied zwischen Abstand halten und Versteck spielen. Hart und direkt, ohne Umschweife und ohne Rollenspiele würde er nur noch der sein, der er war. Er würde zu Thea gehen und nur knapp sagen: »Ich will dich! – Willst du mich?« Gott, wie war doch das Leben so schön! Was für eine Geschichte!

Ein Skifahrer, der auf der weißen makellosen Fläche zwei Striche hinterläßt, eine Spur, bis die Spur plötzlich abbricht an einer Gletscherspalte, zugeweht von einer dünnen brüchigen Schneebrücke, die dann einbricht. Strich oder Spur? Eine Spur war es nur dann, wenn jemand den Strich anschaute. Wenn es jemanden gab, der die Spur las, dann, ja nur dann gab es Hilfe. Vielleicht findet jemand die Spur?

Unwahrscheinlich! Sehr unwahrscheinlich! Aber warum sollte nicht einmal etwas Unwahrscheinliches geschehen?

Ringler mußte an Anderl Heckmaier denken, den Erstbesteiger der Eiger-Nordwand. Den hatte er einmal kennengelernt. Anderl Heckmaier, der Mann mit der erfrorenen Nase, der hatte so manchen Schneesturm überlebt. Aber sicher nicht, weil er sich in kritischen Situationen Geschichten erzählt hatte, oder vielleicht gerade deshalb?

Ringler schluckte das Tränensalz herunter. Er mußte etwas tun. Vielleicht hatte er eine Chance, wenn er nach links kroch? Links ging es ins Blaue, in die Tiefe. »Wo es runtergeht, geht es auch wieder rauf.« Vorsichtig rutschte er nach vorne mit dem Kopf voran. Dann wurde es steil. Er mußte sich umdrehen. Mein Gott, was waren die Beine schon so steif! Er kam ins Rutschen, rutschte ab, stürzte noch einmal und war unten. Tiefer ging es nicht. Es war ziemlich dunkel. Das Blau des Eises war weg, nur noch Erinnerung. Entsetzen! Hier unten herrschte Farblosigkeit. Der Himmel war weg. Kälte kroch unerbittlich hoch an den Beinen, an den Armen. Ein paarmal versuchte Ringler zu rufen. »Hilfe! Hilfe!« Die Eishöhle verstärkte die Stimme aber nur für seine eigenen Ohren, für ihn selbst, der hier unten saß. Kein anderer würde ihn hören können. Draußen würde nichts zu hören sein.

Allmählich schwand das Zeitgefühl. War draußen noch Tag? Wie lange war er jetzt hier unten? Die Kälte wurde beißend.

»De profundis – Aus der Tiefe rufe ich Herr zu dir!« Der ... soundsovielte Psalm! Bei Beerdigungen sagte man ihn gerne auf. Wie konnte er sich einbilden, durch das Zitieren von Psalmen ... »Mein Gott, mein Gott, warum hast du mich verlassen ...« Bei Jesus hatte das Zitat funktioniert. Der zweiundzwanzigste Psalm, den Herrn preisen aus der Höhle, preisen, damit er das täte, was den Preis verdiente: »Seine Heilstat verkündet man dem kommenden Volk, denn er hat das Werk getan.« Hat er? Wenn er doch an das Futur zwei glauben könnte!

Ringler sah nun das Weiß in der Dunkelheit. Hier unten

gab es keine Farben mehr. Nur noch weiß. Das Weiß war keine Farbe, es war die Abwesenheit aller Farben, und es war die Fülle aller Farben. Es war die Farbe des Nichts. Es war die Farbe der Fülle. Er war angekommen im Nichts, angekommen in der Fülle. »Das war's dann!« Ringler probierte aus, wie es wäre, aufzugeben. »Nein, das kann es nicht gewesen sein!« Er gab nicht auf, startete mit immer steiferen Gliedern noch einen Kletterversuch. Hier war keine Fülle, das sind Philosophengedanken. Hier war es bloß kalt. Lebenswille! Die Befehle erreichten noch seine Muskeln, die immer steifer wurden. Er war erschöpft. Er brauchte Ruhe. Er hörte auf, sich zu bewegen. Und die Ruhe, die er sich hatte gönnen wollen, um neue Kraft zu schöpfen, machte sich selbständig. Die große Ruhe ergriff von ihm Besitz. Er versuchte, die Kälte zu akzeptieren. Schwach erinnerte er sich. Er hatte einmal gehört, daß Erfrieren nur am Anfang schlimm ist. Noch war es schlimm. Da mußte er noch durch. Er dachte an die Wiese vor seinem Kindergarten, an Gänseblümchen, an seine Mutter, seinen Vater, den alten Idioten, den er doch liebte, daran, daß er eine Zeitlang einer war, der Priester werden würde, an Abstand und Nähe, an Thea, deren Duft er zu spüren meinte, open air – die er liebte, an Silke, das Mädchen mit dieser metallisch kupfernen Haarfarbe, die golden sein könnte, wenn ein paar rote Pigmente weniger ... Er würde Silke dieses unbeschreibliche Weiß beschreiben ... Er liebte alle. »Ich bin da«, probierte er zu sagen. Aber war er wirklich da? Nein, er war nicht da, noch nicht, noch nicht ganz da. So lange nicht der Fall wäre, was er sagte, war er nicht da. Das Zeichen und das Bezeichnete müssen zusammenfallen. Es muß der Fall sein, was du sagst. »Ich bin da« sagen und da sein, wirklich da sein! Gleichzeitig. Die beiden Pole müssen sich berühren. Das wäre die Vernichtung der Zeit. Das Wort muß Fleisch werden, Kurzschluß – Blitz ...

Er mußte aufhören, etwas zu tun. Nur noch abwarten, warten auf das, was dann noch käme.

Mit aufgesprungenen Lippen und schwerer Zunge formte er Worte: »Ich bin da.« »Ich bin nicht ›Ich bin da‹.«

Es war anders als Einschlafen, ein Wegdämmern, Blaßwerden der Sinne. Und während sein Bewußtsein gleichsam durchsichtig wurde, stieg langsam von unten etwas herauf, schwoll an, wurde mächtig und groß, eine Wärme, die alles ausglich und die eine paßgenaue Antwort war auf die Kälte, unter der er nun nicht mehr litt, während er murmelte: »›Ich bin da‹ ist da, war da, wird da sein.«

Schon hatte sich sein Gehör fast ganz nach innen gedreht, um sich anfüllen zu lassen vom anschwellenden Rauschen des Wärmestroms, da nahm es von weit her, weit von draußen ein Geräusch auf. Ein knatterndes Geräusch. Es mußten irgendwelche Engel im Hubschrauber sein. Er wollte rufen: »Ich bin hier!« »Hier bin ich!«

Über den Autor

Eckhard Nordhofen, geb. 1945, studierte Germanistik, Theologie und Philosophie und promovierte über Karl Popper. Er ist Herausgeber der *Zeitschrift für Didaktik der Philosophie und Ethik* (ZDPE). Darüber hinaus entfaltet er eine reiche publizistische Tätigkeit (ZEIT, F.A.Z., Zeitschriften).